茶与书

戴荣里 ◎ 著

· · ·

[品茶涤性，读书洗心]

中国言实出版社

图书在版编目（CIP）数据

茶与书 / 戴荣里著. -- 北京：中国言实出版社，
2022.1
ISBN 978-7-5171-4022-1

Ⅰ．①茶… Ⅱ．①戴… Ⅲ．①散文集—中国—当代
Ⅳ．①I267

中国版本图书馆CIP数据核字（2022）第012540号

茶与书

责任编辑：宫媛媛
责任校对：张国旗

中国言实出版社出版发行
地址：北京市朝阳区北苑路180号加利大厦5号楼105室（100101）
编辑部：北京市海淀区花园路6号院B座6层（100088）
电话：010-64924853（总编室）　　010-64924716（发行部）
网址：www.zgyscbs.cn
E-mail：zgyscbs@263.net

经销：新华书店
印刷：廊坊市海涛印刷有限公司
版次：2022年7月第1版　　2022年7月第1次印刷
规格：710毫米×1000毫米　　1/16　　14印张
字数：230千字

定价：85.00元
书号：ISBN 978-7-5171-4022-1

目 录

茶

书

茶

茶 与 书

茶与地铁

喝茶在北京逐渐盛行，读书人喝茶，商人喝茶，引车卖浆者也喝茶。身边谈茶文化的朋友多了起来，不读几本茶书，就有点显得没有文化。茶又成了中外交流的媒介。看几个外国人竟然把日本人的茶道讲得比中国人讲中国茶道还要好，遂觉惭愧。我不喜欢喝茶——这是少时家穷喝不起茶的缘故——但对中国茶文化不了解，对一位写作者来说，不能不算一种悲哀。所以在听过几次茶文化讲座之后，也找来几本茶书看看，困而学之嘛。

中国的茶文化，自有一番味道。毕竟喝茶于我而言，纯属外行的外行。看茶书最好的时光就应该以业余的业余来打发，自然，上下班乘坐地铁，看一些茶书，一来攒一攒茶知识，二来打发一下闲散时光。却不料，这一看，真是惊吓得不得了。

茶的历史展现了中国的经济史。中国学者写茶文化的书很有意思，多从中国文化的源远流长写起。其实，中国茶的历史一直在向前推，史料记载是最初的证据，继而的考古发现又是证明。很多资料表明，世界最初的茶叶产自中国的西南地区。茶叶从陆路和水路向外延伸，由此打开了全国喝茶的历史。外国学者也从中国茶的发展中看到农业文明的传播、城市文化的兴起。日本学者和英国学者对中国茶发展史的研究值得中国学者借鉴，从茶的传播分析中国历代经济的发展，很有趣味。其实，茶的使用可能在人诞生后不久就有了，起初人们对茶叶进行咀嚼，方式是简单的，后来越来越复杂，从偏僻之地到富庶之地，从乡村到城市，经济史的轨迹还是很明显的。

茶的历史展现了中国的对外交流史。日本所派出的遣唐使团，得以让茶文化在日本生根。至今日本保留的茶文化，仍有盛唐遗风。最早的茶叶输入到欧美国家，据学者们介绍是在十六世纪初期，最初传往英国的茶并不是红茶。英国后来把中国的茶籽播撒到英国殖民地，让中国茶的传播范围更加广阔。明朝茶叶外贸成为中国对外经济收入的大头，到了清朝末年，茶叶再次成为对外贸易的主角。中外交流，茶功不可没。

茶的历史也展现了中国的交通史。中国茶叶的传播在国内外也依赖各种运输方式。在茶马古道上，人们能从遗迹中感受当年的马蹄声声；漂洋过海的帆船让中国茶走向更多国家。当代铁路运输为中外茶贸易做出了更大贡献。研究茶与交通之间的关系，也有无限空间。

茶的历史也展现了中国的文化发展史。像日本和东南亚一些国家，保留了中国早些朝代茶文化的历史基因。细腻、优美的茶艺表演，让每一位感怀历史的人都会不胜感慨。

在地铁上阅读这样的茶书，像喝茶一样享受。中外学者不同的研究方式，不仅客观展现了中国茶发展的历史，也让人在历史的隧道里感受了中国茶文化的博大精深。

茶书，比茶浓厚。在熙熙攘攘的地铁上，与茶书相伴，就如与茶相伴，让我暂时忘却世间的一切，从一个随意的地铁站，抵达另一个地铁站，喧嚣的城市，就会变得寂静下来。

出租车司机与茶

回京后的这段时间，因为身体不适，每需外出，我都选择乘坐出租车，得以和司机师傅有了更多交流。北京城里的出租车司机，眼观六路，耳听八方，善于神侃，精于应酬，习惯于自由。

京城的出租车司机，以周边农村司机为多，他们习惯于奔跑不已的生活。在五环附近，几个司机合伙租一套房子，每个司机每月花费租金不过千元。与出租车司机交流，能听到很多新鲜故事，对了解北京城里城外人们的生活很有好处。我喜欢和出租车司机兄弟交流。他们真实、自然，说出的话，没有花言巧语，可信度强。听他们讲话，能触摸到最真实的生活底色。

几年前，读过某位作家写公共汽车的报告文学，里面描述了很多司机值乘期间的酸甜苦辣，我就想知道出租车司机日常生活的难处。有时一上出租车，我就会围绕着零碎问题提问，司机师傅也乐于回答。

谈到喝水，大多数出租车司机，每天出车前都会带一暖瓶水，无论冬夏，一个班用水就足够了。很多司机喜欢喝茶，以茉莉花茶和绿茶居多，也有为了提神而喝其他茶的，甚至也有靠咖啡醒脑的。也有一部分人，从始至终，喜欢喝白开水和矿泉水，认为这样养胃。冬天，司机一般靠喝茶暖身子、提神；夏天则靠茶解渴、去瞌睡。有的司机，平时喝水讲究，身体保养得就好，没有胃下垂等毛病。有些司机，为了开车，忽略了喝茶，身体就干巴，经常一脸灰色。当然，也有惧怕于大小便不方便而少喝水的。北京城里出租车的停靠点少，有些公厕沿街还设有护栏，出租车司机解小便十分不便。久而久之，有的司机就形成了憋尿的习惯。所以，患前列腺疾病对出租车司机而言是常事。有些司机实在憋不住了，车到僻静之处，就地解决，也实属无奈。男司机还好说，女司机就更尴尬了。被人们认为最自由的出租车司机，其实一点也不自由。

茶本是正常人享受的饮品，对出租车司机而言，有时就要忍着，不口渴不轻易喝，能少喝就不多喝。有一位福建籍的出租车司机，就对旅客赞美他家乡的茶，临到自己去喝，也就每天品尝个菊花茶而已。对他而言，茶成了对过去时光的向往；说起故乡之茶，就成了有关家人的寄托。

一次，出租车司机对我说，每天两班倒着开，回家喝茶、抱老婆的力气都没有，平时车都懒得洗一下。遇到知礼的乘客，他会和你平等交流；无礼的乘客，则态度蛮横。一位司机回忆说，有天晚上，他拉过一位酒鬼，开始不告诉他到达地点，就催促司机一直开，一直开，一直开到那醉鬼慢慢睡着了。司机停下车去拉酒鬼，酒鬼却跳下车，连钱也不给，歪歪扭扭地跑了。这个世界上，北京的出租车司机，几乎什么类型的人都见过，和他们聊天，真长现实的学问。

在机场或者别墅群趴活儿的出租车司机，手里常端着一杯茶，或夹着一根烟，那是他们最潇洒的休闲姿势。茶是安全之神，在出租车司机那里，享受的不仅仅是茶的香，还有茶的苦，还有茶的安全。陪伴他们的，不只是茶的颜色，还是茶的温度，有的茶香还带有家乡的温情。那一杯茶，对出租车司机而言，绝对不是简单的道具或可有可无的东西，它既写满了京城的况味，又满含着生活的趣味，真是值得乘客多看两眼的！

端一杯茶乘车

茶是有气质的。若是在一线工作，到工地要带茶，用的是耐摔的保温杯，在这种场景下更应讲究内容不讲究形式；当然也有用玻璃杯的，但是在工地上，玻璃杯就有可能被摔坏，看着好看，不如喝着踏实。工地上干活儿累，累了，人们重视的就是茶能解渴止乏的功效，至于茶杯好看不好看，倒在其次。若是乘着绿皮火车跑通勤，火车上人多，喝茶最好就用保温杯，能拧住盖。好茶泡过了头，失去了茶的雅气，那也没有什么，毕竟在火车上要紧的是喝水解渴。什么样的环境，就培养什么样的喝茶心态，也让人习惯于使用什么样的杯子。至于在工地上乘坐翻斗车、大头车，或者其他车辆外出，茶杯要以稳固、保暖为要。人在极端环境里，喝茶的心情和氛围是不一样的。

但茶毕竟是一些人的生活所需，能陪伴人疏解很多不良情绪。所以，烦闷的旅途，有一杯茶相伴，可以平稳心情，会让人舒缓下来。

铁路职业最大的特点是可以无休止地坐车——绿皮车，慢车，夜行车，在无休止的旅行中，在东避西让的拥挤里，喝一口水，车咣当来咣当去，有时水会泼洒在身上，为了解渴，有时就忽视了脸面；有时为了脸面，那就干忍着让嗓子冒烟。到了春运时，铁路人上下车的痛苦，别人就更无法理解了。

自从有了高速动车，旅行喝茶的方式变得不那么尴尬了。一位同事从来不喜欢在高铁上带杯子，拿一瓶矿泉水，水喝光了，旅程也结束了；有经常跑通勤的铁路人，更喜欢拿一个保温杯，是能看到里面茶汤颜色的那种保温杯。高铁列车又快又稳，高铁上喝茶，环境整洁，喝茶的意境，自然比乘其他火车就美了几分。

不论城市，还是乡村，这几年都挤满了小轿车，开着小轿车去工作、旅行，成了现代人的常态。有房车的人，还会在房车上设计一个茶台，一边旅游一边享受各种茶的滋味。车讲究了，茶也就讲究了。什么云南茶、福建茶，什么红茶、绿茶，什么早茶、晚茶，什么餐后茶、酒后茶……车越来越像行走的家，喝茶也就会越来越能实现形式和内容的统一了。

人是能承受极端境遇的动物，所谓"没有享受不了的福，没有闯不过去的难"，是也！有茶伴随的一生，茶能泡到什么境界，你好像就能感受到什么样的环境！端一杯茶乘车，在人生的不同阶段，在生活的不同地点，以不同的心态去感受茶和旅行的关系，是可以从中体会到人与自然、外物之间相互依托的百般滋味的。

茶与车，本是不相干的两个物体，但因为有了人的动态，茶与车，就可以互相成为参照物，人在车上，茶也在车上；茶在旅行中，人又何尝不在旅行中？茶是平静的，人内心深处也会平静如水。茶是慌乱的，人也会像迷途的羔羊茫然无措！茶是人心啊，人随车转，茶随人行。茶境里可悟道，旅行里有风景。茶或许是旅途中最好的伴侣，带给旅行者的，不仅是身体上的享受，也是精神上的关照。有时，在一个人的旅途中，手端一杯茶，无论以什么样的姿势，是对自然的陶醉，或是对这个匆忙世界的回应，我喜欢这样的景致。

在动车上喝茶，于几乎静止的茶叶浮沉中，车已经飞抵自己心中向往的城市。茶无语，但茶汤却鲜明地记录着我的欢愉：或澄明，或金黄，像一首诗！静止中饱含动态之美。

茶与行走

　　有历史的茶与没有历史的茶，正如有背景的人和没有背景的人一样，都是值得研究的问题。在一些地区，茶有历史，但只有当地人知道，这茶就相当于没有历史；但古树茶毕竟还是不一样，一棵树，一群树，一山树，在大山里几百年，上千年，它们被当代人发现了，你说这些茶树有没有历史？！它们的历史被历史无言地雕刻，它们自身就在书写着历史。

　　假茶给茶客带来的伤害是不一样的。如果以其他树叶代替茶叶，或者以有毒的树叶代替茶叶，这样的假茶，让人喝起来还是很恐怖的。以次充好的茶，大不了喝起来味道不一样，倘若打药的茶被人打上有机茶的外包装，这样的茶真是害人不浅。有时面对一款包装精美的茶，我就心怀恐惧，担心茶叶的质量，无良商人现在什么事情都干得出来。

　　所以喝茶需要行走，在行走中对比，在行走中观看，在行走中体会茶的多样性，在行走中感受某一种茶的万般韵味。茶之美，不仅能在采茶过程中感受，在制作过程中体验，也能在品尝过程中感悟。茶是天地人的结合，茶是儒释道的融合，茶是行走中值得反复鉴别的事物。

　　平和昌盛的年代，饮茶品茶说茶的人渐渐多了起来，犹如古玩花鸟，亦如书画蛐蛐，这个世界，悠闲者一多，就会出现更多的悠闲文化。城里的闲客一多，就会挤出几个文人，催出几个专家，蹦出几个研究文化的教授。于是乎，世间万物都有了文化的外衣。

　　人在草木间，让茶也披上了文化的外衣。社会上从来就不缺少帮闲和看客，历史上品茶论茶的何止一二？加之近年来多地以茶作为地方创收的来源，你方唱罢我登场，在茶的旗帜下，聚集了一批人。茶农、茶商、茶人，当然也不乏伪茶学研究者。伪茶学研究者让茶坛充满虚假繁荣的同时，也解读着与真实相悖的茶文化。

于是，在行走中喝茶就成了最好的茶文化解读方式。在越来越强调包装和物流速度的今天，更多的城市人品尝的是茶的品牌、茶的面相、茶的地域、茶的历史，而忽略了茶自身的质地。就像考察一个现实中的人，看得更多的是他的家族、职业、毕业学校和个头高矮，而根本没有时间去考虑一个人的历史与脾性。快餐文化的时代让茶文化成为快餐生产线上的一道食品。

行走之于茶文化的重要性在于，行走让茶客更接近茶的本质。换句话说，行走让一个茶农知道自己的良心，让一个茶商看到自己的差距，让一个茶人懂得历史出现了拐点。对茶本身而言，喝茶所感受到的味道与安全无虞有时真不能简单地画等号。在某种意义上，在行走中去与山顶的老茶农一起和当地的虫子一起享受一片茶叶，比在城市里享受华贵包装盒里的二两茶叶要放心得多。

只是，喜欢行走的茶客们，越来越少了；而行走的吃茶者，却披着文化的外衣，一路吆喝，让城市里的吃茶者更加坚信包装的意义。

山顶茶在减少，巨大的茶产量在满足着更多茶客的需求。城里的茶客们在围绕茶的色香味，一次次召开茶文化论坛，世界因茶而"文化"起来了……

茶与男人

中国的茶文化，应该是士大夫文化，拿今天的话说，就是知识分子文化。自古喝茶的茶客，就有雅俗之分，春秋以来，喝茶之风渐盛。到唐朝中期，喝茶已经逐渐程式化。士林学子，以茶为伴，吟风咏月，已成常事。士大夫文化，当然不是简单地仅由痞子文人促成的，这里还有宫廷权贵，也有隐逸清士，自然也有附庸风雅之人。与俗众不同的是，这些士人，有文化，文字是他们文化的载体，靠文字传递茶文化，是士大夫的一大特征，于是乎，有了最早的茶学专著——《茶经》。《茶经》的作者陆羽，是一位奇丑之人，话语笨拙而脾气执拗，但恰恰是这样的貌不惊人之人，肩负起了茶文化传承之责。

士大夫有闲情逸致，能超脱于一般民众的奔波生活之苦。超然众生的责任感，让这些士大夫在饮茶品茗之时，有了家国情怀。朋友送我一本历代文人雅士诵茶的诗书，读来颇有趣味。无论是李白杜甫，还是鲁迅胡适，似乎都离不了茶。茶之美，如女人；茶之味，如世间美色。不羁的文人，常常在醉卧酒榻之时，靠一壶浓茶解酒。生活在凡俗之中的士大夫，也以一壶清茶，引二三好友，隔离尘世于茶室之外。茶是士大夫品格的象征。

儒家文化中温良恭俭让的思想，似乎都能从茶里找到注脚。所以，茶获得士大夫的恩宠，自然不在话下。

女人虽然柔弱，眼泪却像春雨，滋润女人长大。善于表达的女人，能在哭诉之中尽吐心中块垒，所以女人大多能舒畅地活着，比男人长寿。男人貌似强大，但要强的性格却像冰雹一样，时常会把他打趴下。男人要强，什么事不愿意哭诉，存放在心底的东西积淀多了，终有最后一根压垮骆驼的稻草。男人为了自赎，常常把酒豪饮，为了彻底解放自己，但很多时候，借酒浇愁愁更愁。这时，男人喝茶，就能趋利避害，让思路明晰起来。喝茶的男人能长寿，是因为喝茶就有了更多排解自己的机会。文人能长寿，与饮茶自得其乐不无关系。

男人是阳性动物，女人是阴性动物。酒是阳性饮品，茶是阴性饮品。在不同的条件下，人与物的融合，可以让人与物产生性质的转化。

茶之于男人，不可不喝，也不可嗜喝，不喝茶者，难知人间百味；嗜茶者，可能因茶而忘人间百味。这个度，不好把握。陆羽喝茶能喝出一本《茶经》，在于其行走中的观察、喝茶时的顿悟、交往中的妙悟、自思时的沉静。而真正会喝茶的男人，出征时饮一碗抗百病的擂茶，征途中饮用抗油腻的黑茶，归来时品味一壶绿茶，嘉宾聚会时共同欣赏一杯君山银针。世间的茶滋味，代表着男人的不同心境，喝茶比喝酒好。

男人断酒无阳刚，男人少茶无馨香。喝酒可以混沌，喝茶则要细分。天下之茶，虽都是一枚枚树叶而成，但差别大矣。透过茶看品味。在乡野，在城市，茶是谦谦君子，让男人由衷感佩。男人品茶，可在阳刚之中养委婉之气。

古人饮茶，能从茶中悟出禅意，男女交往之中，茶也是传情达意之物；今人饮茶，看似多了文化的包装，其实远离了茶的内核。同一款茶，适于兄，未免适于弟。茶之美，随着人成长经历的不同、地域不同、心境不同而不同。饮茶的男人，纵是俗客，天长日久，也能祛除几丝蛮横之气。喝茶越久，人越清醒，天长日久，自会远离酒扰。对男人而言，这茶，断无腐朽犬儒的规劝蒙人，却有自我警醒的疗效，不可不喝。

女人与茶

　　女人与茶，是天生的同类项。茶的一生，是美的一生；女人的一生，也是美的一生。和酒的阳刚之气不同，茶有阴柔之美，喝茶品茶香，看茶色；吃酒吃度数，喝气势。喝茶与喝酒，气氛不同，结局不同。茶是越喝越清醒，酒是越喝越来劲。茶道与酒道，追求路径截然不同，二者可以同享，但享受二者的滋味，却截然相反。

　　采茶的女人最可爱。君山银针茶，很贵，茶叶很美，茶叶泡在透明的玻璃杯子里，根根倒竖起来，威武中叙述着采摘的功夫。据说，精贵之银针，都是采茶姑娘由手指肚轻摘下来的，不能用指甲去采，那会让茶叶变红；也不能用揉捻方式去采，那样采出的茶，十有八九失去了原有的味道。当地人传说，贡品茶采摘则更显功夫。在很多产茶之地，茶由少女采摘，多为当地习俗，亦成茶区风景。采茶之女，一边唱着采茶歌，一边采茶，茶里就有了美的味道。正值妙龄的女子，采鲜茶掷入身后茶篓，阳光初照之时，万物刚刚苏醒，想想那种意境，都很醉人。采茶美，制茶更美，女子参与整个制茶过程，茶就有了女人的味道，茶就隐藏了阴柔之美。

　　品茶，要有品茶的仪式感。近几年，随着茶道进校园，年轻的大学生，在成长的关键时期，从饮茶中感受传统文化，探讨人生真谛，感知理想的爱情。饮茶，让浮躁的男女理性起来；饮茶，也让人在轻松的茶艺表演中舒缓下来，这是超越饮酒的美好而平静的享受。倘若喝茶时，旁边再展一架古琴，奏一曲古乐，慢饮细品中，仿佛穿向古人的幽径，在茶世界中找寻到与天地相接的境界，那是说不出的大彻大悟之美！

　　茶仙子是美女的化身，而与茶相伴的女子，自然可以"羽化成仙"。喝茶的女子，她们平静、优雅，不张狂，善解人意，茶女自有人间味，茶女秉持茶节操。

　　茶之美滋润了茶女之美，茶女之美催化了茶艺之美，茶美学由此而生。因茶而美的女人赋予茶更美的灵魂。这个世界，由此多了更多值得欣赏的风景。

爱与茶

爱上一个人很简单，被一个人爱上却不容易。从逻辑上看貌似不通，但现实中的确如此。如果宽泛地去理解爱，假如你爱明星A，而明星A却并不知晓，或者说根本不爱你，或者说他知道你爱他但他无法将爱分给你，说明你拥有了爱明星A的权利而并没有被明星A爱上。有读者挑剔说，这不是爱，那我想问他，一个人对另一个人百般迷恋，时时刻刻心心念念，为了一个人茶饭不思，这不叫爱叫什么？我称这种爱叫作"幻想之爱"，放大了说，这也叫爱。

是的，爱对一个人而言，有时是一厢情愿的事，有时是两个人的事，有时是一个群体的事。爱可以是单体的，也可以是双体的，或者是多元的。爱和爱上是心理步骤上的两个程序。很难见到一个人如爱喝茶一样对待爱情，你可以忽视一个人对爱的幻想，但你不能否定爱的存在。你不同意我的观点，但请你尊重我的分析方式。

一个爱茶的人，因为爱的存在，品尝茶就像诗人阅读一首诗；而对不爱诗的人而言，他会把诗人当作异类，甚至是疯子。爱茶的人，没见到茶，已经深爱着茶的一切气息了：树上的茶叶，揉制中的茶，古旧的茶饼，金黄或红彤彤的茶汤，飘到唇边的茶香，源远流长的茶文化……因为爱茶，茶就成了佳茗；因为爱茶，就会一路观察茶的旅行。爱到极致，有一日不吃茶就会发出白过了这一日之感。

恋爱中的男女，喜欢向乞怜者施舍，失恋的男女，无论路边有一个多么风华绝代的人也熟视无睹。有爱的人，会喜欢这个世界。有爱的人，对茶拥有友好之心。对恶狠狠生存的人而言，茶只是解渴的热汤，此外无他。

爱茶者俊。俊心、美行、善语。真正的爱茶者，会善待茶的一切，给茶充分施展的自由。一位作家朋友失恋，让我帮他分析恋爱失败的原因，最后归结于他的控制欲太强。女方几乎没有接触外部世界的可能性。爱不是全部占有，爱是一步步释放。爱是舒缓，爱是给对方以自由。正如饮茶，一口把茶叶嚼在嘴里，很难感受茶的美质。而细细品味，让茶获得释放美的自由，你对茶的欣赏就有了另外的意味。很多爱情不是失败于外在的不般配，而在于把爱当作固化的器皿。爱是一朵花，需要相爱的双方去呵护、浇灌。控制欲太强的爱，会让爱之花枯萎。如果把爱比作茶，你想品尝爱的味道，树种与地域，时间与采摘方式，翻炒和火候、力度的把握，直至存放的时间长短、泡茶的水质和过程，都要十分自然而遵从规律。恶狠狠的爱，未必是真爱，真爱不是完全的依赖和占有，而是在依赖中给对方的尊重，给对方泡茶施展出茶姿汤香的可能性。

饮茶的城里人，渐渐多了起来，这些茶客，和茶山上那些采茶者的饮茶方式，自是不同。城里人的饮茶，无论身处多华丽的厅室，也难拥有护卫着茶一路前行的茶人对茶的理解深厚。盖因茶人对茶之爱，是渗透到骨髓里的，城里人根本无法比得上。

茶与歌

歌以茶为伴，茶以歌为荣。在中国茶道史上，先有茶而后有歌，而最早歌颂茶的诗歌，可称为茶歌的鼻祖。历代写诗填词之人，围绕茶所作的诗词不在少数，网上一查，洋洋大观。你想一想就可明白，在品茗之时，琴瑟相悦之际，茶歌一曲献宾朋，该是怎样的赏心乐事？！

我总感觉听茶歌比听敬酒歌要清爽得多。在云南民族地区，敬茶歌唱得风情万种，男女歌手对唱，这里面有喝茶的喜庆，有互相探秘的欢快，还有你情我意的律动，听看都是好享受。有一首土家族的茶歌，把一个小伙子求爱的急切和智慧表达得一览无余。相反，那些经过现代诗人加工的敬茶歌，却失去了本真的味道，多了广告的嫌疑。我喜欢那些质朴的来自民间的茶歌，茶歌里有风俗，茶歌里有历史，茶歌里也喊着男欢女爱的迷人情愫。

茶歌，自然不只在喝茶时唱，其实，从茶树种植到采摘、加工的过程，都有茶歌呈现。你想想，在农耕社会，采茶人靠什么驱逐野兽和寂寞，靠什么庆祝劳动的解脱与欢快？就靠在劳动时唱茶歌。围绕着茶事活动而歌，这歌既可以讴歌劳动本身，又可以借助歌来谈情说爱，还可以用歌来慨叹世事，驱逐劳动带来的疲劳。你听听这首茶歌，"日头啊出来哟，红绸绸啰，一片啊茶园哟，水溜溜哟"，一开唱就有爆满的情事；信阳茶歌里的"茶山的歌挤破喉，茶叶满篓歌满篓"，算是把茶人的心情描绘到极致了；土家族"我打茶山过，茶山姐儿多，心想讨一个，只怕不跟我。门口一窝茶，知了往上爬，哇地哇地喊，喊叫要喝茶"，则更多带有民间俚语的特点。

我在云南时有一次去山顶采茶，阳光微露，采茶男女打扮得十分光鲜，男女茶农围绕着茶垄展开对垒，明着唱歌，暗里表情，使劳动场面瞬间变得欢快起来。劳动中的茶歌，的确有减除疲劳、提高采茶效率的效果。这是千百年来，采茶人在劳动中自发产生的欢歌，带有原生态的特点。

中国地大物博，地区特征不同，茶树形态不同，方言俚语不同，历史传承也不同，围绕着茶事劳动，产生的茶歌质地就不一样。江南茶歌有江南茶歌之软，江北茶歌有江北茶歌之柔，岭南茶歌有岭南茶歌之趣，西南茶歌有西南茶歌之妙。这是属于劳动人民的茶歌。茶农在茶歌滋润里，酿造出的茶，就有了文化的味道、地域的味道、历史的味道、情绪的味道。

喝茶人最后听到的茶歌，一般是美化、过滤的茶歌，去除了茶园劳动过程中种茶、采茶、翻炒茶的那份现场感。喝茶场合中的茶歌，开始由更多的感性话语转为理性话语，由民间俚语转为接近书面语的颂词。这样的歌词，听起来很美、很全面，但已缺少茶叶上露水的闪光、翻炒茶叶时的那份清香。尤其是当代几近完美的舞台茶歌，失去了原生态的味道，听起来就乏味多了。就如包装绝佳的茶品，品尝起来反而没有了原来的味道纯真。

在古老茶区，至今还保留着婚丧嫁娶敬茶的习俗，因仪式需求不同，茶歌的格调也不同。譬如结婚之时，就分拜堂时的敬茶歌与回门时的敬茶歌等，但同样蕴含着让青年男女幸福美满、孝敬父母的深意。以敬茶作为伦理规范的一根链条，是茶区人民对茶歌升华版的创造。本来，人的生存离不开自然的馈赠，茶歌进入日常生活的礼仪，自然会让婚丧嫁娶更加富有仪式感。而丧礼上对亡者的超脱茶歌，则有着缅怀逝者和祈求保佑等多重含义，一曲茶歌，哀送亡灵，多少有助于茶人化悲伤为美好愿望。

茶是茶歌的基础，也是茶歌的寄托，茶歌里的故事，就藏着茶道的深邃和无限可能性，为听歌人提供了更多审美意蕴，这或许就是茶歌久唱不衰的原因吧！

茶场偷酒

善庆，胶东人，一日来看我，带了陈晓卿先生的新书《至味在人间》。他原来的大肚子，忽然没了，人好像年轻、干练了许多；点的菜，多为鲁菜，对我几个人的胃口。善庆聪明，商场待过多年，阅历人间沧桑。我与善庆，在一年半前相识于大益茶场，关系加深却是在采茶后的那次午宴。

那次采茶，对我而言，是第一次感受现场采茶，采茶过后还亲自用大铁锅炒茶，锅很大，人很笨拙，只觉胳膊短，往里使劲伸，再往里伸，生怕不能照顾到每一片茶叶。我炒的那锅茶，肯定不均匀，茶场的工人们，双手在锅里自由翻飞，让我好生羡慕。后来买茶，我很少讲价，就因经常想起茶场工人的辛劳。在大竹筛子上晒，炒好的茶和没炒好的茶，形色自然不同。那一次，去茶场参观和采茶的人好多，善庆和我同是山东人，又与我同在北京生活，虽是初识，却如老熟人一般。我们一同戴上斗笠去采茶，一并炒茶、摊晒，等累得不想干的时候，茶场准备的午餐也快做好了。

那是一次令人难忘的午餐。食材原生态，就是当地腊肉、本地鸡、山茅野菜，劈柴烧做，味道特别地道；来客与农场工人一起就餐，其他桌，要么客人一桌，要么农场工人一桌，我们这桌既有农场工人，又有外来游客。馋客撑不过三让，茶场工人献上米酒，喝两杯，就把馋虫儿勾上来了，面对美味佳肴，不喝酒真是枉费了这当下时光。善庆眼尖，发现茶场黑魆魆的厨房有文章，里面一寻，自是有泥坛酒一罐，斟满一杯，满口生香。于是酒兴大发。三杯下肚，话多起来，后来喝醉了，话就成了喝酒的陪衬，醒酒后竟然不记得当时都说了些什么。不过，那一场酒喝得有些天昏地暗，好多人已停止了进餐，似乎只有我俩还在喝着。不知道当地人怎么看这两个山东人。当时我说了什么，我都忘记了；吃了什么，前面还记着，后面就忘了。趔趄着离开茶场，感觉茶场的酒胜过当地产的茶。此后能到云南工作，也与这一场酒不无关系，原因在于我太喜欢这种没有任何挂碍的喝酒了。不用客气，不用察言观色，想吃就吃，想喝就喝，最后嘴是香的，脑子是晕的，双腿是软乎乎的，那份感觉真好。特别是戒酒之后，回想这样的吃酒，在场院里，顶着日光享受美食好酒，的确是一种享受。

茶场的酒，是茶人用来解除寂寞、去除劳累的，没想到被我们两位山东"贼人"寻觅来喝了；善庆眼好像会说话，又像是搜索器，馋猫鼻子尖，酒鬼眼睛毒，茶人纵有十二分的不舍，这酒拿来都要痛饮。也许是出于对善庆敏捷之风的迎合，也可能自己心底喝酒的愿望本身就很强烈，喝着喝着，就放纵起来，最后我都忘了喝了多少，记住的是酒味而不是茶味，是善庆的胶东话和偷酒的细节，而忘了酒场其他人的情形。

男人一旦一起干了坏事，就妥帖了。我们自从"偷酒"分别后，善庆就常在微信里嘘寒问暖。在云南时，老弟还从他老家烟台邮寄几箱苹果到瑞丽，我把所有的苹果都分散给瑞丽的同事吃了，自己没舍得品尝一个。今日看到善庆老弟端酒的样子，又想到那没有吃上的苹果。

到汇贤食府，没喝酒。我查出高血压，怕以后很难再像过去那样喝酒了。但回想起那次在云南与善庆共同参加几百人长桌宴的奢靡，以及茶场午餐的简单，特别是那"偷酒"的促狭，就有说不出的欢快。

谢谢善庆——这位云南相识、茶场醉酒、北京相知、未来相谈的山东朋友，给了我一段旅程上的欣喜。时陪餐者，尚有盛平、晓强二君，亦享受了我俩的"偷酒"故事。

茶里茶外

夫人研究茶，我只好跟上她的步伐，隔三岔五，读一点茶文章，喝一点带颜色的水。这喝茶，毕竟没有喝酒过瘾，酒喝多了，可以胡言乱语，海阔天空；茶喝多了，越喝越饿，越喝感觉越没有底气，人就直不起腰来。

我出身于农家，对茶没有讲究。亲大爷上树采摘臭槐花，摔断了腿，只好终生以理发为业。农家喝茶简单，就地取材。臭槐花茶或臭槐果，都可以泡茶，香中带苦，败火，为农家日常之饮品。我的故乡在丘陵地带，沙岭田埂上，多种金银花。采摘金银花的时节，黑魆魆的早晨，就被母亲喊醒，采摘的金银花，还带着露水。金银花蕊，有一根花丝，啜吸之，香中含甜，享受超过喝金银花茶，这是儿童们的游戏。不知怎么，离开了家乡，对金银花茶却再无兴趣了，多年已经不喝它了。

城里生活，自有城里的规矩。到饭店吃饭，怕茶贵，多点菊花茶，便宜，还败火；大麦茶，有种植物的清香，喝一口，口里攒满粮食的香味，亲切。自从夫人研究茶道，我也猪鼻子插葱——装相（象），看陆羽的《茶经》，读吴远之的《茶道与文学》，瞧田真教授《一杯茶中的信仰》，聆听茶文化讲座，与茶人沟通。这种硬充识字人的感觉，不是太好。总感觉茶不属于自己。因为喝茶，逼着自己了解茶文化，实在是硬要把形而下的东西幻化为形而上的东西不行。有时还被夫人索要茶文章，不写她就会�’嘴。

我不喜欢喝茶，却没少喝茶。正如我不喜欢小说，却没少读小说一样。这个社会，喜欢喝茶的人多，外出交际，不喝茶就会被人看轻。只因我一喝茶，个别部位就起反应，我的身体对碱性饮品有过敏应对机制，就如面对小人有种本能的厌恶；在某些作家把小说当作文学象征的时候，写散文似乎成了另类，所以有时要去读一读小说，充一充雅人。作为一位不懂茶的局外人，有时我也去串串茶楼，也像会喝茶的人一样，看一看茶种，夸一夸茶香，品一品茶味，旋扭两下精致的杯子，以故作惊人的姿势，言佻行欢，也算从茶外萌到了茶里。别扭中自有难言的感受。这个世界上，模仿总不算难，人家把茶杯转一圈，我也把茶杯转一圈；人家说这茶真好，我也会说这茶有回甘，俨然一个精于茶道者。有亲友学生送茶来，也千恩万谢地接了，然后立即转送他人。唯有杜康，真心舍得转送的少，这东西，我喝了也过敏，但毕竟它能温暖肚腹。而茶，会把人喝瘦，能让人词穷。我可不像那些能言善辩的茶人，伸着长颈鹿般的脖子，对所有的茶都贪婪，对所有的茶客都敲诈，被骗的茶客还饿着肚子说好。我只希望徘徊到茶之外，躲在一隅，品酒之美。只是因夫人研究茶的需要，茶文章还是要写一些的。看夫人�’嘴的滋味，总不如品酒般享受。也罢，也罢了，权且喝一杯不愿意喝的茶吧！幸福也么哥！

酒与茶

　　"酒是粮食精，越喝越年轻"是酒鬼的托词，都说适度的饮酒对人体有利，但以我的饮酒经验来看，只要喝点酒人就会兴奋，少则嘴上缺少把门的，重则第二天昏昏沉沉。一生醉过多次，虽没有因此去过医院，但睡一天才醒酒的事件也不是没有发生过。一日深夜，收到一酒醉同事打来的电话，一连数小时，手机没电了，又用座机打过来，陈芝麻烂谷子一箩筐，纵横历史五千年，直说得我也和他一样醉了。以醉鬼作镜子，想想我这一生，酒后得罪了多少人，说过了多少错话，做过了多少错事啊！

　　酒与茶，是相伴的兄弟。但酒与茶的性格却大有不同。茶水是一种滋味，酒水又是另一种滋味。酒喝少些，喝茶能解酒；酒喝多了，再多的茶怕也解不了。原来在鲁南地区施工，看到酒鬼一手拿着酒瓶，一手拿着咸菜，赤脚晃荡在乡野土路上，裤子上沾满了摔倒又爬起来的痕迹，酒鬼的眼睛通红，善良的老母鸡都不敢在乡道上行走。醉汉一路喝酒一路歌，用当地土语骂着村里的仇家，其气势不亚于骂街的农村妇女。因为是酒鬼，乡亲们有的远远地躲在一边看，也希望借助酒鬼之口，把平日里自己忌恨的仇人，一个个骂出来，以解平时郁结的心头之气。酒鬼之骂，因为缺少了理智，骂着骂着，有时就扯到了自己头上。如果一个酒鬼恰恰又是一个色鬼，就会抖搂出男女风流、吃醋之事，有了酒鬼的现身说法，就有了诱惑人的成分，酒鬼的咒骂，就像乘了劲风的风筝，飞出去好远好远。大城市因为酒驾入刑，酒桌上劝酒的人少起来，又因为城里人近几年注意养生，喝大酒的机会就明显不多了。穷乡僻壤，天高皇帝远之处，依然可以看到酒鬼肆虐乡风的现象。无奈何中人们对酒的怨恨就多了。

　　茶是明君子，似含谦谦君子之风。这茶也是兴奋剂，喝多了也不是什么好事。半夜起床，看微信朋友圈，因喝浓茶过多，无法入睡的人颇多。茶醉不亚于酒醉。酒醉了就睡觉的人有时比茶醉了就乱说话的人要好得多。

人间的兄弟，也有和酒与茶之间关系相仿的。有一对兄弟，哥哥嗜酒如命，对外联络很多，官场一路飙升，弟弟寡言少语，平时只喝茶不喝酒。话说老大如日中天之际，被人举报，旋即落马。唯有那位兄弟，常在其自家开的小卖店喝茶，见人依旧像往常一样笑笑，好像没有发生过什么事情。

岁月静好。我查出了高血压，又看到酒场很多酒鬼的丑态，反观自己，对自己大半生的醉酒经历最是忏悔。但很少喝茶，一时培养对茶的兴趣还不是那么容易。就在闲散之余，写一点边边角角的茶文字，聊度余生罢了。

喝茶人的个性

人最容易受环境的影响。在一个流行吃葱的省份，人们喜欢吃葱，业余时间扒葱，围绕着大葱蘸酱衍生出一系列美食。一位在湖南长沙工作过十几年的中年先生，养成了嚼槟榔的习惯，他知道嚼槟榔对牙齿和嗓子不好，但十几年一直很难戒掉，只有到了北京，离开了嚼槟榔的环境，他才不再兴此道。一位福建朋友，不可一日无茶，像我这类一辈子喜欢喝白开水的男士，怕被他视为无品无味的异类。在苍山县北部，当地土语，喝茶就是喝白开水，不知道传自何年何月何人，也许是在古代宫中经多见广的遗老随便的一口习语撒落在民间，遂成这概念不清的俗语。那是我的家乡，许多传自古代的话语，和京城的时尚语言合不上节拍，盖因京城历代人来客往。你想想，一个鱼龙混杂的城市，怎能和几千年人迹罕至的村庄相比？京城之堂奥，自有其堂奥的道理。说起京城的喝茶，古画里都有记载，我看到古人的茶话，内心是骇怕了一跳。京城之喝茶，由来已久。从宫廷到民间，从奢华到简朴。我的家在山东乡野，古时人迹罕至，道路崎岖多艰。山东少产茶，我至今都怀疑祖先的基因里很少怀有喝茶的习惯。所以，我辈对喝茶有一搭无一搭，也算正常。

还是刚才那位福建朋友，喝茶养成了片刻不能离的习惯，只要不上床睡觉，手是断然不能离开茶的。几十年喝惯了家乡的岩茶，其他地方的茶的口味就不对路子。比如，我从小长在大蒜的产地，根本不怕大蒜的辣味。生吃大蒜者，常被南方人所不齿。有个作家班同学，善喝工夫茶。等他把一套喝茶的用具摆出来，我已经有昏昏欲睡之态。南方人大多对生吃大蒜者很反感，认为是粗俗，没有教养的表现，一口一个蒜瓣，真乃狂人也。何况大蒜有味，食者很难隐藏。哪像喝茶，一小口一小口地啜着，大学士一样。南方人性格上的细腻和北方人性格上的豪爽，与喝茶吃饭有很大关系。我多次被家人批评，不要以省份地域划界，其实骨子里并没有地域偏见，南北方的性格特点是我多年观察的特点，但也就是描述个大概。你说，南方和北方到底怎么样划分？这是一个混沌的概念，不可较真，形式上的东西未必一定要做到与内容相符。生活的辩证法和每个人的感受，自然不同。有些人认为好的东西，却被另外的人看作龌龊之物。一个逃荒者，在逃荒时摸到许多鸟蛋，日日吃鸟蛋，最后竟然吃出了鸟屎味，所以，在几十年后，他成了声名远播的大亨，对鸡蛋之类的卵类，从不问津。对大多数人有通感效应的东西，不一定适合少数人。你喜欢吃鸟蛋鸡蛋之类，不一定那一位大亨也喜欢。不同的人有不同的食物命门，真是不好强求。

大亨不吃蛋，将这道理放在喝茶人身上，自然喝茶者也有千差万别。你喝你的普洱，我喝我的君山银针；你喜欢西湖龙井，我喜欢茉莉花茶。中国茶五花八门，中国的茶商自然也各有来头。我在京城，早些年习惯了酒场，近些年热衷于茶场。对喝茶之道，虽然谈不上研究，却也耳濡目染。喝茶之人，大多比喝酒之人清爽，用我们乡下人的话说，显得富有文化。出入楼堂馆所之茶室，顿时让我这喝了一辈子清水的人有些不适应。记得曾在一茶馆喝茶，一边疆老识赠送一茶与我，茶室老板多有喜欢之意，推搡之间，老板就收下了；我很少收别人的茶礼，倒是家人研究茶道，知道茶的好孬，买了不少好茶，大多被我送了人。河里淹死的，都是会水的。一日，有人谈论股票，多是经风见雨，套牢多次之后，才能雄才大展，所向披靡。我不炒股，所以断无这种大开大合的感觉；我不喝茶，所以茶孬茶好，于我而言断无品质上的分辨；我喜欢饮酒，却因脑梗，断了喝酒的功德。人这一生啊，喜欢什么，可能就栽在什么事情上面。

虽然不喝茶，但对喝茶者还是怀了十二分的景仰之情。每到茶台前，也是肃穆端庄，有模有样。喝茶也变得规矩、神圣起来。还是那位外地送茶的识者，将茶送了老板，我则从此再也没有去过那茶社，那老板大约认为我小心眼吧？！而那边疆的识者，开始说我文章的浅薄，后来说我对茶的轻蔑，我也怕自己的无知，得罪了这边疆的识者，从此微信拉黑，各自走道吧！

爱茶者对喝茶的执着，的确令我这喜欢喝白开水的人敬佩。近来喜欢上黑茶，也是出于刮油降压的需要，这有点向爱茶者投降的味道。但骨子里，我是个伪爱茶者，喝茶的功利心很重，闲坐一上午，在那里谈天说地，我还真有点做不到……

茶与水

在瑞丽，我到等嘎山上去，采摘一片古树茶叶，放在嘴里咀嚼。正是雨季，茶叶上沾着雨滴，茶树林两边是流泻不止的溪水。这上百年的古茶树啊，从成长之初就与水相伴了。自然界的水，滋养着茶树的生长，难怪南方之茶比北方之茶绵软而有味道。在云南，产茶的地方多，与水有关。水让茶生长，茶因水而旺。北方的茶，也以长在靠水近的区域为上茶。故乡山东，以日照等海边多水滋润的地方所产的茶为好。想想也是，一处旱地，硬挺出来的茶，除了干苦，怕无温润之甜。不消说，北方的菊花茶、竹叶茶，还有桑叶茶，大多有浓烈之色，与生长期缺水有关。一方民众爱一方茶，与大自然的恩赐关系很大。茶与水，皆为自然产物，历史和自然积淀，会改变人类自身的基因。

我不喜欢喝茶，与自幼家庭相对贫寒有关。相对贫寒是指故乡在我小时是欠发达地区，不能和江南富庶之地相比；但父亲是铁路工人，又比家乡农民多了一点灵活财富，且能年年享受父亲发的劳保茶——茉莉花茶的味道。记得那时用烧开的井水，泡一壶浓浓的茉莉花茶，花香顿时溢满整个屋子。茶壶是瓷的，看不到茶叶刚与水相碰的那一瞬间的样子；壶嘴有过滤功能，将香茶倒到茶碗里，那一抹红色就是茶与水的造化了。记得劳作回来，即使是剩茶，我也会一饮而尽，对茶不讲究，是源于这种少年时的无奈体验。

在铁路工程队施工，走南闯北，茶能改水味，也可治水土不服之病。譬如，在东营施工时，那里的水重，碱性大，一喝水就感觉那水像一下子掉到了肚子深处，就准备了一个透明的玻璃茶杯，看茶叶在杯子里翻滚，知道茶在与水做顽强斗争，等茶叶歇息下来，一杯晶黄，呈现在那里，就减轻了我对东营白水的那份恐惧，喝下去就受用多了。初到菏泽施工，那里的水黄牙，曾给我下马威，喝后，连续几天闹肚子，也是茶救了我。每到夏天，铁路工程队发劳保茶，以茉莉花茶为多，这茶喝多了，一端水，就会想起茉莉花茶的香气。

到云南炒过茶方才了解到，好茶大多产在半山腰；山顶的茶，阳光太足而缺少水分；山脚的茶，水分过多而受照太少。只有山半腰的茶才算最好，阳光雨露恰当，地力水脉适合，这茶生长竟也和人一样，讲究中和之道。炒茶时要不断翻拣，炒得均匀为上品。好茶先要成长得好，更要制作者会炒，炒是去水分的过程，要慢慢去，不可心急，心急了，茶也就急了，炒出来的茶，味道就不佳。茶叶制成茶，已经含有人的气息了，有时人们品茶，其实品的是制茶人的技术、制茶人的性格、制茶人的耐性，也是茶自身与水的博弈过程。

很多人泡茶多用矿泉水，讲究的喝茶者，会把矿泉水注入一个陶器里，做日常的滋养；一般喝茶者，直接把矿泉水烧开就冲泡，因为缺了自然水的味道和天然物质的成分，茶韵就少了几分。我在瑞丽，曾到山涧旁喝茶。农人取山涧之水，用竹筒放入茶，灌入水，置于篝火之上，烧之，饮之，如享天赐。茶圣陆羽曾云：山水上，江水中，井水下。盖指流动之水，乃为冲茶之上品。但现在城里人哪有这般福分？即使是乡下人，也不能用老眼光看新问题了。举目四望，还有多少天然之水未被污染？倒是矿泉水还勉强值得相信。而今，在某些地方，竟也频频爆出矿泉水造假，人心一坏，水就不真了；水一坏，再好的茶怕也难以出真味了。

更多时间里，我喜欢一个人，喝一杯洁净之水，而不想让茶以其味、色、香来搅扰我。传递茶的渠道实在太多，而茶的品质，取决于生产的过程。自然之水值得怀疑，茶生长的过程就少了纯净；打药的茶和打药的果实一样可怕，发酵不好的茶会带着霉味，从科学道理上说对人体还是有害的，所有茶从生长到制作的环节，都让人产生或这样或那样的问号，如果你设想像古时候的文人一样弹琴品茗，可能形式上能达到，而事实上难以达到了！倒不如捧一杯清水而饮，这反而能安全无虞。我喜欢面对一杯水，尽管这水里可能也藏着不安全，但终归是单一的不安全而已。

不过，我还是欣赏喝茶者的优雅，像欣赏一本书、一部剧、一场宴会。茶社里饮茶，最值得欣赏的是茶道表演。一壶水冲下去，洗洗茶；再一壶水冲下去，茶叶翻卷着自由的身躯，黄汤泛遍茶碗，茶气随之腾起袅袅之姿，犹如仙气环绕。这时，水与茶的结合，让你想起古代圣贤，想起君臣的结合，想起夫妻的恩爱，想起兄弟的情深。一碗茶，藏着多少文人故事。这时喝茶，喝的是从古流传至今的士子文化，喝的是超然物外的君子感觉。古代文人雅士，喜欢以上水泡茶，自有很多故事。有些文人的书童偷懒，常常避远就近取水，常被主人责怪，苏东坡的书童就是一例。聪明的苏东坡为了避免他的书童捣鬼，模仿调兵之将，亲身制作调水符一副，一半给书童，一半给岸边汲水者。让书童乖乖以符换水，避免了易地取水。这老儿也够智慧的，他品茗时，一定会超然看着委屈的书童，享受那份自我嘉许的快乐。不过话说回来，如果汲水者和书童串通一气，东坡老儿就呜呼哀哉了。但也就是我这样被污染的现代人这样想，古人怕要纯粹得多。

茶是水的知音，水是茶的领地。没有水的帮助，茶施展不了威武；缺少茶的陪伴，水就太过于单纯无味了。一杯茶，养了那么多清闲者；一壶茶，依偎着那么多品尝者；一地茶，招来那么多外地拥趸；而世世代代的茶，培养了那么多以谈茶论道为乐事的学者，至今还茁壮成长，这是茶与水密谋的结果。而我，只能捧一杯清水，做静默的旁观者。看茶与水相融的颜色，看别人品尝茶与水的味道，我独超然物外。

中外茶道的区别

周末，我到人民大学听德籍教授何先生讲茶道哲学，收获不少。何教授地道的中国话，他对中外茶文化的解读，都令我汗颜。他对中国茶道的熟稔程度以及对中国茶文化的深入研究，足以看出他的治学功夫。我曾经问他德国的工匠精神是否与学者的治学有一定影响，他回答我说自然有间接的影响，以制造精神对待学术研究，无疑是对学术抱以最诚挚的态度。

建立在跨文化研究基础上的茶道哲学，更富有味道。虽然茶文化在不同的国度都是以人际交流作为基础，但不同的民族性格特征和宗教信仰，让茶文化在不同的国度有不同的表现形态，形成不同的文化形象。中外茶文化，不是简单的演绎，而是融入了不同文化审美的茶道哲学的升华。

中国是茶文化起源国。但我们丝毫没有因此而妄自尊大的理由。天人合一的文化理念，伴随着中国的茶文化不断向前发展。从唐代的民间格局到宋代的理性回应，似乎都在沿袭着茶本身的自然性。人在茶中获得的超脱，在民间总没有寺院来得深刻。当茶传到日本，输入欧洲，发展出了日本的茶道哲学和欧洲的开放性茶文化。因为宗教的渗入，日本的茶文化衍生出烦琐肃穆的形式与内容，增加了严肃的仪式感，一直沿用至今，日本继承了中国茶文化的精华，又融入了自己本民族的元素，让茶道从寺院走进民间，成为独特的精神享受，尤以侘茶文化轻表重里为代表。茶到了欧洲，渐渐地由宫廷走向民间，成为上、中层社会组织沙龙聚会的饮品。中国茶鲜亮的东方元素，成为吸引西方人的尤物，同时也成为融合宫廷与民间、贵族与平民、昨天与今天的时尚物质。于是，时空被切割，中国茶不再是舶来品，也不再简单地向外扩散，中国茶在走向国际的过程中，已经突破色、香、味的局限，扩展为房舍、交往、自律与互融的异化品。在茶的世界里，你可以找到时空的变幻、宗教的渗透、对礼仪的膜拜、对茶具的追求、对上帝的期盼，或者对人自身的反思。在茶的多重维度变幻里，茶不再是单纯的饮品，而是围绕茶而产生的对外物的审美，对人与自然的关系的审度，对音乐的欣赏，对书法艺术品的依赖，或者对人与人之间关系的疏离与聚合的重新阐释。在中外文化的交流中，茶不断地以多重叠加、泛化乃至不断嬗变的方式演绎着自己的存在。

在同样一个寂寥的下午，中国茶客或许从品茗中获得顿悟，日本茶客可能在审视中思考未来，而欧洲的茶客可能从品茶中享受到身心的自由……唯一相同的是，中外茶客们都可以从品茶中感受到未曾发现的自己。在跨文化交流的时代，茶融入了多重文化的特点，融入了不同国度品茗者的血液里。

中国茶，在内是百般滋味；在外，是万种风情！

作家与茶

茶是清淡之物，作家是幻虚之人，二者必成朋友。在中国历史上，从古至今，作家与茶就结下了不解之缘，唐朝诗人李白、王维，以茶催化自己；宋朝词人陆游，更是对茶咏叹不绝。近古以降，作家更是不分中外，对茶的品味与描述越来越多。盖因近三四百年以来，中国茶叶出口欧洲，以及其他国家地区等，狄更斯等国外作家对茶的描述，可谓细致入微。

茶会，最初是英国上流社会的活动，随着茶叶输入的增多，英国平民得以享受更多的中国茶叶，茶会的组织形式也就日益广泛、普及开来了。有了平民百姓的参与，为英国作家书写茶文学作品带来了不少新领域和新视角，以茶文化来彰显当时的社会情状，已非中国作家所独有。从某种意义上说，中国茶文化是文化使者，带去了中国人的文化蕴涵。

为西方国家引介中国茶文化，使林语堂成为让外国人刮目相看的文化学者。林语堂先生是典型的安逸派文人，和周作人先生当有一比，都是那种安逸派喜欢闲适生活的作家。在骨气方面，周作人就无法和他的哥哥鲁迅先生相比了。虽然周氏兄弟二人反目的原因，至今仍为文坛难解的公案，但从二人对喝茶的态度，也可看出两人生活态度的截然不同。周作人把喝茶当生活，讲究自我享乐；鲁迅把喝茶当作人生要事，乐于与他人分享，以至于他的日本友人内山完造先生在内山书店向顾客施舍茶水，鲁迅也甘愿奉献茶叶以相助。这是鲁迅"呐喊"品质的外露，与周作人虽为同胞兄弟，两人终因性格、气质不同而分道扬镳，实在是在所难免。

胡适也是精于喝茶之道的。胡适的祖上，从其爷爷上溯已有一百五十多年经营茶叶生意的历史。他在国外留学期间，也不忘频致家书，让母亲邮寄茶叶和蜜枣到海外；别人请不到的朋友，他以茶诱之，人家也就追而随之了。胡适找到了喝茶的门道，以茶交友的门道，自我欣赏茶文化的门道，读他的茶文字，能发现颇多好笑之处。他在打牌中喝茶，鲁迅则在喝茶中翻译，这两位作家，自有各自的秉性和书写的轨迹。

　　说着说着就想到了汪曾祺，汪先生最值得回忆的时光，就是在西南联大时的喝茶清闲之时。昆明茶室，有大茶楼、小茶店之分，汪先生那时是一介穷书生，喝不起好茶，也不能像他后来写的《沙家浜》里的阿庆嫂"垒起三星灶，铜壶煮三江"那么潇洒，只能邀二三学子或同道，在昆明小茶店里品茗论诗文。汪先生精于茶道，与其幼时在高邮养成的习惯有关。高邮是苏北的一座水城，往来人多，歇脚、等船需茶解乏消磨时光。城内茶馆与牌局相伴而生，演绎着小镇人的凡俗生活，也正因为这样的人间烟火气，汪曾祺的散文有着直接打通读者"任督二脉"的功夫。陆文夫先生喝茶，与汪先生堪有一比，写作时，一本书，一支烟，一杯茶，构成文人独有的物质世界与精神世界的平衡。茶分多种，即便是喝茶，最低等的茶是茶末，茶末也有高末、低末、灰末之分，陆先生是断然不喝灰末的。多年以来，他一直坚持喝高末，体现着知识分子弱不禁风的尊严。读到他的文字，哑然失笑之余，还是感到些酸涩。

　　老舍先生能耐，一部《茶馆》描述了三代人的精神生活，五十多年的历史，浓缩在茶馆里表演，这样的作家该具有怎样洞穿世事的能力啊！老舍先生是把人间事，做成了茶饼，然后泡出来给观众喝，只有身手不凡的作家，才有这样的大手笔！

　　据传说，鲁迅先生遗留的普洱茶，被外界炒作到十几万一饼，他喝剩的茶膏，也卖出几万的价钱，这或许更多的是名人效应所致，自与鲁迅先生的初衷无关。

　　我在北京，很少约作家朋友喝茶，倒是有一位女作家，喜欢喝各类花茶。有一次她请我品茶，菊花的黄和玫瑰的红，在玻璃杯里荡漾开去，犹如女作家的作品。

　　受人敬重的冰心老人，生前最喜欢喝茉莉花茶，晚年特别喜欢喝菊花茶，看着菊花在杯子里铺散开。她的文字，透着朵朵花香。

　　文人间的交往，一书一画一茶而已，略表寸心罢了。有作家朋友拿来家乡茶给我，说是他老父亲亲手采制的，叮嘱我千万不要送人，留下自己喝。回来泡一杯品尝，就感觉杯子后面站着一位老茶人，勤恳而善良。

作家们喝茶，讲究仪式感的可能相对较少，但看重色香味的怕是很多。鲁迅先生十三岁时就手抄陆羽《茶经》三遍，曾言"有好茶喝，会喝好茶，是一种'清福'"；汪曾祺则对湖南的擂茶描述得很细，读完他的介绍，诱惑得我真想马上品尝品尝那擂茶；张爱玲的文章，其灵气好多怕是从她的喝茶细腻感觉中直接传递到文章里的。

泡茶馆的林语堂直接把喝茶看作一门艺术。鲁迅先生最喜欢用盖碗茶喝茶，是因为他有过用长袍焐茶没有喝出好茶滋味来的经验教训。鲁迅体会到好茶要有好茶具，这盖碗茶是有很多讲究的，上盖为天，下托为地，中间的茶碗代表人，掬一尊盖碗茶，天地人则合而为一也。

对茶的态度，也是文人风骨的体现。胡适的少年好友，算作他本家长辈的茶叶商，曾打算以他的名义做茶叶广告，被他断然拒绝，胡适不想以自己的名声欺骗世人，也算是对茶的尊重吧！古今作家对茶叶的态度，里面真是藏着天大的学问。读读作家们的茶学问，自会收获很多。

梵高与茶

这是一个孤独的灵魂，也是一个怀揣炭火的灵魂。乡下人把他看作酒鬼、失败者、流浪汉，他的画，生前只有他的弟弟和少数亲友欣赏。我在网络上欣赏他的画，仍能感觉到他内心强烈的躁动。

据说，梵高从27岁开始画画，到他自杀那年，整整画了十年。十年磨一剑，倘若他现在活着，站在我面前，恰巧是三十多岁，我比他要大接近二十岁。现实中的三十多岁的80后在我眼里还是个孩子，而艺术史上的梵高则是一位老人，一位震撼好多人心灵的艺术家。

为什么他那么喜欢画向日葵？是向日葵金黄的颜色符合他的心境，还是他有着向日葵一样向往太阳的大脑？还是大片的向日葵形成了生活美满的幻觉，或者在荷兰的乡村根本没有高楼大厦可画？当梵高举枪自杀前，一定想到了遥远的自己，在生活的无奈里，他躺在了对金黄色向往的幻觉里。

梵高的自画像很多，每一张似乎都没有笑意，都对世界呈现着一种冷。这是孤独酿造的冷，也是贫穷包围的冷。梵高的星空，是属于他自己的，他就是他所画的夕阳下的播种者。农夫、落日、麦田，简洁而又有冲撞力，这就是梵高的眼睛；当他的耳朵包着白色的纱布，棕色的帽子搭配绿色的衣服，装饰着这位几乎不食人间烟火的画家。他以偏执的眼神，诉说着自己对这个世界的认知。没有更多人可怜他，只有自己的弟弟接济他，他的勤奋几乎达到疯狂的地步。他生前，画作近千幅，但只有一幅画《红色葡萄园》卖出，收获不过400法郎，这位艺术家，最后死在弟弟温暖的臂弯里。弟弟爱他，却无法走近他的灵魂。

我看梵高的向日葵，每一朵都闪耀着画家的闪光。梵高死后，其画作卖价逐年攀升，没有人再去谈论画家一生的悲苦。走完37年的人生时，他不过就是一个大孩子而已，而这个大孩子，以短暂的一生，让世界上的更多艺术家打开了艺术的另一扇门。

在十九世纪末期的荷兰，中国的茶叶已经成为上流社会的奢侈品，而默然无名的梵高，却没有钱去享受一个与茶相伴的下午。

许多后现代的艺术家，在品着红茶欣赏着梵高的《向日葵》画作，梵高依然一脸冷漠地看着这个世界，他大概不知道茶是什么，那期期艾艾的眼神，或许是在"责怪"艺术家们对他画作的误读。

我独坐窗前，看着失去一只耳朵的梵高，看着对面墙上的《向日葵》，我不知道该对梵高说些什么？我不懂梵高，梵高也不懂我。梵高的高冷，或许只有这一屋的静默才对得住他。茶的烟气，已是多余，梵高不需要，不需要这样的清闲，他的世界，永远支撑着孤独中的高傲，冷静中的金黄。我缩回伸向茶杯的手。面对梵高的《自画像》，面对那一溜儿梵高的"向日葵"，我泪流满面，以至于无地自容，羞愧于我这么物质地活着。

感谢梵高，让我拥有了一个认识世界的整个下午。他用自己的画，完成了与世界的完美对话，所有的富贵与荣华，他根本用不着去享受，他的心里是一株、几株、一片乃至无限田野上的向日葵，是满世界的向日葵。向日葵的花香，胜过清淡的茶香，一直走进他的心扉……

茶与文章

　　一方水土养一方人，是指这方水土滋养了世世代代的人们，另一方面是这方水土上生活的人，适应了这方水土。简单说，就是人与自然的和谐；说深了，就是人与自然的相互依赖。不管你怎样修炼，你骨子里都会带有你少时成长的那方水土的痕迹。如东北人的江湖、山东人的直爽、浙江人的精细、甘肃人的粗犷……一方水土自会滋养一方水土上人的性格。这与那方水土上的气候、季节、饮食有关。人是依赖资源的动物，常吃辣，就有湖南人的辣脾气；常吃羊肉，就有内蒙古人的豪迈劲……喝茶也是如此。

　　北方人喝茶，在交通不便的农耕时代，在民间，可能喝竹叶子做的茶，可能喝桑叶做的茶，也可能喝菊花做的茶。南方几千年前就有茶，当地人会咀嚼，能发酵，善品饮，整个封建社会，茶俗把南北方人的性格以其茶品撕裂开来，这不是乱说，你查一查茶典，看一看中国人的喝茶史，就能知道。即使到了当下物流发达的社会，没有农业社会南北交流的不畅、东西交流的隔膜，信息技术能让整个中国在一地发生的信息，迅速爆满每块手机屏幕，但南北方茶文化的差别，还是泾渭分明。在福建喝茶，无论饮茶环境还是茶艺表演，自然与北京悬殊甚大；在云南喝茶与到内蒙古喝茶，仪式感和喝茶的气氛都截然不同。南北方地域文化的差异，造成了饮食文化的不同、性格锤炼的不同。"橘生淮南则为橘，生于淮北则为枳……水土异也"，通理如此。

　　其实，作家写文章，南北方也是不同。虽说南方文人也有金刚怒目之作，但相对于北方而言，还是少了许多；北方作家善饮酒，一喝酒就冲动，一冲动就怒发冲冠。发疯发狠，这是北方作家；南方作家，喜欢到山上去喝茶，一边是高山流水，一边是竹房品茗，男作家风流倜傥，女作家歌舞相伴，一边对山长吟，一边望云拜寿。地域性格，酿造文人性格。所以北方作家的文字豪爽藏于其中，纵使婉约之中也可看文中筋骨；南方作家的诗文，纵使一腔豪情，也难免带拖长的缓慢尾音。茶这时若粉墨登场，对南北方文人的创作则会带来巧妙的平衡。

茶是清醒剂，它会让过度饮酒的北方作家稀释掉酒精的威力，让其文章在刚劲中添加柔情。一般而言，北方作家对四季的感受会融进文章之中，让文章层次分明，结构明显。近年来，城乡互融，南北互通，东西相合，让更多南北作家的风格失去了其原有的风骨或者韵味。饮茶与不饮茶，饮北方茶还是南方茶，独立饮茶还是群体饮茶，讲究功夫的饮茶还是随便喝茶……其味道自然不同。作家们在这样的境界中，南方学习北方，北方效仿南方，都像对方而又都有别于对方，说不伦不类发展着也行。我这样论述作家与茶的关系，是对一般喜欢感同身受的作家而言的，而那些超然物外富有灵性的作家不在此列。

南方作家多亲近茶，北方作家多偏向酒。和商人不同，作家是需要疯狂一点的职业，所以北方作家疯狂之作多一些，南方作家理性作品多一些，而南北方接合部的作家，则会兼具这些特点。所以，对北方作家而言，饮酒之余多喝点茶；对南方作家而言，喝茶之余多斟几杯酒，不失平衡文气的妙法。只是，南北文化会随着信息时代的飞速流转日益消弭，作家的这种地域分化特点会越来越少。该担忧的不是酒茶比例平衡问题，而是对各自传统的坚守问题。作家只有向前走的可能性，而作家本人的作品未必能跟着他一直走到终点，这是一个悖论，是茶和酒本身所不能调和的。

读书与喝茶

　　总裁读书会的发起人刘世英先生邀请我和他一起去迎接一位来自西班牙的朋友，这位西班牙客人对总裁读书会很感兴趣，打算回国后在西班牙也组建一个总裁读书会。西班牙人爱喝咖啡，开会时他们喝咖啡，我则喜欢喝中国茶。在瑞丽工作时，在农场见到许多野生咖啡树，可以直接嚼碎了果实吃。但一个人看书，还是喝茶为好。茶叶静静地落在杯底，心中悄悄地回荡书韵，这感觉特别奇妙！

　　总裁读书会，意味着让总裁读书，这是好现象。大凡企业家，都有自己的酸甜苦辣，喜欢在酒桌上打发时光。做一位优秀的企业家不容易，为了谈成业务，需要周旋于各类人物中间，企业家虽不希望呼风唤雨，但却渴望事事顺利。于是酒就成了润滑剂。遇到企业家喊我喝酒，我一般坚持不去。一是惧怕企业家的酒量，二是害怕企业家劝酒的说辞防不胜防。企业家练就了与各类人打交道的功夫，嘴角稍一婉转，就让你乖乖就范。所以在企业家那里讲理，简直就是对牛弹琴。

　　当然也不能一概而论，有的企业家从小就喜欢读书。儒商经营，可能少了些虎气，但多了一些儒雅。商场亦是战场，有儒商在，可以让这个战场有一点儒雅的情怀。企业家读书，因为有经历可以参考，有平台可以试验，这样的读书效果就更好。

　　刘世英先生的高明就在于，他把企业家从酒桌上拽出来，让他们享受到读书人的乐趣，一读书，企业家的境界就变了。把企业家从酒桌上转到茶桌上，的确是总裁读书会的一大功劳。几个企业家觥筹交错，不如举茶相庆。读书如赏茶，总裁读书会，每读一本书，都像赏一种茶，可以是绿茶，也可以是红茶，还可以是其他茶。每个总裁，能从品书中感受尝茗的味道，也从啜饮中绵延书的味道。书香和着茶香，茶色里看出书态，茶品与书品共鸣，人心充满禅意，这样的交流，是茶香的散发，是书香的传递，是心灵的相知，是平和的交流，其功效远远大于在酒桌上放浪形骸。

总裁读书会的读书方式，当然可以演绎到普通人群的交往。在传统农耕时代形成的酒风，是到了该更改一下的时候了。喝酒伤身，知识分子总拿小酒怡情来解脱自己。喝茶，过去从来都是饮酒的陪衬。为什么不能将喝酒当作赏茶的陪衬？从生理的角度讲，少饮酒、不饮酒对身体更好。烟可以戒，酒自然也可以限制。

有书相伴的茶香，书香茶韵相随的交往，才更有君子的味道。喝酒让人脑涨，喝茶让人冷静，读书则让人明智。在碎片化阅读越来越多的情况下，读书是相对系统的阅读习惯；在现代人越来越珍惜身体健康的背景下，喝茶无疑是良好的养生方式。茶读，不只是一种习惯，也不只局限于企业家，其实每个人，都可以享受这种生理和心理双重愉悦的味道。

君子不妨一试！

茶串《红楼梦》

曹雪芹不愧是名家巨擘，运笔细腻功力老道，研究他的语言是一种享受，感受《红楼梦》中的花事，也能让你心中开花；不用说他对人物刻画的如在目前，单就生活俗事描述已够我等学习终生。看一遍《红楼梦》，就有一遍收获；看十遍《红楼梦》，怕会让写作者自愧弗如。就拿茶而言，以茶为绳，串一串《红楼梦》的故事人物，也够读者享受一阵子的。

《红楼梦》里的茶，几乎章章都有，显示了大户人家"死而不僵"的生活排场。也让我们看出曹雪芹生存的那个时代，官宦之家奢靡的生活景象。之所以说茶贯穿了整个《红楼梦》里的诸多情节，是因为你仔细读每一回篇目，都会体会到，曹雪芹将茶事活动和茶文化、茶诗、茶品描绘得相当仔细，退一步说，即使无茶事活动的章节，也有以茶为名的丫鬟的名字频繁出现，读到与茶名相关的丫鬟的名字，你也会莞尔一笑，暗叹作者的聪明。曹雪芹的高超在于将这种日常的饮茶活动，展现在自然的段落之中，陡生平和之趣，让读者如同与其一同品茗一般，丝丝缕缕地感受那个时代的习俗。

作者运用写实与浪漫相结合的表现方式，既有对现实之茶的描摹，又有对向往之茶的杜撰，形成了仙非仙、人非人的审美境界。俗茶自无限，农人开门七件事——柴米油盐酱醋茶；雅人也有七件事——琴棋书画烟酒茶。茶是俗人和雅人的同好，也是民间和官宦之家的同享。刘姥姥喝茶，以浓茶为主，她赞美浓茶恰恰说明了她的身份低等；贾母喝茶讲究清淡，显然是富贵之家一贯的养尊处优所形成的习惯。同是喝一种茶，下人的感觉和主子的感觉自然不同，就是盛放茶的器皿也不一样。曹雪芹笔法婉约，在呈现这些细节时，靠器皿控诉人间的贫富差距。如宝玉在去看晴雯时，晴雯家的大黑碗，一股腥膻之气，但也只好用其倒茶，由此可以看出农家生活的悲苦，恰与贾府家的奢华生活形成鲜明的对照。对平民之家而言，所喝之茶，也是粗制滥造的劣质茶。我忽然想到幼时我所生活的鲁南乡村，喝茶的农民较少，一般要到逢年过节时才喝茶。夏日喝茶，基本都是靠自采臭槐花等类冲茶去火，虽藏有民间智慧，也是民间经济不发达、生活不富裕的无奈之举。

《红楼梦》里的喝茶，展示的不仅仅是贫富悬殊和当时风俗，更串起了人物性格和情节发展。宝玉这个情种，最大的可贵之处在于，把整个封建礼教对女人的轻蔑转化为对女人的看重，在闺阁之中，庭院之内，夜吟之间，以茶示好。曹雪芹在写作这些人物时，既写出了丫鬟们的各类行色，也把宝玉与薛宝钗、林黛玉之间的关系描述到位。薛宝钗精于心计，林黛玉宛若杨柳，一刚一柔，一个老于世故，一个怨艾不断，情种宝玉就在这品茶、赏茶、端茶、咏茶之中，自己的心情也被左右着。茶茗之中，咏诗见才情；端茶之中，心中发生爱情；失落之时，品茶就成了少男少女们感受世态炎凉的凭借。

《红楼梦》里对烹茶之水的描写，可谓精绝，也是影射当时上流社会知识分子的超脱傲慢。化雪之水天上来，倒入杯中成天赐之物，喝一杯就是最美的享受；存了五年的雨水该是怎样的味道，当下之茶客怕是很难领略到了；妙玉饮茶所用之水，之稀奇，之高妙，让当下的饮茶者无语。且不说《红楼梦》对茶器描写的精美程度让读者叹为观止，单就宝玉的那款枫露茶就够读者消费一阵子了。将在枫叶上的露水滴入茶中，形成的枫露茶，不知道喝起来什么滋味，但从中可以看到制作这种茶该要有多大的耐心。只有宝玉这样的公子哥儿才有这样的闲情逸致，也只有宝玉这样的情种才配享受这样的精品佳茗。与妙玉梅花上搜集来的雪化水所烹制的茶相仿，宝玉的茶，同属妙品，而宝玉这茶更难得、更金贵。封建礼教下的女人，想在美的向往和欣赏中求得自身解脱，幸遇宝玉这样的志合者，在看似奇怪的品茗享受中，宝玉和他身边的女子，也在享受着自身的解脱与超越，也让读者唏嘘小说里的人物的现实可感性，感受他们带来的多维审美体验。

我翻阅《红楼梦》时，最为《红楼梦》里自然、流畅，甚至有些流俗的语言而惊叹。官宦之家连着贫民之苦，皇亲国戚也有民间情怀，日常茶事里不断有世态炎凉。有喝"梯己（体己）茶"的自然，有奉"祭奠茶"的肃穆，有品"夜宴茶"的欢快，有享"吟诗茶"的风雅……《红楼梦》以茶为线，串起人物命运发展的脉络、民间风情的样貌，的确令人拍案叫绝。贵妃省亲那一段描写，又把平常的饮茶上升到宏大的礼仪境界，在铺排中哀叹人间的浮华与虚空，不过在一瞬之间。

《红楼梦》的作者曹雪芹是一位深谙茶道的学者，他以茶之思吻合世间之情，以茶之韵伴人之途，以茶之道喻世间道，以茶之别示人之异，以茶之品分人之高下尊卑，于不经意间完成对人的精神洗礼，让读者在欣赏其语言流泻的同时，也在与读者同品一盏香茗，同享一首茶诗，同嚼茶道之理，同悟虚实沧桑。高妙者的文字，自有其高妙之处，正如上乘的茶茗，自有让人叹羡的味道，走进《红楼梦》里去慢慢享受茶道，你会得到许多意想不到的收获！

茶筛之夜

　　我与彦飞，一起到过草原，彦飞朋友的家在草原上。初夏，我们仰躺在草地上，数着天上的星星，咏唱大地，我泪流不止。两年一瞬间，彦飞知道我从云南回来，便邀我一同茶饮。傍晚，二人相约到某茶社，茶社可饮茶可就餐，安静极了。北京的茶社，有这份静美的，我还是第一次感受，正合了我二人当时的心境，不一会儿，就把天色说暗了。

　　草原相别不久，彦飞消失了一般，不通信息一年有余。饮茶时才知，彦飞的家人患重病手术，医生最初的诊断让彦飞魂飞天外，慌了手脚。遇此大难，彦飞一下子经历了很多事。他的整个体形都变宽了。家人身体陆续恢复的过程，也是彦飞思考自己过去一切的过程。我俩谈到了过程之美，感到过程与结果的同等重要性。彦飞兄弟小我十几岁，过去追逐结果式抵达颇多，这次家人的疾病之难，算是让他经受了情感的大开大合。在痛苦的煎熬中，他忽然感受到每天的平常凡俗生活，才是最美的时光。

　　我俩回忆起草原上的惬意，回忆朋友们相聚的得失，更回忆分别两年来的所思所想。人到中年，思考更多的，不再是重大的事件，而是日常的细微。那些不经意的事件，可能撬动内心深处的珍藏。我俩心境一样，向往真实，向往原生态。作为北京城的流浪客，我们的家园永远在我们的心里。彦飞告诉我，整个寒假，他一个人猫在家里，思前虑后，又把人重活了一遍。他喝毛尖，我喝红茶，我听着他的话，他听着我的话。红茶和毛尖，一并听着我俩的话。时光自然流畅，在茶汤滋润中，我俩好像又回到了过去的草原。

　　彦飞的生活，因为家人的病痛彻底改变了他以前的轨迹。如今，他每天早晨都要早起跑步、打太极拳，晚上要静坐半个小时。他在用心改变着以前固有的认知。不再把工作当作唯一，每天记忆二三十个单词，抽暇就看看书。他故意把时光放缓了，更多地留给自己和家人。尽量压缩工作时间。我听着他的叙述，反思自己对自己身体的作践：喝酒、奔波，疲于奔命，没有让身体获取舒缓的享受。

作为在北京的外地人，我俩觉得北京永远是喜欢而无法彻底投入的城市。朋友之间的相谈，就是草原、大山和溪水。朋友相聚，能谈起很多山乡故事，谈到各自的过往和生活的方向，在最放松的空间里，享受友谊的清香。

彦飞点了自助餐，我则让服务员随便端了一点东西过来。人一老，对食物的依赖全无年轻时的欲望，更喜欢吃清淡的食物。茶，筛了一壶又一壶，屋里弥漫着兄弟俩的感慨，草原上的热血，被温暖的茶色所化解，不知不觉，已是喧闹的时光，茶楼里，客人渐渐多起来了，我也逐渐感到闷热，是要离开茶楼了。

从茶楼出来，京城的夜色，已有春的气息。新的一春，又要到来了，我和彦飞叫了一辆出租车，司机略显老，他优雅地开门，像真诚邀请我俩到草原参观的信使一般。车上，我们兄弟俩谈兴依然不减，车里溢满茶的味道，司机最后也加入了我俩的交流之中……

茶的价值

茶无非就是树叶，但这树叶，却不是平凡的树叶。如果把茶当作文章来读，天南地北的茶叶，各有自己的情致。大千世界，芸芸众生的口味不同，对茶的爱好也不同，各种茶都会有市场。茶对世界的价值，或许超过咖啡和可可。对中国而言，茶无疑是排在第一位的饮料。

访茶之时，你会感受到茶之美，茶之秀，茶之味。茶美是通感效应，高山云雾出好茶。在高山之巅，在云雾飘渺的地方，茶是仙子，不辜负大自然的灵气，氤氲出一团神气。茶之美，就诞生在远离凡间的地方。一株茶树，犹如在山上修炼多年的禅人，遇见方明白自然之美才是大美，人间之秀才是脱俗之秀。

没有被历史记载的古茶树，好像裸体的孩子，它们从古代走来，怡然自得了上百年甚至千年。没有人记得它们是鸟儿衔来的果实落在大地上的产物，还是人类自身为了繁衍而种植的解乏之物。它们在大山之上，与云雾相伴，与日月同辉，与百姓同在。它们看着人类一代代死去，一代代又成长起来。房顶长满了青苔，天长日久，连同这里的人们，也如山鸡一样，幻化成自然的一部分，茶树，自然也融化进这美景之中了，像与大人保持默契的孩子。当腻味了烦躁的城市生活的人们来这里寻觅一份静雅时，茶树超然的姿态，像百姓素朴的眼神。云依然在云外，茶却直抵人的内心了。至此，茶完成了无声的价值嬗变。茶与人的对峙，茶与人的融合，形成新的意象。天地人，好像还是过去的天地人，又好像断然不是以前的天地人了。

具有贡茶之称的香茗，恰如世代尊贵的家族，尝受着皇天后土的恩赐，以一种尊贵的标签，享受人类的青睐。有史之茶与无史之茶，最大的区别是前者拥有更多文化的意义。人类创造了文化，却用文化来糊弄自己。越来越多的贡茶，走向了神秘之境，发展成超越人间万物的圣品。加工工艺越来越复杂，保留时间越来越漫长，在貌似敢于与酒竞争的道路上，越走越远。在需要辨别黄金花与黄斑霉菌的道路上，古典贡茶以自己的傲慢，轻蔑着人间众多翘首以盼的茶客。每当看到古典贡茶不可一世的样子，我就想起在一棵被人忽视的古茶树前，摘一枚古茶树叶，以无言的姿势，咀嚼那茶的香气。太多的自然生命里，蕴藏着最原始的美好。人们以蹂躏过的美当作美的本质，实在是对美的误读啊！

我更愿意回到人类最原始的状态，去品味一枚茶叶的滋味。不必感受揉制、堆沐乃至多年的沉浮过程。我只要品味，那些没有任何附加值或者说没有任何文化符号的茶叶，将其咀嚼在唇舌之间，享受啜甘饮甜的滋味，就足够了。

和华丽包装相比，我更喜欢赤身裸体在天地间的自然茶叶；在各种色彩炫耀的茶中，我更欣赏接近原生态的绿茶；在备受茶农呵护的茶园之外，我更喜欢野茶的无忌。在人类追求崇高和繁复的道路上，我们忘记了先祖最初与茶的自然对话。只有自然，才能造就茶本身原始的价值，所有的附加都会让茶蒙受被蒙蔽的耻辱。茶如果会与人类辩论，它怕也只想保持最初的完美，而不是让文化的虚伪冲溃它的本真。从这个意义上说，我更喜欢咀嚼一枚蕴藏天地灵气的茶叶，一点一点品咂自然的味道，而不是打开数层华贵的包装，看到茶委屈着一路走来的样子。

老茶新喝

京外一年，再回京城，我的座位由西面东，改成由东面西。

前年的茶叶依旧在，斟一壶，喝起来，还是老滋味。那时，尚不知道云南的风景，也不了解云南的茶。茶里面，有了一年的风景，云南的茶很好喝，原来不觉，现在已是珍惜十分了。

饮品都是老的，老的银针，老的茉莉花茶，还有老的莲心茶，自然还有枸杞，枸杞没有坏，嚼一口很甜。这一年，枸杞们就在这里静静地躺着，它们不知道我是否还会回来，我都不知道炎热的夏天里，这些枸杞们，是怎样躲过了火热天气的追逐与煎熬？我在，会喝了它们；不在，就什么都忘记了。乃至于忘了这儿曾有龙井、大红袍、菊花茶，以及火红的枸杞，我是一个伪品茗者，基本就是装装样子，大多数的茶，是不喝的。家人研究茶，有时让我写一点茶文章。其实说心里话，穷人很少懂喝茶，故乡鲁南，穷人多，我也是穷人。此茶与彼茶，的确是喝不出味道区别来的，但再次看到这些沉睡了一年的茶，我还是宠幸了它们一番。毕竟，让它们躺在柜子里一年，的确是我的罪过。

于是喝了一杯普洱，普洱茶汤，浓而鲜亮，像药汤，又多少有点霉豆腐的味道，喝起来怪怪的。南方的茶，只有到了北方才能放得住，就好比北方人，只有到了南方才显得人高马大一样。茶旋出一碗汤，再旋出一碗汤，自己喝，丝毫不需虚让别人。人群里的规矩，似乎上百年来就是这样，走了一年，喝茶的习惯还是没有多少改变。每天洗净杯子，撮一小点茶叶，让水与茶结合，心与茗对话，整个下午，就又把我拉到前年未走的时光里去了。

午间，沿着曾经熟悉的路往前走，越往前走，前面的路越窄。很多泥泞的地方，盖起了高楼，底层商铺好像租的人并不多，午间散步的人，越来越多，更多的人向往身体健康，但不注意节制口腹之欲。

依然沿着原来的路回来，却再也找不到过去的感觉了。在北京，总喜欢和边疆的风景对比。说到边疆，我也曾满怀深情地爱着它。何况瑞丽比传说的要美十分，比想象要辽阔得多。我喝过边疆的茶之后，这封存于办公室的老茶，已经没有多少味道了。边疆茶，可以直接采摘下来，放到嘴里，一边咀嚼，一边走路。这枸杞，瑞丽没有，但瑞丽有杨梅；这莲心茶，瑞丽没有，但瑞丽有羊奶子果；瑞丽没有大红袍，但瑞丽有古树茶……离开一座城市，再喝这些熟悉的老茶，却别有一番滋味在心头。

该去拜访的地方，我是没有心情一一去拜访了。这些茶，一样去尝一点，不知不觉，就到了下班时间。第一天到单位上班，就碰上了没喝完的老茶示爱，悲乎？妙乎？笑乎？想想，有些老茶，还是要好好品味一番。光回想瑞丽的茶，没有用，毕竟，远茶不能近用，远水不解近渴。

只是临沧唐伟先生寄来的手工糖是彻底不能吃了。这样的糖，放一年，外形上有些酥，就不甜了，你用什么水泡它，它都没有一点甜味，所以，我干脆就不做徒劳的努力了。毕竟，有些老茶，泡泡还是可以喝的，这就足矣！对昔日之糖寄予希望，徒增烦恼。就这样，赏着窗外的柳丝，喝下别样的春天味道，在北京，也算不错了！

茶禅一味

有两位僧人送的书法"茶禅一味",看上去字在纸外;另几位书法家写的"禅茶一味",总感觉字在吃纸,到底是"茶禅一味"还是"禅茶一味",恐怕不是字的排序问题。

通能法师,是我读博士期间认识的宗教班师弟。佛家的慈悲显示在他喝茶的动作上,一口苦,二口甘,三口香,四口品,他每次与我饮茶,必肃穆寂然,寺院之内,暮鼓晨钟,僧人们自唐代就开始击鼓饮茶了。茶圣陆羽与皎然老和尚相交甚笃,一个喜欢念经,一个热衷采茶。有一次皎然去看望陆羽,柴扉紧闭,老和尚问陆羽乡邻,陆羽又独自去采茶去了,遂满心怅然,担心陆羽夕阳西下才能转回家门。与老和尚的交往,陆羽多有赞美敬仰之诗。二人在一起,最难忘的就是喝茶的情景。皎然悟禅,陆羽讲茶,到最后茶中有禅,禅中有茶,喝到圣境,茶就是禅,禅就是茶了。皎然先逝,陆羽后嘱葬于其下,可见二人的精神融合达到怎样的一致。我到通能的寺院喝茶,已无茶圣当年的寂然之境,伴茶者数人,通能与我,几次欲言又止。他送我的"禅茶一味"四字,怎么看,怎么像是他要解释的话。

这茶,自是与禅分不开的。佛教传入中国,佛理需要参悟,"悟"字要求我要有心,禅讲无为而为,处处有心处处茶。你想那茶树,在高山之上,或自然成长,或人工植之,水润雾绕,终日挺拔于众草之上,默然而口蕴清香之气,似僧人日积月累的修禅悟道之积。我到过众多寺院,看寺院大多建在奇石怪岩之上,茂林修竹之中,顿觉僧人修炼的气场,恰与茶树成长的环境相同。唯有众人难以抵达之处,才有僧人独立操守的可能。倦鸟归林之时,月黑风高之夜,劳顿一天归来的僧人,冲泡一壶山中新茶,夜风习习,清香阵阵,这该是怎样的心境。茶中有了禅,禅中也自有了茶。无怪乎,许多诗人，品茗如嗜酒。诗佛王维的古画，我最喜欢，看一下午，你会哭；再看，你就会静下来；再细细琢磨，竟觉无限空明。他在品茶时的悟禅，已悄然融进画风里了。这样的画，自然能穿越时空。

禅是什么，禅讲究即心是佛，见性成佛。传说唐代比丘尼无尽藏有诗曰："尽日寻春不见春，芒鞋踏遍陇头云。归来笑拈梅花嗅，春在枝头已十分。"禅意已在不经意中呈现出来。吃茶中有平静，吃茶中自会放下一切，功名利禄如浮云一般。茶境，就是清净静雅，好茶自有好心情，吃茶的递进，含着参禅悟道的深入。茶道为喝茶之道，不同于烹茶、端茶、用茶、品茶之技艺，以喝茶抵挡身心，以物质催唤人心，最后抵达抱朴入素之境，物我两忘，从而获得精神的大开释。

柳宗元有诗曰："汲井漱寒齿，清心拂尘服。"可见其心境独然。苏轼的"敲火发山泉，烹茶避林樾"则多少有些逃避心理。陆游的"锵然辘轳声，百尺鸣古井。肺腑凛清寒，毛骨亦苏省"则显示了他"汲水自煎茗"的切身感受。诗人们以茶修身，把茶当成了渡船，使自己从浮躁、功利、世俗的此岸，过渡到平静、高洁、超然的禅境。这是诗人的自知，也是茶道的功劳。

茶在当代被俗化了。少有几人去真正地参茶悟道了。即使在寺院，亦非昔日寺院也。茶和禅，渐有分离之势。

修禅之道，在乎修心，修心之静，莫过于茶。人有自然属性，除精神上的追求外，还要保持形体的安然，茶，还是不时要泡来吃的。茶不仅能清肠胃，也能用来润肌肤，更可用来躲烦扰。有几人能悟得赵州和尚"吃茶去"里面的哲理？

有时我特喜欢一个人吃茶，一个透明玻璃杯，就放一枚茶叶，躲在一间封闭的小居室里。思考这枚茶叶，从芽儿初发到满叶展开的过程，该享受过多少自然的清风和雨露，在茶人的闪展腾挪之中，它收敛起自己的身体，过江穿山，来到大城市里。现在，它在茶杯里重新舒展开身体，与我对话。我想喝一口大自然馈赠的清香，顿觉赵州和尚所言"吃茶去"的精妙。

吃茶去，且悟悟这"禅茶一味"，无念彻底脱俗，自有一味禅茶待你，何须去寺院与僧人对饮。且待我把这一杯——只有一枚茶叶的水儿喝下去，感受禅茶的滋味，有多通透！

喝茶的经济学

大多数人认为喝酒有经济学，这不难理解；认为喝茶有经济学，就有些不可思议了。其实，茶酒虽然对人的刺激不同，但所含的经济学道理却有相同之处。一位研究茶的女士，跑遍了中国产茶的名山，她对茶的研究与广泛涉猎，让人叹为观止。一个人，一旦爱上某件事物，抛头颅、洒热血也在所不惜。酒有酒的神劲，茶有茶的魅力，那么多人热衷于茶，自有其内在道理。

朋友中研究茶的人很多，种茶的人也不少，我有时也会接受朋友送的茶，不过我有一个习惯，别人送的茶，我一般很快转送他人。因为自己一般很少喝茶，就如我从小不抽烟，真有推辞不掉的亲朋好友送来的烟，也只好立刻转送给别人。要喝茶，一般自己会去买，除了在茶社和酒场，别人点好了茶，你不喝没有办法。我喝自己买的茶，似乎暗示着一种怪癖，这种怪癖延续了几十年。也曾买过一些茶送朋友，那些茶，我没有亲自尝过，卖茶的人说好喝，我就买了，没有研究过收茶礼的朋友是否喜欢这种茶。送礼，茶就是一种载体而已。

在南方工作时，被人请去喝茶，几乎是最平常的事。特别在广州时，当地人喜欢汤汤水水，早茶可以喝到中午两点；更有甚者，在瑞丽，人们把午饭叫作早饭，早餐称作早点，他们的喝茶习惯，那也叫一个慢字了得。瑞丽人喝茶，好像没有广州人喝茶的习气蔓延广阔。我在广州喝茶，也学会了广州人跷着二郎腿，一副悠然的样子；而在北京城喝茶，一般要正襟危坐，茶艺表演者有板有眼，喝茶的人庄重观看。南北喝茶，仪式感不同，享受的味道好像也不同。

有一年，到勐海去，住在大益山庄，遇到喝茶的人，皆言茶非圣洁物，也藏商海术。一饼普洱茶，可以炒到超过黄金的价格，也能跌到放在路边没人捡的地步。经济学中的供求与价格之间的关系，在茶界也有非常明显的呈现。茶有时是茶，有时可以当货币用，还可以当升官发财的敲门砖。不少故意仿古的茶砖，骗了外行人不说，内行人也被骗得七扭八歪。这茶啊，里面有门道哩！我认识一位自称茶界老专家的人物，以古树茶为诱饵，编二维码，让城里人认领古树，我看他眼光漂移，凭着几十年写作对人心的揣度，我看这茶人不是什么好人。果不其然，善良的认领者，大多被其所骗。嗜茶者终究不知道这茶后埋藏着一剑封喉的技艺。我在大益茶庄对面的自销户那里，得知了许多茶界的怪事，知道茶里也有经济战争。

茶园深似海，无功莫进来。认为以茶为业的商人会清静无为，而忽略其后的经济学规律，这是喝茶者的自我感觉，与事实相去甚远。茶，既然作为一种商品，就像一束花的香气，时常可以迷惑我们的双眼、干扰我们的嗅觉一样，茶背后的商业运作，也有其吊诡之处。每次喝茶时，我在茶社的谈吐，比在喝酒时还要小心十倍，冷静时大家都冷静，这时候的失误才是最大的失误；不像喝酒，你醉了，大家也醉了，即使有错误，大家都会糊涂过去，喝酒时的意气用事，会遮蔽了商业伎俩的丑陋；喝茶时的冷静，却会扯出许多慢条斯理的诡计。所以，把喝茶看作至高无上的享受，我是不相信此说的。

有研究茶道的家人，我总在旁边吹反向风，这么多学人专家热衷于茶文化，要么被卖茶者忽悠，要么想忽悠别人，要么是自己忽悠自己。时光是最好的经济人，让茶抽去了时光的分量，你的经济大厦也就倾倒了。喝茶者爱清谈，爱清谈的人，怎么会知道创业的艰难、收入的不易、人心的叵测？所以他们往往被卖茶者摄取了魂魄，收去了自己，出卖了灵魂。

我的茶道就是自己喝自己买的茶，贵茶不买，贱茶不要，就喜欢到茶园里看那些没有经过市场渲染的茶，原生态，制作工艺爽朗、干净，也可以跟着享受一下美茶所成。喝这样的茶，物有所值，因为是自斟自饮，也不用担心被别人骗，那份几乎以最简单的经济学原理支配自己的感觉，可爱又自然。不过，这样浅显的道理，没有人相信，人们已经不再相信简单的事物，特别是对苦心孤诣研究茶道的人而言，听你说这样的话，比打他一巴掌都难受。也罢，自己喝吧！喝茶，自斟自饮最高妙！

茶桌上的经济学

我不善喝茶，但被人喊着去喝茶的机会倒是有的。不少喜欢茶的人，喜欢在茶桌旁高谈阔论。茶去楼空，有时茶是凄冷的东西；人走茶凉，茶里又藏着人情世故。工作中的好多协议与合同就是在茶桌上完成的。茶桌上的双方能在喝茶时，把一条条合同理顺了，捋直了，达到双方满意，最后签字画押，最冷静的协议要在茶桌上谈，会议室里签，既有人情味，又有仪式感。喜欢在酒桌上谈协议的，暗地里藏着千军万马和诸多陷阱，往往是一方装傻，另一方装糊涂，推杯换盏之中就把协议签了，这样的时刻，比在茶桌上惊险。

很少见在茶桌上谈情说爱的，茶桌上的舒缓，会使加温的情感变得荒凉起来，爱和被爱者都不希望这样。爱是不计成本的浪费，在茶桌上谈爱，是把浓烈稀释成无味，所以茶桌上似乎不适合谈情说爱。倒适合谈艺术，谈古今中外，谈冗长的电视剧的结构，或者谈大街上正流行的奇闻逸事。

茶艺表演者，手势像茶烟一样挥洒开去，满屋里就是茶香了；茶是茶自身的出卖者，脱尽了菁华，就脱尽了自己；此茶也是彼茶的出卖者，互相吹捧中也含着互相比较和互相践踏。茶艺表演者，难以自圆其说。一饼茶树立一种味道，万种茶却只有一个鼻祖。凑近了去，满杯子的香气，远离了茶室，一切也就忘了。茶杯由大变小的过程，似乎就是人逐渐独立化的过程。一只大碗，难免没有交集，肚子里犯嘀咕；一人一杯，清清的香，疏离的茶叶瓣，品尝也罢，观赏也罢，终是妙趣。妙趣是属于个体化的享受，若把这种趣味推向集体，就会耗费过大的成本。就如乡下，一家人有红白事，全村人都知道；而在城市里，上下楼有红白事，未必能知。同一种茶，张三和李四的体验未必相同。有人喜咸，对香茶未必欣赏；有人喜碱，对甜茶同样喜爱。

茶商对茶的推崇，藏在无形之中，常使不懂茶的人上当，喝茶的过程也就是茶商钓鱼的过程；善良的茶商，会把诱饵放大一点；恶毒的茶商，会在冷峻中让你体验茶的苦涩，他会说苦茶过后就是甜，你随着他的概念回味甜，那叫苦甜。每个温文尔雅的茶商都可能藏着宰人的技巧。不管你信不信，反正茶商之间信了。

琴声在茶社里，是最好的"帮凶"，或者说干脆是诱人的"鸦片"。在雅致的环境里，茶，可以让一个人失去最后的警惕。和酒后的宽衣解带不同，这是在无意识下的自我投诚，无论是请喝茶者还是表演茶艺者，此刻已经进入了虚幻的状态，他（们）幻想的事情就实现在一碗清汤或者浊液里。

我对茶世界感受不深，皆因为我对茶认识的肤浅。习惯了在工地上用大茶缸子喝茶，那时喝茉莉花茶，茉莉花茶的香气，对劳动人民最友好，未喝先闻香，喝透出身汗，爽利而解乏，全没有城里人喝茶的烦琐与讲究。喝茉莉花茶的工程人，不挣钱，但活得自在。

在北京，我去过很多次茶社，在茶社里，听到和看到，不少让人惊诧的声音——"谈成了"，有些可以用钱来衡量，有些却只能用一生去揣度，有些需要用高等数学去计量，而有些则有着玄之又玄的味道。茶里有经济学，很深的经济学，永远研究不透的经济学。

我喜欢一个人在家静坐着，或者在办公室里，捧一杯净水，思索茶室里的推杯换盏，我不喜欢喝茶，但我对茶室里的经济学感兴趣。这样的研究，或许会对社会有益吧！我这样想着，茶杯里的茶已经凉了，凉成一杯洁净，没有茶好看，却比茶透明。

阳光与茶

阳光是好东西，但要适度。非洲大地上的阳光太毒，黄种人待的时间长了，都会晒黑；欧洲大地上的阳光太柔，黑人去生活一段时间，可能也没那么黑了。这个世界上的人种，本是人类适应地域和太阳的变化而形成的，种族歧视里其实涵盖着地域歧视。对阳光而言，不能一味讴歌。当然，有阳光就有荫凉，只有阳光没有荫凉的世界，人怕是难以生存的啊！

在边疆茶林，我喜欢那种薄雾轻绕山间，阳光穿过竹林，人走在台地茶垄上采茶的感觉。这样的清新之气，这样的万物静谧，这样的阳光与风恰到好处，一切如剪影，真真地会让人沉醉也！

其实，茶的品质得益于受太阳光照射的多寡。山顶上的茶，常年得到的日光照射过多，茶色就浓，喝起来阳气太盛，入口就烈，容易上火；山脚跟的茶，因在背阴之处，叶片常年得不到光照，厚大肥实，湿气太重，泡出的茶味儿酸涩，缺少甜味。唯有中间陡坡上的茶为最佳。半照半阴，有光有影，有面有里，新陈代谢快，叶片成长均匀，泡出的茶味儿足，口感好。山顶之茶，阳光曝晒过，经得住泡，越泡越会透出太阳的香味；山脚根的茶阴气重，泡几遍就无味道了，茶里藏有太阳的味道。

我在云南山野里发现，野生茶树有高约几米的，一棵树所产的茶叶，品质肯定不同。树尖上的茶叶，拼命吮吸阳光，那茶叶就有了与阳光混合的滋味；而半树腰的茶叶，在阳光深射的时刻，还能捕捉到一点阳光，这里长的茶叶，拥有中产阶级般的表情；唯有在树根处的茶叶，在没有阳光照射的空间里默默生长，它们肥大、粗鄙，如没人照看的孩子。一棵茶树上的茶叶，分段采摘的味道是不一样的，正像一位母亲，不管她多么伟大，生出的孩子越多，脾气性格就越会走向多元，无论子女间多亲近，各人自有各人的秉性，有些子女还会有着截然相反的品格。茶的生长和人的生长，大致相仿吧。

茶在阴雨天里成长，却需要在晴朗之日采摘，阳光照射过的茶叶，比烘干的茶叶要好喝些，大概多了些自然之气。大自然是公平的，阳光照射是慢功夫，人工烘焙掺杂了更多人的外力，茶里有多少自然之功，人们就能品尝到多少自然之美。

一个人喝茶，最好在有阳光的窗前，双目静静看着窗外的美景，用玻璃杯泡一杯香茗，等那些茶叶或一根根、一片片，或竖立，或飘逸开来，阳光再打在这些茶叶身上，它们已经不是生长在茶树上的叶子了。犹如被驯化的动物，这些在茶杯里上下的茶叶，此刻已经成了温顺的饮品。阳光从窗外射进来，再射进杯子之中，照射茶叶与水亲密的过程。茶、阳光和静默的你，就成了静中有动的事物。

阳光催熟了茶叶，又在观看茶叶被水缠绕的爱情故事，可谓茶叶的知己。你与阳光一道，叹羡这美景，享受大自然的馈赠，该感激的既是这一抹阳光，又是那一杯清香啊！

坐拥阳光之暖与香茗之美，对平淡之人，实在是一种造化般的享受。

茶与黄河

　　黄河水黄，黄河里的鱼该怎么生长？这事我一直疑惑。直到有一年去东阿，好朋友范炜先生请我吃鱼，才知道黄河鱼的土腥味大。鱼在黄土泥汤里长大，有土味儿是自然的。黄河水是滋润了中华文明的水，黄河水养育了无数中华儿女。一代一代的中国人接力传承，一段一段的黄河水波涛汹涌。从青海，经四川，跨甘肃，过宁夏，转内蒙古，走陕西，山西，再转过河南到山东，一路黄水，渐行渐远，渐弱渐高。一条河成了登高之河，悬流之河；一条河，成了危险之河。黄河弯弯曲曲，曲曲弯弯，顺着历史的巷道，改变着历史的轨迹。每一次改道，有自然的痕迹，也有人为的因素。但黄河的颜色没改，黄河的脾气没改，黄河的味道没改。改的是水的气势，改的是水的走向，改的是水与人之间的距离。

　　黄色，构成中华民族的图腾，黄色是被崇拜的颜色。黄龙是皇权的象征，皇帝要着龙袍，龙袍也是金黄的颜色。黄意味着吉祥，象征着尊贵，蕴含着天地人合一的智慧。在黄色的土地上流淌的黄河，是壮阔的生命之河，是民族的命脉之河，是文明的传递之河。整日游荡在黄河之上的昔日艄公们啊，喝水自然是黄河水，而黄河水的土气味巨大，可以想象，艄公们不像今天的航者一样可以饮用矿泉水，那时的他们，只有从黄河里直接取水，过滤掉土色，澄明成清水，然后饮用。毕竟，澄明的黄河水，也带有土气。于是茶叶成了最好的中和之物。倘若有一位过河的书生，借船渡河，饮一杯绿茶，足可抵挡观赏黄浪翻滚带来的凶险感觉，茶就成了黄河水上的尤物。黄河之水天上来，茶入杯中缚巨龙。端一杯清茶，观万千气象。两岸"鸟"声啼不住，轻舟已过"万壑滩"。黄河的壮美与茶的雅致，恰成对比享受之美。人在船上，有茶抚慰心情，有河壮阔心境，岂不快哉！

　　我常喝陕西的一位导演邮寄过来的茶，此茶甚好，正是黄河岸边的黄土地上种植的茶树。此茶，一生看着黄河水而长大，受到黄河水的滋润而生，自有黄河水的韵味。泡一杯，即使放上许多茶叶，也无普洱的浓、乌龙的烈、大红袍的犟。这种茶，就像黄河水里养大的鱼，泛着北方的土气，喝起来不温不火，藏着四季各异的样子。这位导演，几乎年年都会给我邮寄一点茶叶，我坐在北京的一间空屋里，喝这茶，就好像移坐到了黄河岸边，欣赏着那黄河的壮阔之景。

　　黄河水的沿途，孕育了多少名茶佳品？我没做过统计。但我知道，黄河岸边生产的茶，自与南方所产的茶有所不同。或许与黄河两岸的省份，大多四季分明有关。和长江沿岸的茶有所不同，黄河沿岸的茶，因缺少长时间雨水的滋润和温和的天气关照，更多了些自然晾晒的性格，或硬或朴，或涩或拙，缺少了柔和，但不乏黄河的筋骨。

　　我在家中，一个人静静品味黄河岸边的茶，感受黄河的历史与今天；也曾与朋友坐在黄河岸边，惊叹黄河的断流和冰凌的可怕。从黄河的上游到黄河的下游，沿途生活的人民，对茶的品饮习惯和感受迥异，但如我般，在岸边喝茶与喝黄河岸边生产茶的所思，怕会有通感效应的。

　　今天，想起黄河，想起茶，内心多的是无奈的气息，历史的反思和现实的享受。那一杯上下翻滚的茶叶，也在演绎着黄河的灵魂。

　　黄河、茶，恰成一幅剪影，剪接给我一个全新的下午。

安化黑茶的穿透力

　　湘楚文化明显蕴含水文化的特点，和北方的山文化自然不同。资江河畔，大江涌流，依稀可以让人感受昔日码头的忙碌。正是六月，天压云层，好像在与河面对话。在天地之间，彻夜不息的江流，伴随着这块土地上生息的人民，度过漫长的岁月。安化茶厂就坐落在一处回水湾。气势汹汹的江流，迎头而来，却又旋转而走。犹如火辣辣的湖南人，性格虽然火爆，一旦明晰一个道理，脑袋转弯也特别迅速一样。以千两茶的意象而矗立起来的千两茶钢架轮廓，在茶厂一侧的大路边，凸显其阳刚之气，与滚滚江水相辉映。在北京，我看到压茶汉子颇有艺术性的表演，已感到震撼；而在现场目睹，更加动人！安化，一个古老的叙述茶文化发展史的县城；安化黑茶，以其独有的魅力，悄然走进我的心海。

　　谁说茶是阴柔的象征？谁说安化黑茶是酣睡的沉默者？又有谁说安化黑茶缺乏茶的灵性？当您走到安化茶厂，参观安化黑茶悠远的生产历史，在故事的浸润中，梳理安化黑茶一路走过的痕迹，你会发现安化人对茶的膜拜，与其说是对茶本身的崇拜，不如说是对茶文化的历史传承，对自然天地的真诚敬畏。在这种敬畏心理的驱使下，安化黑茶有了神性的色彩，安化黑茶得以有了历朝历代文化的浸润、传承与发扬、光大。

　　安化黑茶透着茶之美的力量。黑茶的化食力量，是无形中的柔韧，是不语中的较劲，是浑厚中的朴素，是憨实中的柔软。在安化的山川之中，农家内外，江流之侧，不言不语的茶树，悄悄书写着千年流传的茶故事。黑茶参透山间之灵气，吸尽地力之精华，默然成长为片片盈手可亲的嫩芽，翩然而舞的歌者。采茶姑娘的歌声，七星灶的温热，伴随着这些茶叶，从绿色走向黑色，从自然走向人间，从平淡走向华贵。一枚枚蕴含天地之美的树叶，共同组成一个紧密团结的整体。最终舒展在茶器之中，润喉于万千茶客嗓间。黑茶之美，出于天然，成于天然，化于天然。它的成长过程是美的，制作过程也是美的，品味过程也是美的。美，贯穿了安化黑茶的一生。安化黑茶的每一步，都洋溢着美的特质。

安化千两茶，闪着阳刚之气。在安化茶厂，我举着百两茶柱照相，在千两茶风干室，观看成百上千条千两茶柱泛着阳刚之气挺立在那里。每一个茶柱，都展示出威武之气。千两茶制作细腻，几乎每一道工序都是精气的积聚。经过七星灶烘焙的茶叶，已吸纳了松香的香气，而被竹篾紧篓围裹的茶叶，在通身杠压之后，七条筋脉裸露的汉子，翻滚起这个长柱，经过七滚七压，竹条上下翻滚，洋溢着茶的欢快，宣泄着汉子们的骨力。我在踩压现场，随着汉子们的节奏一起踩压，那劲道，那节奏，那舒畅，都给人一种无穷的感染力。我想起黄河边上的纤夫，又想起泰山顶上的挑山工，这些压茶的汉子们啊！腾起的肌肉疙瘩，代表着一种伟力，代表着男人的阳刚之气。工人们介绍说，这些压茶的汉了，需要精挑细选。只有精壮的汉子才能入围。一顿不能吃一斤肉、六碗饭的汉子不能上场。我在现场询问几位压茶汉，七个汉子构成一个小组，每天每个小组要加工二十个千两茶柱。耸立而起的茶柱，是力与美的结合，是硬与软的密贴，是人与自然的完美统一。经过七七四十九天的晾晒，吸纳日月光华的千两茶柱，犹如铁骨铮铮的勇士，成为茶市场上的王牌。我惊诧于这样的制作过程，世界上还有哪一种茶是以这样的方式将自然与人文完美地结合在一起的？被赋予天地人统一意蕴的安化黑茶，有着惊人的视觉感染力和心灵穿透力！黑茶之阳刚，是天地之精气的蕴藉，是人敬畏天地的产物，是昨天与今天的历史交接。我与汉子们一起压茶，我在旁边不由地握紧拳头为他们加油。那份感天撼地的通透感，才能真正表达一个男子汉的内心世界。当一个个茶柱挺立在晾晒场时，你会为这些汉子们而欢呼、跳跃！

安化茶文化，具备地域文化特色。在安化，到任何一个茶社闲逛，茶人都会自豪地讲起安化黑茶的故事，安化黑茶已经融入安化人的血液。爱茶、喝茶、讲茶，成了当地人的习惯。我到几家茶社转了转，茶人都会热心泡出透亮的茶汤供你欣赏，让你啜饮。安化茶人的婉约与热情，与安化茶一样，越泡越有味道，越泡越有亮色，越泡越有甘美之味。我吃过南北绿茶，也喝过云南普洱茶，在安化，在茶人的娓娓讲述中，静静地享受黑茶的过去与现在，听一些有关黑茶的过往，真是惬意！安化黑茶，得益于彭泽西老先生当年的创造，更得益于改革开放四十多年来安化茶人对黑茶的精心研究。在安化，当我看到茶厂里存放一二十米高的茶山，看到经过多轮辗转的茶叶最终泛出自然香气，看到多年未曾停息的七星灶烘焙的茶叶上冒出的热气，看到在沙砾水边成长的茶叶，那种自然敞露的文化之美，洋溢着当地水文化之美的一切，都会让人心生涟漪。在揉捻机之前，我陷入沉思。聪慧而务实的安化人，靠天地赐予的嘉木之叶，以悟道升华黑茶的品质。

安化茶是平民茶，也是高贵茶。安化黑茶有不同的系列，不少茶适合走入寻常百姓家，安化是个爱茶的县域，在这里，当地人不仅种茶，也爱做茶、品茶，当地人还喜欢喝一种擂茶。据说，当年兵营为了抵御潮气侵袭，用木槌石钵擂茶，擂茶中有花生、芝麻、姜片之类，我在当地品尝此茶，味道别致，有浓汤、淡汤之分。擂茶之盛，折射出当地人爱茶之风之烈。和北方不同，安化民众，户户喝茶，人人皆饮，也算当地一大特色了。安化黑茶，款式多样，有的走向边疆，有的流向大城市。

安化茶是湘茶的代表。湖南作为产茶大省，绿茶也有，黑茶也多，以地域之美打造品牌的茶也有，以禅茶为品牌特色的茶也有，但如安化黑茶这般具有历史衔接性的茶，还为数不多，诚然，安化黑茶可以作为湘茶的杰出代表。

安化黑茶之美，在平实中显奇绝，不玩茶道的玄幻，专注当下的民生；不取名牌的招摇，专心君子的诚实之道；不慕一时的奢华，而专擅性格的柔韧。在一泡连着一泡的晶莹、透亮之中，寻找属于自己的华美境界，这是我所喜欢的境界，也是我所期待的茶文化升华的至美至大至实之境！

胡侃赣茶

随中国人民大学茶道哲学研究所几位研究员到江西考察茶文化，我作为茶文化的门外汉，算是浮光掠影式的走马观花。但所看、所感、所思因为没有茶人的思想羁绊，反而有了局外人的信马由缰。姑且写来，算作胡侃漫说，权且做一次考察外的补缀。

野生茶

这次考察，感受最深的是到江西某处茶山上考查野生茶的经历。车到自然生态保护区，本想沿着一条土路攀援而行，无奈草木旺盛，遮挡了考察小组上山的路。折回至另一条路，前两天的大雨又把一条上山的路拦腰折断。那是一条通向山顶的路，也是风电企业为了运输风力发电机巨大旋转叶片而临时修建的路。在靠近断路不远处，茶人在前面用电锯割草寻找到了近处的一条山路。考察组战战兢兢沿山而行，我是一手一抓路两旁的树木随大部队上山的，感觉到胖身体给自己带来了不便。茶人身姿矫健，常年的山间奔跑，让他们的身体具有强大的山林行走适应性。我小心翼翼地行走在山间，同行者已有几人在湿滑、陡峭的山路上摔了几个屁墩儿，走到山势陡峭处，野茶横向而出，高低错落有几十株之多。放眼望去，好不威风。从旁边古树下苍老的叠石堆砌中可以猜测到这里昔日曾有大量的人类活动。茶人说起了这片野茶林的来历，说听老辈人讲，明朝时这里有先人种茶，后期没有人管理，茶树自生自灭，久而久之就成了野山茶。江西的崇山峻岭很多，相信有很多野茶还没有被人们发现。这一片野茶林给了研究者许多启示。我在野茶树前留影，因为野生茶树类型繁杂但数量不多，野生茶的产量并不多，但也因产量少，使野生茶具有了更多的自然味道。曾有幸品尝了当地野山茶的味道，那份幽香是自然的味道、清新的味道，也是台地茶赶不上的味道。研究者们唏嘘不已，慨叹着这些野生茶开发的难度。我站在野生茶所在的半山腰上，像看一群躲避战乱的孩子。如今在云南，很多古树茶因为过度采摘而失去了原本旺盛的生命力。我真为这些自由生长的野山茶而高兴。下山时正赶上有一阵雨下了起来，考察组要靠互相搀扶才能避免摔倒，由此也可以想到采茶人的艰辛。也许正因为这份艰辛，才更能让人感受到野生茶的附加值。

古树茶

在浮梁，考察组进入了山中考察古树茶的生长情况。人在山中行走，路不断向前延伸，茂林修竹依然在，旁边溪流潺潺，巨石阻挡处，可听见溪水撞击巨石的轰鸣声。鸟鸣声声，蝉鸣阵阵，我们一行人在山中行走，好像回到了古代人的生活状态。浮茶集团很懂现代人的心思，在沿途的山路上，挂着古人咏茶的诗句，走累了，体乏了，迎头念两句诗，既是休息，也是提振精神的文化食粮。人在山中行走，不断遇见这样的牌子，像讲故事前的楔子，又像是古典歌剧的序曲。山路逗引着考察者一点点向前，我们在大汗淋漓中却感觉不到劳累。沿着崎岖而泥泞的山路前行，树叶铺在山路上，蝴蝶为我们舞蹈，旁边不时出现的巨大树根让考察者叹为观止。古树茶就融入这巨大的山林之中。在一片山路和溪流中间的平地上，古树茶如画家们精心描绘的图画一般，让考察者眼前一亮。在山地上，这些古树茶像来自古代的飘逸君子，又像是闪闪发亮的雄壮武士，在群山之中，在山道旁，不时涌现出来。我连忙拍下它们。从发现古树茶的那一刻起，我就打开了手机的视频功能，一刻也没有停止录制。我要把这些带有古朴味道的灵魂悄然收藏起来，我要把这些润满天地精华的宝物成长的状态记录下来。

继续沿着山路前行，路越长，令人惊喜的发现就越多，粗壮的古树茶多了起来，就像读到一本书的深处才能体会到它的妙味一样。在半山腰上，我又看到古树茶油亮茂密的神采。我在标注着各类标牌的古树茶前驻足，思考着它们在这深山之中度过的岁月，不胜感慨。正是梅雨季节，沿途可见工人们在挥汗如雨地修路，在溪流湍急处，工人们已开始搭建混凝土桥的模板。

我的心情顿时惆怅起来。这些桥们，在给人们提供参观古树茶便利的同时，也可能提供了摧毁古树茶的可能。云南某些山村古树茶的消亡和减少，便与人类活动增多有一定关系。在半山腰红茶加工遗址前，我进入了一座正在修建的茶室，茶室里摆放着古老茶人的照片和巴拿马万国博物展览古树茶获奖的金牌。修路的兄弟小我三岁，女婿是河北人，在义乌经营小商品。他兴奋地对我说，每年冬天，女儿女婿来山乡看他。他们走时总要带走一些古树茶和山里的珍品，他女婿作为城里人，能感受这份山里人平常拥有的幸福自然高兴。他们在继续修着上山的路，我则因为规整山路的中断而停止了向上的攀援。和修路的工人兄弟一起合影留念，哗哗响的溪水在挽留着我，我在依依不舍中看着这些古树茶。我看到了它们的存在，又想隐藏起它们的存在。不知道未来的人们是否能永远品尝到古树茶的自然滋味？也不知道感觉不到攀登之苦的未来人能否真正感觉到品尝古树茶的文化感觉？在山溪里，我脱下沉重的鞋子，让清凉的山溪水冲洗双脚，再洗去脸上的汗水。被山溪水滋润的古树茶，不知道未来能否继续这样自然地感孚山水泥土的滋润？

生态茶与文化茶

在茶园考察，茶人大谈着生态茶的好处。所谓生态茶，就是不施化肥、不打农药、不用除草剂、不添加其他化学成分制作出来的茶。随着市场竞争的加剧，茶树的生长自然遇到了产量和品相的问题。在某处茶园，你可以看到整个茶园里，茶垄之间的土沟里只有落叶而没有青草。这看似十分好看整齐划一的形象，说明茶园用了农药或者除草剂。真正茶的芳香来自茶的自然生长。茶与草的共生，也会改变茶的品质。除了农药残留之外，那份茶与草的共生味道，从品茶者的味觉中消失了。这是多么大的遗憾。细心的观察者和资深的茶客并不会因为视觉上的美感而忽略了对茶的综合体验。

美味美感总能俘获一些浅薄者的心。近几年，随着天价茶叶的出现，一些无良茶商，开始像伪造茅台酒一样伪造各类茶的制作年份。通过伪造虫蛀、潮印、旧纸包装等手段，赢得当代浅薄茶客的青睐和盲从。只要有了利益，人间就有了江湖。茶江湖的深深浅浅，茶界中人知晓，外行者也有耳闻。以次充好、以假乱真之故事过去有，现在有，未来也一定会有。

茶故事因为历史而产生，因为吸引茶客而传播，因为利益驱动的竞争而被放大。在江西，近代以降，人们已经习惯了各类茶故事的增多而没有提升茶故事品质的现象。一些地方茶品牌营造的地域性广告，除了没有认真揣摩现代人的欣赏习惯之外，也存在着粗制滥造、浅尝辄止地乱贴文化标签的现象。看到个别茶品牌白白地浪费掉历史文化资源、文化名人效应、自然地区优势介绍等文化资源和自然生态展示条件，就为这种文化品位低端化的茶叶生产而叹息。在浮茶集团，他们已经有强烈的现代意识，将现代人的欣赏习惯、品茗感受和思想维度充分考量，创造了视觉、味觉、行感等相互结合的体验文化，让茶文化上升到一个崭新的境界。

窃以为，赣茶文化的打造，是历史文化、名人文化、生态文化和现代科技的充分结合。不仅要顺应现代人的欣赏习惯，而且要充分融合各种元素，向深处挖掘，向前方看远，赣茶文化也将走得更远。

茶旅结合和大数据延伸

在大数据盛行的今天，茶旅结合意味着大数据的延伸。现代人的审美，和传统相比已经发生了天翻地覆的变化。能看、能听、能品……多元的体验，已经不是一两句话所能说清的。拿简单的研学之旅来说，现代中学生的体验已经不能和昔日文化同日而语。

硬件的建设要和乡村振兴结合起来。茶旅结合也不是简单的茶中有旅，旅中有茶。一些茶企，硬件和软件的脱节，内部和外部的疏离，造成茶文化传播的薄弱和茶叶销售的弱势。如某处茶加工沿用传统模式，茶加工的过程让人看不到茶制作过程的美感；而配套设施的落后，又让人体会不到统一性的美感效果。如传统的销售介绍，赶不上大数据智慧销售的效果。

大数据的运用如今正在城市如火如荼地展开。茶文化的传播应该依据这种从内到外、从硬件到软件、从制作到销售、从体验到施展的全方位应用。依靠传统固然可贵，但仅仅依靠传统就会达不到现代社会需要的效果。如某位返乡大学生制茶，为亲属茶的滞销而扼腕的善良之心让人生怜，但适应现代人的大数据销售才是根本。在现实语境下，充分运用大数据管理好企业，进行全方位销售，已成为现代茶企不可或缺的手段。如一株古茶树的全过程大数据展示，一处茶园全方位介绍。乡村振兴整体文化展示，城市消费者和茶产地的高度融合，等等，都可以通过大数据轻松实现。当下的茶文化研究和推广，自然也不能忽略了大数据的应用；同时，茶旅结合也要高度融入大数据文化。

山中一日

那一日我到了山中，在好友处住了一晚，竟然彻夜无眠。

朋友的招待是极其细心的。山果、野蔬、古茶，朋友甚至超越自己以往的一切饮食，把一盆菜过了油。朋友的院子很大，大成天赐的样子；左边是茂密的芋头秧苗，右边是白菜、薹菜等蔬菜的俊脸。自是一处高妙的所在——是山，山外有山；是坳，能听四外鸟鸣的声音。我边吃那夹杂着土地香气的蔬菜，边想朋友一路的艰辛。朋友说，蔬菜是他自己亲自在院子里种的，那蔬菜里有着他的热爱。这初到山中的感觉，把久违的童年味道又牵引了出来，让我感动得想哭。朋友的房屋高耸着，砌成一朵云的样子，像是内敛乖巧的孩子，依偎着层层山峦。朋友搬到这里，该有二十多年了吧——或许那时就是一处杂乱的所在，但早年的文脉尚存，朋友在垦荒开田、披荆斩棘中，与那些鸟儿融成一样的自然之声。山野四处的生命之音，积聚到他的院子里来。于是，开始有了三五同道，更多的志趣相投者聚拢了来。曾看到朋友在冬天发给我的一张照片，冷寂中，朋友长素的围脖，洋溢着人间的温暖。朋友的母亲跟着朋友，每次来，我都要先看看这位吃斋念佛的母亲。是母亲熏陶了朋友对自然的热爱，手握朋友母亲手指的那一刻，似有一束太阳之光传遍身心，那是大地母亲般的坚实。朋友的母亲让人钦敬，是那清癯之美。母亲的屋子干干净净，脸盘像羞涩的小女生。在母亲面前，我低下头来。如此，一夜没睡，我想念着我逝去的母亲，想起这山中过去的生活。

我毕竟是在乡下度过了十五个春秋，闻惯了山中的泥土，听惯了高树上的蝉鸣，但城市的芜杂，终究把我席卷了去。再回到这山中，我竟有十二分的陌生。朋友的屋子没有安装空调，电扇也因为插口的问题无法使用。床是硬板床，躺在上边像烙饼一样，我大概已经投降于城市的柔软和安逸。在这山乡之中，我仍然无法轻松入眠，伴着天籁之声而整夜胡思乱想。蝉儿夜晚也不休息，它自会在人活动的时间消停一会儿吧！溪流在夜晚出来歌唱，叮咚之韵，一路欢唱而去。朋友精心准备了古琴演奏，还有太极拳表演。此刻，一个人在屋里，竟然是以万众形象在活着。

朋友更像一位古代的先生，此处更像一处书院。早四时朋友即起。敲钟声中，弟子们吟诵而歌。我读书，习惯于默诵和笔走龙蛇。这蕴含着对书的大不敬，就如看见父母无法叫出爹妈。我一直期望自己不要在书上乱涂乱画，我看过的书，别人几乎很难卒读。而朋友和他的弟子们，把唱诵的声音与这山间万物的生命之音融为一体，这才叫真正的读书啊！我依稀困着，但无法坦然入眠，因为左左右右的羁绊，右右左左的烦乱。好像是喝多了茶，刺激了神经，朋友的朋友在阐释着茶的滋味，朋友的朋友又在讲述当地的文化故事。同行几人在朋友的朋友语言里穿行，灵魂发生着碰撞，思想闪烁出光芒。朋友的朋友与同行者们各自尽兴而归。在这深山之地，在一片瓦砾之上，在层峦叠嶂的俯瞰里，在蚊虫轰鸣的屋中，我好像又回到了童年的家乡，看到了那满地泥泞的景象、那汗水淋漓的窘态。

岁月安逸了我的身体，让我忘记了土地的芳香和田园的乐趣。农耕时代的漫漫长夜，无电无空调无冰箱，只有泥泞的湿地，那时的农人，该是怎样延续着自己的生命？我从城市来到这乡间，对城市的回忆曾让我把熟悉变成了陌生。硬化的路面隔绝了大地的生命之气，窗纱隔绝了人与蚊虫的自然对话，在滚滚风尘里，贪婪的人群在追求无比安逸的生活。我忘记了我自己童年的一切经历？

听着院子里一大早慢而悠长的读书声，那书声压过了蝉鸣，盖过了溪流声，让我终于平心静气下来。我一夜无眠，鸟儿却叫得正欢。山谷里的鸟儿已习惯了夜晚的嘈杂，而我却在思想中折磨着自己。想着朋友要在新的一天领我们游览更大的湖面，我就早早地起床，朦胧中看那树上的鸟儿，它们全然把我当作山野的主人一般，不管不问，自顾自地叫着，好像要把整个山林全部唤醒一般。

夜游古镇

　　把自己想象成古时的茶商，行走在古镇的夜街上，该是怎样的感觉？古老的渡口曾是怎样的喧闹？水是让古人最为贴近自然的物质，不光滋润了大地，给万物带来了生命的根本依托，也提供了交通的方便。水害固然可怕，但和夏季的泛滥相比，在一年的时光里，人更多感受到的还是水带来的好处。古老渡口的码头上已经没有灯光。想昔日，在无电的夜晚，这个码头被千万只灯笼照亮。一船又一船的货物停靠在码头上。从凸凹不平的青石板上可以看到古人足迹磨砺的痕迹，可以想象车响马鸣的热闹景象。夜晚的灯光洒落在青石板街面上，透出古镇原有的神秘感。农耕文明的旧社会，对水路的依靠来自传统。水路不会因水害而停止，陆路倒会因水害而中止畅达。以怀玉山为屏障，以武夷山为依靠，信江和桐木江在九狮山前相拥相抱结合在一起，诞生了古老的河口码头，从而使这里成为中国东南交通枢纽的重镇。从阔大涌动的江面可以想象古镇当年的兴盛。当地人把铅山的铅读作"yán"，因当地产铅铜而著名。据传越王勾践因其矿藏丰富而派人来此冶铸，这里便成了越国的冶铸之地。现在属江西，昔日曾隶属浙江。同行的玉山籍教授说，仅玉山一县，当代就拥有院士三人、博士六百多名。在一个书院里参观，看到一份清代的书院统计数据，仅浙江一省就有大小书院397所，独占中华各省之鳌头。看到这个数据，或许就能为近几百年来浙江人才辈出找到答案了。历史大多化作了尘埃，但在这古老的码头边上，黑魆魆的渡口就像一部神秘的书籍，在漆黑的夜晚发出神秘的光芒。

　　走在古老的街道上，车轮骨碌碌走过的声音给人以历史的颠簸感。被无数行人和车轮磨砺过的古老街道虽然被现代人所抛弃，但我仍能从它的锃光瓦亮中感受到历史的温度。我行走在古老的街道上，道路不算宽敞，但高耸的木楼延伸出一份逼仄感来。轰鸣的水声穿行于长街的断面下的水沟而过，好像在播放着历史的回音。在古老的药店前，你可以从房屋斑驳的石头和镌刻的繁体字上依稀读到这座房屋的久远和历史感。听不到小商小贩的吆喝声，现代商业已经把人的欲望包装成灯火辉煌的所在，而在这透着微光的街道上，时隐时现的木楼里，你能感受到古人经商的狡黠和智慧。我一个人在街上向前走着。天正闷热着，我却感受到历史的清凉。近代以降，水路渐渐失去其昨日的辉煌，人类的欲望驱使着铁路和公路的兴起。如今，高速铁路和高速公路已让人类的欲望插上了翅膀。古老的渡口陪伴着清闲下来的古镇，偶尔勾起我这个半吊子文化人的思想。而更多现代人已经忘却了古镇的存在。

　　我行走在古镇的街道上，突然有了一种莫名的惆怅感。人类对待快与慢的态度，其实反映了对待自然万物的态度。现代文明到底是一种怎样的文明，只有发展到一定阶段，人类才能真正对其进行反思。科技伦理与社会发展的纠葛会永远演绎着人类自己说不清的游戏。在这古镇的街道上，消逝的不仅仅是当地河口的茶香，还有古人的那份对自然的依赖。在汽车里，同伴讨论着在没有电风扇和空调的古代，人类该是怎样地酷热难耐。那把芭蕉扇啊，摇啊摇，让人反思现代空调所造成的环境污染里，该是存在着人类欲望的贪婪性。我一直在古镇的街道上急促行走着，走得浑身出汗，总想找出古人生活的日常状况。在这黑魆魆的街道上，古街的寂静和现代商业街的喧哗恰成对比，好像读古书的优雅与翻阅现代小说的区别一样。

　　在同伴的催促下，我离开了古镇，离开了这个曾经喧闹一时的所在。我一夜无话，但却想了很多很多⋯⋯

婺源印象

　　暑期，有幸与几位教授同行，游览了江西的一些茶园，改变了对江西茶的印象。江西以其茶园的层次感，赢得教授们的赞美。车到婺源，在盘山路上穿行，我一直存有疑问：产粮大省为什么这么多山峰。同行者告诉我，茶多产于深山野岭，让我不要杞人忧天。沿途的风景像画一样，我不忍心放过一幅幅美丽的图画。随处一拍，即便技艺最娴熟的山水画师也无法留下这么秀美的画面。随意挑食的鸡群也在山间跳跃，小鸟则在森林里歌唱。车到婺源，映入我们眼帘的则是另一番绝妙的形象——黑瓦白墙的徽派建筑，有着悠久历史的当地小吃，喜欢讲故事的茶人，到处涌动着诗情画意的山水。这婺源啊，改变了我对江西的又一印象。

婺源茶校

　　我们到婺源茶校参观（现在叫婺源茶职业学院），这所诞生于抗日烽火中的学校，为中国的茶产业培训了大量优秀人才。在江西几处茶园里，你都可以遇到这个学校培养出的优秀茶人和其后代。"漫江红"制茶技术的革新者俞旦华董事长的爸爸就是这所学校早年的老师。他的母亲也是这所学校的学生。俞旦华现在是全国百名优秀茶人之一。

　　俞志江校长说起婺源的茶产业，从宏观到微观很有见识。俞校长对婺源茶文化充满了感情，介绍起婺源茶产业的变化如数家珍。同时对茶校给婺源的人才贡献做了介绍。这个学校办学层次丰富，专业多样，甚至还有高铁乘务员班和国防班。毕业生去北上广深等大城市的很多。俞校长对茶旅文化很感兴趣。他充分考虑当地实际情况的话语给调研者留下很深的印象。

新娘茶

茶校王业强老师于1965年就进入茶校学习，是位资深茶文化研究者。王老师对婺源茶文化有自己的真知灼见。他谈到了"婺源绿"，谈到了婺源茶人的朴实厚重和历史文化的悠久，也谈到了当前婺源茶外贸出口的低端化问题。

王老师谈到了婺源特有的新娘茶。这是一款带有婺源特色的茶。来源与婺源人对茶文化的独特贡献相关。新媳妇嫁到婆家的当夜，新娘子就会为第二天的茶事绞尽脑汁。因为第二天的第一壶茶，新娘子要大显身手。新娘子泡出的茶如果能让夫君一家满意，新娘的地位从此就奠定下来。所以，婺源的许多姑娘在娘家时会练就制茶、泡茶的真功夫。这种民间习俗，无疑为婺源茶文化的发展平添了一丝风情。

茶旅结合

婺源现在在走茶旅结合道路，茶产业与乡村旅游结合。茶中有旅游文化，旅人来到婺源，可以充分感受茶文化。我在武夷山行走，能充分感受到当地民众对这种茶旅文化结合的热爱。民宿连着茶厂，旅人可以享受山野之风，赏茶之趣，制茶之乐，品茶之美。

我曾到一处当地政府建设的两千亩茶园行走，但见上上下下的茶园，给人画面错落有致的感觉，满园的茶香扑鼻而来。我站在山巅留影，近处是可供旅人欣赏的景点，远处是带有浓郁地方特色的民宅。这样的茶园在婺源比比皆是。旅游文化促进了茶文化的发展。茶文化和旅游产业，共生共享共存，正促进着婺源的发展。

古徽州情结

在婺源，随处可感受到徽派文化的魅力。上了年纪的婺源人，对自己来自古徽州直言不讳，认为婺源只有再划回安徽，才有利于对古建筑的保护。仔细一想，这些老同志的话语也自有其道理。

历史上的婺源，分属古徽州文化，只是近代才划归江西。徽州古文化的保护只有在划回徽州以后，才能和徽文化保护保持一致性。在婺源，能充分感受到当地老人的忧虑。这不是简单的念祖之思，其实蕴含着对文化的膜拜和认同问题。江西古文化保护问题繁杂，婺源划归安徽后，对这里的古文化保护和地方文化特色留存，自然有很多好处。

生态茶

婺源一直注重打造生态茶产业，尤其对农田环境进行了各类改造。茶叶也大多按照国际标准进行生产。政府下大力气对一些污染企业进行了关停并转，对茶叶生产加工流通环境进行了治理，从整体上改变了婺源茶的品质。婺源有自己的茶产业的独特优势，大城市的高端人群十分喜欢这些生态茶。

在一个乡的农业合作社，笔者看到一个大学生回乡创业的实例。大学生对亲属们零散着去街头卖散茶充满了同情和担忧，与哥哥一起创办了这个茶厂。婺源乡下人朴素而善良，在某台地茶农村晒茶场地上，我看到一个中年妇女挥汗如雨，问询她茶叶晒好后多少钱一斤，中年妇女回答说："五元钱！"她的回答让我吃惊。婺源茶在当下社会，也遇到了"皇帝的女儿也愁嫁"的问题，从传统的外贸输出，到地方的廉价销售，都可以看到婺源人的实在并没有在市场经济大潮中受到更多品牌文化的熏染。婺源有一千多家茶企业，但像"西湖龙井"一样的茶品牌打造还少之又少。婺源有着历史悠久的徽派文化传承和历史名人效应，又有得天独厚的自然条件，不进行品牌文化的革新，婺源的茶文化就难以发出璀璨的光芒。在散发着浓郁茶香的婺源乡村茶园行走，看着忙碌的茶人辛勤地劳动，听着颇有创意的茶学者的美妙构思，我对婺源茶文化的未来充满信心。

美好婺源，因为山水，因为茶文化，因为徽派文化，更因为婺源人的朴素与真诚。离开婺源，我对这个有着独特个性的茶县充满了无限留恋之情，期待再来婺源，期待未来婺源的茶产业插上飞翔的翅膀！

喝茶人的个性

人最容易受环境的影响，在一个流行吃葱的省份，人们喜欢吃葱，业余时间扒葱，围绕着大葱蘸酱滋生一系列美食；一位在湖南长沙工作过十几年的中年先生，养成了嚼槟榔的习惯，知道嚼槟榔对牙齿和嗓子不好，但十几年一直很难戒掉，只有到了北京，离开了嚼槟榔的环境，他才不再兴此道。一位福建朋友，不可一日无茶，像我这类一辈子喜欢喝白开水的男士，怕被他视为无品无味的异类。在苍山县北部，当地土语，喝茶就是喝白开水，不知道传自何年何月何人，也许是在宫中经多见广的遗老随便的一口习语撒落在民间，遂成这概念不清的民语。那是我的家乡，许多传自古代的话语，和京城的时尚语言合不上节拍，盖因京城历代人来客往。你想想，一个鱼龙混杂的城市，怎能和几千年人迹罕至的村庄相比？京城之堂奥，自有其堂奥的道理。说起京城的喝茶，古画里都有记载，我在宫廷里看到古人的茶话，内心是骇怕了一跳。京城之喝茶，由来已久。从宫廷到民间，从奢华到简朴。我的家在山东乡野，古时人迹罕至，道路崎岖多艰。山东少产茶，我至今都怀疑祖先的基因里很少怀有喝茶的习惯。所以，我辈对喝茶有一搭无一搭，也算正常。

还是刚才那位朋友，喝茶养成了片刻不能离的习惯，只要不上床睡觉，手是断然不能离开茶的。几十年喝惯了家乡的岩茶，其他地方的茶的胃口就不对路子。比如，我从小长在大蒜的产地，根本不怕大蒜的辣味。能吃大蒜者，常被南方人所不齿。有个作家班同学，善喝工夫茶。等他把一套喝茶的用具摆出来，我已经有昏昏欲睡之态。南方人大多对吃大蒜者很反感，认为是粗俗、没有教养的表现，一口一个蒜瓣，真乃狂人也。何况大蒜有味，食者很难隐藏。哪像喝茶，一小口一小口地啜着，大学士一样。南方人性格上的绵软，和北方人性格上的豪爽，与喝茶吃饭有很大关系。我多次被家人批评，不要以省份地域划界，其实骨子里并没有地域歧视，但南北方的性格特点是多年观察的特点，也就是描述个大概。你说，南方和北方到底怎么样划分？这是一个混沌的概念，不可较真；形式上的东西未必一定要做到内容相符。生活的辩证法和每个人的感受，自然不同。有些人认为好的东西，却被另外的人看作龌龊之物。一个逃荒者，在逃荒时摸到许多鸟蛋，日日吃鸟蛋，竟然最后吃出了鸟屎味，所以，在几十年后，他成了声名远播的大亨，对鸡蛋之类的卵类，也从不甘问津。对大多数人有通感效应的东西，不一定适应少数人。你喜欢吃鸟蛋鸡蛋之类，不一定那位大亨也喜欢。治大亨的贪食病，鸡蛋就是良药。不同的人有不同的食物命门，真是不好强求。

大亨不吃蛋，放在喝茶人身上，自然喝茶者也有千差万别。你喝你的普洱，我喝我的君山银针；你喜欢西湖龙井，我喜欢茉莉花茶。中国茶五花八门，中国的茶商自然也各有来头。我在京城，早些年习惯了酒场，近些年热衷于茶场。对喝茶之道，虽然谈不上研究，却也耳濡目染。喝茶之人，大多比喝酒之人清爽，用我们乡下人的话说，显得富有文化。出入楼堂馆所之茶室，顿时让我这喝了一辈子清水的人有些不适应。记得曾在一茶馆喝茶，一边疆老识赠送一茶与我，茶室老板多有喜欢之意，推搡之间，老板就收下了；我很少收别人的茶礼，倒是家人研究茶道，知道茶的好孬，买了不少好茶，大多被我送了人。河里淹死的，都是会水的。一日，有人谈论股票，多是经风见雨，套牢多次之后，才能雄才大展，所向披靡。我不炒股，所以断无这种大开大合的感觉；我不喝茶，所以茶孬茶好，断无品质上的分辨；我喜欢饮酒，却因脑梗，断了喝酒的功德。人这一生啊，喜欢什么，可能就栽在什么事情上面。

虽然不喝茶，但对喝茶者还是怀了十二分的景仰之情。每到茶台前，也是肃穆端庄，有模有样。喝茶也变得规矩、神圣起来。还是那位外地送茶的识者，将茶送了老板，我则从此再也没有去过那茶社，那老板大约认为我小心眼吧？而那边疆的识者，开始说我文章的浅薄，后来说我对茶的轻蔑，我也怕自己无知，得罪了这边疆的识者，从此微信拉黑，各自走道吧！

茶者喝茶，的确令我这喜欢喝白开水的人敬佩。近来喜欢上黑茶，也是刮油降压的需要，我有点向茶者投降的味道。但骨子里，我是个伪茶者，喝茶的功利心很重，闲坐一上午，在那里谈天说地，我还真有点做不到……

茶与书

回忆那些悄然逝去的温暖

这几天，北京日渐寒冷，称得上滴水成冰。想到冰挂里的童年，穿着微山湖产的毛靰鞡鞋，鞋里填着厚厚的麦穰，那份暖，从脚底下一点点升起来，会抵挡整个冬天教室里的寒冷。老同学发来流井中学前不久录制的视频，就想到那样一个冬天，众多学子们在寒冷教室里的窸窸窣窣。如今，当年的学生们，不再神采奕奕。很多人已成为白发苍苍的爷爷和奶奶。那位在锦州当兵并落户当地的老同学，如今是大卡车司机。昨天他从冰冷的通辽市打来电话，我能清晰感受到他的哈气在对抗着当地的寒冷。回忆中的对话，让昔日的热量一点点升腾起来。这位老同学，中学时长就两条大长腿，早课下课的铃声一响，是激动人心的跑操。他像箭一样第一个射出去；早操完后，又像鸟儿一样飞回到座位上。修长的双腿，厚重的棉裤似乎遮掩不了那律动的轻巧。青春萌动的感觉里，似乎有好几个女生爱上了他。脸红的青春，在冬天里最见温暖。我作为班中年龄最小的一位，常被别人忽视，却能仔细地观察别人。别人脸红，自己也就脸红。童年的冬天，便在脸红的火热里，度过一段又一段懵懂的寒冷时光。高中毕业加上复读一年，不过才十五周岁，那时候的中学——高中、初中合在一起不过四年，小学五年，加上复读不过十年罢了。但我感觉彼时的教育，最适应孩子们的天性。现在的孩子，整天在学校里被灌输式教学，自我磨炼的时光少了，反而少了一些本应该属于自我发热的温暖。温暖的教室所温暖的，不过是孩子外在的躯壳，孩子内力的热，却被升学、竞争、家长的压力，浸泡着他们稚嫩的身心。孩子的内心未必真正会感受到温暖。

当阳光从工地上把冰霜渐渐融化时，我喜欢走在铁路上，嗅枕木的气味，就像小时候在山乡，跟着汽车闻汽油的味儿一样，多年以后，我猜想喜欢汽油味道的癖好，与乡下人当年的生活缺少荤腥有关；工程队下班后，沿着还没有开行的铁路线行走，青春的双脚在刚铺好还没调直的钢轨上行走，钢轨在制约着你的平衡。几个未脱童稚的同事，一并在线路上行走，看谁把握平衡的能力最强。这样说说笑笑互相比较本事的时光，充满着青春的温暖，那时，我们一边在线路上走着，一边会歌唱《年轻的朋友来相会》，歌声里飞出温暖、希望和愉悦。工程队艰苦的生活，常被工班里的大通铺、强火炉所驱赶。漫长的寒夜，老师傅的历史故事和青年人稀奇古怪的提问，温暖地陪伴着我们。这样的集体生活，除了三年电大的脱产学习之中的变样过渡之外，以后再没有过。

铁路工程队里的大火炉，绝对是一种象征，更准确地说，只有铁路工程人，才能知道这工班大火炉的温暖。在临时性搭建砖瓦房或活动板房里，入冬后的重大改造就是老师傅们手执瓦刀，砌筑两个大炉子，炉子上装上通天炮。铁路是半军事化的企业，铁路工程人有着军人般的天性。喷天的火苗，会从粗大的烟囱里冒出来，显示着炉子的魅力。铁路工程队夜晚时光最温暖。在劳累一天过后，匆匆地洗刷完毕，围炉把酒问盏，却也是十二分的惬意。每个铁路工程人没有进行过仔细的讲究，你喊我一个小名，我叫你一个绰号，真是没有外号不发家啊！每个工人都会以自己有绰号而自豪；如给胖子叫面包，给有虎牙的人叫大牙，给好睡觉的人喊迷糊，小气的人则叫老鼠。现在看来，这些绰号好像有人身攻击的意味，但在那时的欢乐气氛里，喊人绰号和被人起绰号，都会感受到异样的温暖。工班里的生活充满着粗俗、实在、直率的元素，时隔多年，那种人与人之间的真情表达以及伦理展示，仍然让我感到火炉般的温暖。记得一位师傅刚开的工资找不到了，以为是被其他工友偷了。指桑骂槐，最终当着工友们的面打赌，如从自己的床上找到，就请大家喝酒。当他当着工友的面气冲冲地一边大骂，一边翻着被子、褥子和席子时，工资从里面飘出来。顿时，他面红耳赤。当晚，他红着脸在火炉旁请客，工友们左一番戏谑，右一番挖苦。这位工友后来变得沉默寡言，对别人毕恭毕敬。多年后，这位工友的尴尬，如在目前一般。

还是让我再回到火炉的记忆中。工程队的火炉，是冬天工友们交流的中心。在这里，一个人可以说起自己的家世，完完全全地吐露到很久远的过去，也可以憧憬自己很远的未来，说出一个工友们感到惊讶的设想。菜在炉子上热着，滋滋冒着热气，酒始终在温着，大茶缸子则泡着浓浓的茉莉花茶，一杯一杯被工友们牛饮着。那时的大火炉上，有个厚厚的一大块铁板。大铁板被烧得通红，人穿着单衣还直流汗。工友们常为一个问题争得面红耳赤，互不相让。火炉边的庆幸，工友们的闲聊，过去了三十多年，仍然记忆犹新。谁家里有什么喜事，谁有可夸耀的亲戚，谁收到了一封信，谁又因为借女同事的自行车，骑坏了，去帮人家修自行车，一来二去成了恋人……工友也会互相交流到泰安当时唯一的滑冰场溜冰的体验，谈一谈喇叭裤和提双音喇叭的那个青年的烫发头，这样的交流，虽没有现在大会议的气派，却有发自心底的真诚。工友们的友情，日积月累中如锤炼的铁，愈久弥坚，亲人一般。大火炉的温暖生活，随着我离开工程队，疏忽远去。从工地迈向小城市的办公室，温暖的机会被规范的程序所取代，被干净的环境所驱逐。后来日渐脱离泥土的岁月，听惯了官腔，看惯了程式，熟悉了冷漠，心似乎渐渐地变得坚硬起来。

在冬天的城市里，我时常站在烤地瓜缸前，感受那一份难得的温暖。高楼，为城市带来了崇高感，也把浓重的阴影压抑在每个行人身上。唯有这烤地瓜摊散发的热气，给我暂时的温热；山上看见一个松鼠，在树叶的阴影里，钻到树干上感受阳光，蹦蹦跳跳着如一个调皮的孩子；而树上的两只鸟儿，在鸟巢旁耳鬓厮磨，相互取暖，我静静地看着它们，在暖暖的阳光里，它们和我一样，感受着这寒冷天气里些许的温暖。

两只颐和园的天鹅，后面跟着一群刚几个月大的小天鹅。它们趔趔趄趄，行走在冰面上，前面一只，大概是母亲，突然掉在冰洞里，一时动弹不得。游客们焦急起来，公园里的工人，穿上水衣，拿着长杆，冒着刺骨的寒冷，一点点靠近那天鹅。最终天鹅得救了，那些小天鹅们羽翼煽动着，好像欢迎母亲的得救。那一刻，我被公园工人的抢救所感动，更感激那小天鹅们如此灵性地欢呼。这亲情的温暖，让我突然想到母亲，她老人家，此刻只有在天国里看世间的儿子依然在寒风中受冻，却再也不能为我做一顿热喷喷的饭菜了。

　　行走在寒冷的北京，一天冷似一天，人老了，不抗冷，好歹有往昔的温暖，滋润我的生活，让我在这个世界上，依然相信有爱，依然相信人性的伟大，终将超过寒风的凄厉，给这个世界带来温暖……

一个人的心胸

　　王八的眼睛里，大多是绿豆般的知音；井底之蛙的境界，就是井口那么大的天空。一个人的心胸如何，的确与人的观察和阅历以及所学的知识有关。一个人，很难去改变另一个人的精神世界。现实让很多人沉迷于欲望里很难自拔。一个有手机的人，如果会玩微信，一天不看微信是自律的人，两天不看微信说明意志坚定，三天甚至更多天远离微信，则是有思想的人。这样的人，值得尊敬。更多的人，把岗位错当成自己的能力，肆意使用平台资源实现自己的目的，小则贪婪星星点点，大则为名利追求一生，最终结局不妙。判断一个人优秀不优秀的标准，除了他本身的真实与否外，更重要的是看他整天在干什么。是迎合领导还是善待工作，是扎实苦干还是玩花样动作。有人一路飞升，到老了，却发现自己空空如也，犯罪者之所以悔恨不已，就在于平时自以为是，定位错误。人活一生，不过是简单的过程，追求璀璨的，未必最终能璀璨起来；埋头苦干的，常给人精神上的激励。

　　离开泰安十几年了，我不知道泰山上的挑山工还有没有。挑山工的形象，时常在脑海里浮现。貌不惊人的挑山工，一身的疙瘩肉让你赞叹。他一步一步走得很稳，双脚好像扎实的吸盘，稳稳地走在石阶之上。无论山路多么崎岖、陡峭，挑山工的行走，十分稳健，富有节奏感。一步一步，左肩换了右肩；一天又一天，挑山工为了生存，把人类原始的力量发挥到极致。挑山工的世界里，没有埋怨，没有挑别人刺的机会。他只知道一步一步地向前走。风大了，吹不动他坚定向前走的脚步；雨来了，他的步履更加谨慎。一年四季，月月天天，挑山工像蚂蚁搬家一样，把一件件物品、一筐筐食物挑向山顶。他甚至都来不及观望走过来的路，也难以欣赏路旁的风景。他的双眼，紧盯着脚下的路，时而会瞄一眼前方的目标。我曾紧紧跟在挑山工后面爬山，有时心性来了，故意把挑山工甩在后面，累了，稍息一会儿，挑山工却又慢慢悠悠地跑上来，超过了你。这是怎样的一种精神啊！挑山工练就一番掌握平衡的功夫，肩上的重担，让他在感觉中把握着自身的平衡。这是怎样的一种心力啊！在挑山工的精神世界里，一点点、一步步、一天天，细微的努力，构成精神的大旗。在这种心力的驱动之下，挑山工不畏严寒、不怕酷暑，冬去春来不狂喜，夏走秋到不落寞。在行走中，他延伸着自己的生活，锻炼着自己的血肉。在登山途中，你会看到那些卸下了重担的挑山工，下山路上，轻松、欢快地行走，像弹奏着让人愉悦的钢琴曲。挑山工的思想里，挑上物品抵达目的地，才算实现了一天的目标。有些挑山工，在返程中也会挑着相对轻一些的垃圾下山，他们的行走，总是那样四平八稳。看到他们，你会突然感到生活需要这样踏实的感觉。干应干的活，流自己的汗，靠劳动拯救自己，凭力气养活全家。一路疲劳一路艰，挑山工凭借自己朴素坚定的信念，求一人而生，保全家幸福。这样的意志坚定者，让人赞许。

在北京城，这样的劳动者自然很多。每天我去颐和园散步，昆玉河边的清洁工，早早地在那里清扫垃圾，太阳还没有起床，他们就起来了吧！沿岸的树叶，被他们一点一点清扫着。他们像不知疲倦的牛，一片片延展着清洁的路。这是无言者的骄傲，也是劳动者的诗行。我时常怀着敬羡之心观望他们，也在走过他们身边之时问候两句。有的清洁工来自遥远的大山，有的为了供孩子上大学而来做清洁工……这些辛勤的劳动者啊，有的年龄远远大于我，他们的劳动之情状，时常把我感动。与我同龄的人，或因生在山村没有文化，或因错过机会没找到工作，或因家道中落不得不靠打工自救。这些劳动者啊，我唏嘘他们各自的境遇，更赞佩他们不屈的精神，我赞佩这些辛劳的忙碌者！

每天，城市人通过网购享受着现代人的轻松生活，可支持网购的快递小哥，却在寒风里奔流不息。有一次我在电梯里遇到一位快递小哥，他一天要送高达七八十件快递。这位快递小哥，脸上涂满了北京岁月的颜色，但他乐呵呵的气息，却感染了电梯里的每一位乘客。这些穿行在熙熙攘攘车辆中的快递小哥啊！为了生存，忘却了交通带来的风险。客户满意的笑脸里，却藏着快递小哥为了争取时间的冒险。有一次，我看到抢道的快递小哥被轿车撞翻在十字路口。轿车上的女司机一下来就破口大骂，快递小哥唯唯诺诺，好不可怜。我一时感觉，我好像就是那位快递小哥啊！一上午的思绪里，全是快递小哥的道歉声。这位为了生存而拼命的快递小哥啊，该是以怎样的一种心情，度过在北京的每一天啊！

人活在世界上，要有同理心、同情心。傲慢者总是一切唯我独尊，他不知道敬畏自然、尊重他人。思维的定式和生活的习惯，像吸盘一样把人吸死，人需要跳出自我的世界，才能获得大爱世界的心胸。我时常在文章里用"往往"这个词，这种久久不能摆脱的习惯，就像一个善于甩锋的书法家那露出破绽的笔迹。生活每天传递给我们层出不穷的新意，而我的思维，依然浸泡在传统的思想里。"往往"的叙述里，带有以偏概全的偏见，也是一个人固执的表现。

挑山工、清洁工、快递小哥……这些劳动者的形象，组成了一幅坚强求生者的画面。在这画面里，有坚韧，有希望，有苦干，有幸福，有奔波，这画面是一个人对世界最好的宣言。

每每在路上，看到或想到他们，我常常泪流满面！

尊重孩子

今天在看一本书《最好的养育就是和孩子好好说话》，书名有点长，我想出版社和作者的本意是希望当下的家长尊重孩子，书名才起得如此语重心长。这本书，给了我一定启发。作为家长，我和众多的为人父母一样，有时候不顾孩子的感受，说了些不该说的严厉的话，还以为是疼爱孩子，而没有设身处地地为孩子想一想。几乎大多数中国家长，会把孩子看作属于家庭一己之私的生命。在爱的旗帜下，让孩子循着自己指引的发展路线或按自己的价值观行事，有时候却导致孩子无所适从。不敢承认孩子个性上的弱点或差异，总希望自己的孩子成为人中龙凤，不择言辞来批评孩子，无形的言语，却让孩子心灵受到极大的伤害！

大人的立场不是孩子的立场，大人总以自己的"正确"来纠正孩子的"不正确"。落后于时代发展的经验，成为孩子发展自我的障碍。大人先入为主的观点，让大人一出场就站在了孩子的对立面。用自己不一定正确的观点对孩子进行批判，是一种不明智的行为。在家长的威风之下，孩子没有说话的权力，孩子的情绪里的积极因素，也不被认可。有些大人企图从孩子身上获得成功的感觉，结果发现是徒劳的。有时动之以情比晓之以理更能发挥教育的本来意义。动辄对孩子发脾气，毁坏的不仅是家庭原有的和谐氛围，更会造成孩子自信心的丧失。没有几个大人能拢得住火，噼里啪啦一阵子，陈谷子烂芝麻全倒出来，自然影响孩子的情绪。要想让坏情绪的孩子有超长的发挥，简直是天方夜谭。所以，家长学会理性地控制自己，对孩子非常重要。

生气之前，先分析自己生气的必要性，情绪稳定才能把道理静静地讲给孩子听。一些家长批评孩子的方式有待改善。他们一般不顾及孩子的情面，当众训斥孩子，大声苛责孩子，历数孩子以往所有缺点……这些都会让孩子受到很大的伤害。在这样环境里长大的孩子，也可能会继承家长"暴君"的衣钵。教育家常有一句话：夸大的孩子有希望。总是批评孩子，固然有时候会对孩子的错误是一种纠正，但更多时候则构成一种伤害。所以，沉默并且暗暗地帮助孩子，未尝不是一种好的教育方式。家长如果能以身作则，以榜样的力量来鼓励孩子，我想比威严十足的批评更有效。

一味的说教可能会让孩子走向逆反。孩子发自内心的努力，与家长的指引，学校、社会的熏陶，同样重要。

不要轻易将孩子的行为置于道德制高点上进行批评，这可能会扼杀孩子的天性。一个从小顽皮的孩子，如果家长能从中发现其创新精神的潜质，加以表扬和耐心引导，孩子日后就可能成为发明家。不加分辨地把孩子判定为坏孩子，暴打一顿，孩子要么沿着坏孩子的方向发展，长大变成了坏人，要么就会唯唯诺诺，成为不敢言行的懦夫。

怎么教育孩子，的确是一门艺术。从尊重孩子的情绪出发，顺其心意而为之，孩子才会容易接受。家长要学会悬搁自己的"高大全"立场，从孩子的心境出发，告知孩子之所以这样做的原因，和不能那样做的原因。有时静静地陪伴，比冷眼旁观要好。这样孩子才不会深陷情绪的牛角尖。大人自己的成功，未必会在孩子身上得到复制；自己的失败，也不一定会在孩子身上重演。严格要求孩子而不要过分苛责。学会激励孩子自我思考、自我批判、自我砥砺，或许会比恶语相向效果更好！

与孩子相处，要懂得教育循序渐进的重要性。教给孩子学习方法，要比自己帮孩子做题好得多。要让孩子充分诉说他的理由，要营造愉快的谈话气氛，让孩子将欢快的天性散发出来。学会在与孩子交流之前，耐心听取孩子的讲话，不要轻易去打断他。交流过程中还要不断地鼓励孩子，不要让孩子接受被动式的训斥。父母对孩子的暴打，可能出于维护自己面子而非孩子行为的不适当。

好好与孩子说话，应该成为现代家长的必修课。形式上对孩子严格，不如发自心底地对孩子尊重。古代形容一个人教养好，会说他出身"书香门第"。"书香门第"中的家长，教育自己的孩子，训诫与慈爱同样重要。在一个彬彬有礼的家庭里，个体生命受到尊重，会让人更加珍视自己的价值。

尊重孩子，要从默默地陪伴孩子成长开始，从静静地倾听孩子的诉说开始，从理解孩子不同寻常的言行开始，从支持孩子挑战自我开始……从相信孩子的直觉判断里找到喜悦，从与孩子的平等沟通里演绎出生活的愉快……

人的生命是宝贵的！上天安排了我们成为父母，就要好好地善待我们的孩子，尊重孩子大过批评孩子，让我们从好好说话开始！

无贡献不交流

年初的时候，我参加关于民营经济发展的一个会议，遇到优董创始人邢杰先生，他说了一句让我印象颇深的话——"无贡献不交流！"。邢先生的话语出有因。一年大大小小的经济会议，参加者绝大多数是抱着从别人那里获得资源的企图而来的，很少有把自己的资源与别人作分享的。这句"无贡献不交流"的话，虽然听起来很刺耳，但稍微认真想一想，对当下的各类论坛或聚会，可谓是切中肯綮。我经常在周末参加大学、企业或协会组织的各类论坛或聚会，对此我深有同感。

造成这种境况的原因有几点：一是人们在聚会时，总希望听人家介绍经验，而自己不愿意讲，认为谦虚是一种美德；二是人的自私心理作怪，在互相交流的过程中，总想通过学对手的经验超越对手，而不轻易贡献自己的意见，常打自己的"小九九"，很少为别人奉献什么，即使讲话，也是讲皮毛的东西，不愿意把自己的"真经"给别人；三是个别人的功利心太重，不愿意奉献精神食粮，更别提奉献物质资源了。这些，要么源于自私心理，要么源于封闭心态，可以说是目光短浅所致。

无论是企业交流，还是朋友交往，都需要沟通和奉献。沟通的同时，也需要关注他人的心理感受，要处处从尊重他人的人格出发，而不是凡事从自我的角度出发，满意了就干，不满意就不干，全然不管别人的感受。加过微信群的朋友都知道，总有微友发完自己的文章和推销广告后，拔腿就走，不理不问群内其他微友的感受。这些微友，把微信群当成了为我所用的推销市场。一个群也是一个小社会，一遇到发红包的，人头攒动；一遇到有困难的，应者寥寥。这样的群，交流的意义何在？互助的可能性又在哪里？

朋友们交往，最后能结下深厚友谊的，多是经历过一定磨难的。遇困相帮，遇难相助，逢凶化吉，才能共同进步。朋友交往，多是你"憨"我

"傻"，才能交往长久。如果一个人老想着从朋友那里索取，而不为朋友去做任何贡献，久而久之，这样的人，就会失去市场。大浪淘沙，每个人抱着诚恳的心理和别人交往，才能赢得更多的友谊。如果一个人时时处处想着自己，总在精心算计着别人，如俗话所说的"戏台上的胡子——假二毛"，这样的"精怪"，没有多少人喜欢。

看看平常所交往的人，真诚憨厚的兄弟大多是"你敬我一尺，我敬你一丈"的人。人们都有基本的同情心和同理心。生活中善于帮助他人的人，也受周围的民众欢迎。

人生苦短，邢杰先生的"无贡献不交流"，实际上蕴涵着生存的大智慧，不仅仅体现在会议的交流上。人的精力是有限的，要想把有限的人生过得璀璨夺目，需要向上的力量，需要提升交往的品位。无效的交流和互动，就是没有意义地浪费时间。人生，无非就是时间段的叠加，把这众多的无意义时间段叠加起来，就构成了缺乏意义的生命过程。邢先生这句话，既指出了惜时的重要性，又指出了交往的方法论；既是对个人心胸的考验，又验证了企业的能力；既是处世的方法，又是企业经营的铁律。

真正的写作是和名利场重的所谓作家圈没有半毛钱关系的。写作者对社会的奉献就是作品，默默地观察，敏锐地体悟，这些比口号式的自我标榜，或评论家的吹捧，对这个社会要有意义得多。这个社会最终留下的，终究是那些透着光亮的真诚的作品！而那些靠一两句呼喊就跳跃在文坛上的所谓作家，时光会记录下他们的喧闹……

"无贡献不交流"，贡献什么？是思想、温暖、物质、能量、资源……短短几个字，蕴含大道理。听来容易，做来很难。如果人人都能体会这一点，自觉承担起贡献的责任，这个社会将会升腾起无数的温暖，社会就会越来越好！"人人为我，我为人人"，你帮我爱的局面才能形成。"无贡献不交流"，多么好的一句话啊！

文学的边界

　　杨文科和他的名字一样，注定和文字结缘。或许是年龄相仿，也许是经历相同，读他的诗歌，别有一番滋味在心头。作者的经历看似简单，实则崎岖。工科学校毕业，就做混凝土工程技术人员，一直从事施工、监理、设计、科研等工作，一双脚走遍祖国的山山水水，南国的椰风海韵，北国的雪山松林无所不及。他从年轻开始，就喜欢写诗，一直到现在，相信，以后也会写下去。

　　文科从年轻时开始，就喜欢写诗，他热爱生活，内心始终怀着一团火。生活之美、工作之变、自然之丽，触发了作者的灵感。使他自信满满，一路吟唱。工程人的艰苦生活需要调剂，他内心丰富的情感也需要表达。文科对写诗自有一番他自己的认识——"诗歌就是你身边可以靠一靠、歇一歇的一块石头，帮不上什么大忙，但踏实，顺手"。这种对诗歌的朴素认识，让他笔耕不辍，他说"至今已近40年了，写的这些东西也有三四百首，今天从中选出一百首，结集出版。"他这本书叫《生活的诗》。文科自嘲"充其量就是顺口溜而已"，但正是他这种品质，展现了劳动者的朴素精神。

　　写诗是文科一生的挚爱。大半生书写的经历，从一个侧面反映了知识分子的心路历程，又珍藏着知识分子的情怀，犹如历代的笔记体小说一样，时代的影子清晰可辨。正像文科所言"饱含了我真实的感情，既有初恋时的欢喜，热恋时的甜蜜，受挫折后的低沉，得意时的豪情，父母去世后的悲伤等，也有我对人生的思考和对历史人物、事件的浅薄的一点看法，无论是我开会、工作、旅游、赏月、会友、吃饭，情之所至，总会写上一首。总之，我的开心和郁闷，欢乐和痛苦，困难和坚持，都是这个时代一个普通人的心灵历程的真实记录。"情真意切。作者想把诗歌挑出一百首出版的另一个原因，还在于当下诗歌越来越让普通人难以卒读了。其实，文科的审美，代表了一部分诗歌爱好者的观点。

作为工程人，文科与我曾同在一个铁路工程大系统工作。他热爱自己的专业，其"混凝土三段论"曾惊起工程界的阵阵波涛。正是同为工程技术人员出身的经历，让我对这样一位诗人充满感佩之情。工程人生活相对艰苦，远离家人的寂寥，喝酒、侃大山、打麻将，几乎是每一个工程人都绕不过的形而下的境遇，文科在这样的氛围里，锤词炼句，精心构思，不能不说是洒脱的形而上的追求。正像汪恭胜先生评论其诗"跨界精英咏巨篇/清音雅韵自悠然/释文研理千山道/博古通今万仞渊/提彩笔，绘红颜/一壶美酒醉流连/人生得意酬佳景/日日风光云水间"。

作者用自己的真诚赢得读者心灵的认同。诗歌固然是文学皇冠上的明珠，但也是现实生活里的泥土。无论是令读者感同身受的爱情，还是让人大喊、歌唱的友情，文科都能以内心的热烈来迎接这青春的初遇。诗歌的真实，像带着泥土香味的大葱，城里人或许嫌弃，饥饿者大加赞美；他这样描写爱情"我像是一个学子/在高考前夜熬煎/又像是嫌犯/等待法官的宣判/也可能把她得到/也可能将是徒劳/害怕来临/又盼望快点来到/我的心/在嗵嗵直跳"——他坦诚地把青年时代的爱情如此直白地描写，的确是一个时代的见证。也许，当下时尚的年轻人多元的爱情观点不屑于文科这样的爱情认识，但文科的诗，的确描摹出一代青年人的爱情之美，照亮青年人的爱情点燃了作者的诗情画意。"我爱你美丽的大眼睛/它是光芒四射的情种/是人世间高贵的青瞳/是晚霞边多彩的河流/是月光下清幽的梦境/无论它寂寞时的迷离/高兴时的欢喜/关爱时的注视/委屈时的哭泣/都是如此传神/如此美丽/说不尽的无限诗意/道不完的万般柔情"，作者的内心世界顷刻间会将读者融化。作者描写爱情的诗歌打动着读者，文科精心选择了摄影作品与诗歌相映成趣，自然生活之美，散发在诗作中。一串普通的槐花含有他对普通劳动者的赞美，海南岛的风情让他在坎坷中奋起，宁波台风也让他感慨。游井冈山、北京落雪、发明抗裂水泥、女同学突发脑溢血、游孔庙……作者都会抒发心灵之感。诗歌的自然书写成就了文科自然的诗歌。

文科的诗歌，多是随心所至，因情而生，没有羁绊，随手写来。无论经历起伏、甜美、忧伤，到达何处环境，对爱人，对亲人，对同事，对山川，对未来，对当下……文科的诗，给人一种朴素之美。读来让人爱不释手。

文科的诗歌，或许会让专业的诗人讥笑，或许被诗歌评论家评论诟病肤浅，或许被专业的文学工作者所侧目，但文科的诗歌，却有其真实记录时代的特征，带着作者的真诚和热情。正像笔记体小说至今仍被正统小说家所不屑一样，但笔记体小说正越来越被时代所认识。真诚永远是文学的基因。苛责形式上的不完美，不能泼水连同把婴儿泼掉。和那些无病呻吟的诗歌相比，和那些自诩清高的诗歌相比，和那些脱离普通读者的诗歌相比，文科的诗歌，更能走进普通读者的心中。

文学是在发展中逐步丰富起来的，无论题材和体裁，一旦形成定势后，就被一些所谓的捍卫者当作敲击另类的大棒。小说、诗歌、散文的界定，有时成了文学发展的障碍。笔记体小说重新被学界再认识，或许是对文学边界的一种打破。文学是时代发展的产物，文学的边界也会随着时代的变化而变化，文学的疆域会得到相应的拓展。当宏大叙事和深重意义遮盖文学大山之时，那些隐秘的真实或许不会发出光亮，未来的某一天，相信这些真实的亮光，会突破遮蔽，大放异彩！白话文和自由诗对文学藩篱的破除，意义何止影响一个世纪？

我没有资格对任何人的文学作品指指点点，但对一个工程技术人员的诗歌发出自己的真实感受，或许能给文科先生的老友徐军库先生一个交代。我一直在想，文学作品，何尝不是一个人在世上自我心理抚慰的寄托？何必要赢得世人的赞美哪！

继续真实地书写，自由地表达，注重语言的锤炼，更要注意退休后对自身生命的珍惜。作为工程技术员出身的普通写作者，这是我对文科先生的祝愿吧！

文学与说话

文学是语言的艺术。流畅不流畅，灵动不灵动，对文学作品的阻隔、文采，影响很大。语言是文学的基本材料，锤炼语言，是每个作家一生的追求。小说有小说的语言特点，如贴近人物性格、符合地域特点，个性鲜明，配合小说的结构、情节和故事演化而富有张力；散文的语言特点，作家常讲形散而神不散，散是其特点；诗歌的凝练、聚神、含蓄等风格，又让人感受到诗歌语言形式的变化。语言，成为文学作品的外衣，真正表达到位、带有作家个性和鲜明特质的语言，才算是好的语言。有的作家语言好，但作品未必好；也有作家语言好，作品也好的。这样的作家凤毛麟角。喜欢跨文体写作的作家，不拘泥于一招一式，散文化小说、小说化散文、叙事长诗，你中有我，我中有你，构成题材和体裁的交融。高明的作家，不以文体划线，而以语言灼人。所以，有些作家的作品，既可以看作小说，也可以看作散文；散文也可以写成诗，诗歌也可以有散文的影子。再牛气一点的作家，喜欢把文章跨界，科幻作品最初也是跨界的结果。文学，不只在人学里面打转，也涉及动物、外星球、高科技，甚至虚拟的世界，这就让文学所表达的疆域大大扩大了，而作家之笔的纵横驰骋，让语言有了文学圈子之外的新颖之气。这种跨界的写作，直接催生了语言的跨越。如果一个作家心再狠一点，把人类的语言天赋尽收其文，跨文体、跨国度，然后跨界，这样的作家，堪称神。读其作，就有新颖感、通融感、神圣味，可惜罕见。小作家，名不过单位的小圈子和亲友团；大作家，则会影响文学界。跨文体小说家看不上单一体裁作家的幼稚，跨界作家会讥讽单一领域写作的作家的无知，而世界性作家对作家的单薄价值观又会不屑一顾。所以，文学语言的变化，因作家的修养不同而不同。语言的高下，表现内容的多少，专业知识的多寡，世界性眼光的高低——要靠作家天长日久地训练。所以，单薄的作品常被高手讥笑。

大数据时代，高位吊起读者欣赏文学作品的胃口，文学语言的疆域不断扩大。人们不再满足语言的相对文学化的单纯，以玩文字而玩文字的作家，昔日能猖狂文坛，现今却鲜有阔大市场了。受众面在变，阅读界限也变化了，读者的欣赏层次变了，支撑文学的语言也就变了。网络流行语，年年都有而又年年不同，读者心目中的文学作品也在飞速变化。辨别力越来越掌握在大众手中了。这种文学语言的变化，是社会进步的必然。

作家是描摹语言的高手，也是能从日常说话中借鉴养料的专家。所以，作家所书写的语言，不光会从别人的书中借鉴过来，还可以来自三轮车夫、农民工、教授，或一个酒鬼的话语，将这些鲜活的生活话语放到文章里，会让读者有耳目一新的感受。北大才女方希，她的文学作品十分耐读。贵州人的泼辣、北大中文系学生的底蕴，加上北京市民的地道语言，让其文学作品雅中有俗，俗中含真，嬉笑怒骂，皆成文章；个性端庄，好不快哉！方希的文章，跨越了文体，跨越了地域，题材之繁杂，也显现出她读书广泛。这样有一定知识积淀的作家，太少了！作家的语言功夫，光靠读书不行，不向老百姓学新鲜的语言，不向现代企业搜刮时尚语言，凭雕虫小技糊弄读者，现在的读者很难再买账了。读者的口味也随着时代变化而变叼了。

有一位作家，善于走到人群里去寻觅鲜活的语言，他作品的语言，灵动多姿！我十分喜欢。有些作家讲课，爱拿自己过去的写作经验说事，说来说去，语言的水准还是落后，没有让其他作家领悟多少。更多作家习惯于在生活中听别人说话，而在作品里锤炼百姓语言的功夫却不到家。文学作品里的语言，是过滤或加工了的生活中的话。高手，给人蒸馏水的观象和甜美；拙劣者，直接把生活中的黄泥汤呈现给读者了。作家自以为是的年代，早已过去，老老实实学说话，记录生活中的语言，然后精打细敲，细密地写出来。这样的文学作品，是会有一定的拥趸的。

文学不死，因为语言一直鲜活着；说话在变，文学必须改变。在未来的文学之路上，一个作家，生活中不会说话不要紧，他所需要的是不断锤炼语言——书面的语言和生活中的语言，他能将二者糅合起来，从而为读者提供丰美可口的精神食粮！

男人的霸气

男人的霸气是什么？是横着走路，还是说话居高临下、声震四野。有气势的男人，习惯声如洪钟，横扫一切。男孩有没有精气神，小时候的野蛮劲，似能看出端倪。霸气者自有霸气的资格。有的儿童家庭好、父母身份光鲜体面，说话就比平民家的孩子，多一些霸蛮之气。也有横小子，缺少家教，凡事多靠自己琢磨，这样的人，自小就有胆量，做"无法无天"的事情。这样的孩子霸气十足，也算是另类味道。

随着时间推移，人与人的变化，常因内外因的作用而相差很大，但大多数人是本着"三岁看老"的规律而变化的。因为一般人的生活轨迹相对平常，羞涩者长大了，骨子里的羞涩难改；虎气十足的，想让他终年刹车，也不是容易事。所以，一个人霸蛮之气的形成，除了少时养成，也与个人的境遇有关系。有个叫什么小民的先生，少时是三好学生，读大学时也是荣誉连连。后来当了总裁就变了，变得霸气十足。他想用谁就用谁，甚至把亲人大多都用了起来，你说霸蛮不霸蛮？

男人的霸蛮，多是在拥有了资源之后。少时家贫而后来发迹者，多穿金戴银，豪车开路，好不风光。我遇到这样的暴发户，一般会退避三舍。惹不起咱躲得起，来财容易者，大多去得也容易。爬格子的人，大多小气，在饭店里付账时往往顾左右而言他的比较多，为何？稿费太低也。网络文学作家稿费高，请客动辄几千元一桌，眼不眨，色不改，厉害。所以，普通作家的胆量相对小些，自然也有犯事的霸蛮作家，大多是不以写作为主的作家圈子外的主事者。这样的人，霸蛮起来，多少有些文人气。

单位里的霸蛮人，有没有？有！一种是真不懂任何规矩的人，无知者无畏，以关系为胆量，以权利作靠山，以岗位作为呼三吆四的本领，这样的霸蛮人，其实离开了岗位，啥都没有——没有人性、没有本领、没有对未来的考量，等到大势已去，还不知如何是好……另一种是有心计的霸蛮者，这类人，一般有深厚的专业背景，对法律研究得也精透，遇事喜欢钻空子，处理人际关系喜欢讲圈子、拉关系，喜欢联系对自己有用的人。这样的人，霸蛮之气不易被人识破，如能刻意观察，霸蛮者的手脚才会流露出来。霸蛮者的嘴脸，在各个行当都有。有的表达直接，有的善于隐藏，但内心的霸气会通过日常的细节闪现出来。

男人的霸气，真不好一概而论。一个人生存在世上，是要始终有精气神的。仅靠霸气来标榜于世，实际上是自己给自己贴标签。大地不语，滋养万物；上善若水，涵养一切。世界之美，不在于霸气，而在于和谐。所以霸蛮者，最终的结局常常不妙！毕竟这世界上，没有常青树，更没有穿越时空的东西……

作家说话的方式

　　作家这个职业关乎精神，和一般的匠人师傅不同的是，虽同样都要作思考，一个思考着将来做出实体的物件，一个思考着的却是自己或欣赏或批评的意象，即使他的文学作品被改编成了电视剧，仍然是一种精神的东西。精神的东西会因为每个人所秉持的价值观不同，就造成有人认为这些精神的东西是神圣的东西，有人却认为一钱不值。所以，作家的作品是一种精神载体，作家要讲究说话的方式。现实主义也罢，魔幻现实主义也罢，纯虚构也罢，尊重的不光是读者审美上的趣味，也是对人性光辉的看重。作家不可能写出人人都爱看的作品，但作家要有基本的写作操守。

　　作家说话的方式不能以二流子的方式流淌。不管作家描写的内容如何丰富，杜撰的人物如何精彩，讲述的事件如何虚幻，但他的作品必要让人感受到生活的真实和精神的升华才好。作家不要以为自己掌握着一支大笔，熟稔各种表达方式，甚至各国语言，就可以信马由缰，就可以不顾读者的感受，乃至玩弄读者的感情。这样作家的作品，纵然也会有一定的受众，我想大部分读者是不买账的。作家可以写出完全用来自我欣赏的作品，但用来发表的作品，则要学会另一种讲话的方式。占领道德制高点的作家未必读者会喜欢，但没有同情心的作家就会如猎奇新闻的小报记者一样，让人感觉卑鄙。

　　作家讲良心在于讲真话，白纸黑字的写作，让作家多年以后也无法赖账；真话是一座山，悬崖峭壁一时不能攀登，总有适合作家能走的路。在真理的道路上，哪怕泥泞，也会导引你最后攀上理想的峰顶。登山之途多艰巨，但真理随时有闪光点。一个追求虚荣的作家，作品必然走向虚假和虚伪；而一个追求真实的作家，尽管也可能因为生硬而半途而废，但他会因为诚实地行走在真理的道路上而一路心安。

写作是一条有人感觉愉快，有人感觉艰难的道路。愉快者，找到了感情的突破口，找到了与世界对话的通道，找到了描述真实自我和周围人与事的方向；艰难者，受困于语言，恐惧于环境，徘徊于如何表达，受阻于别人的眼光。真正的写作者，作品是从心里流出来的，也是在与别人愉悦的沟通中书写出来的。有担当的作家，总会想着读者；自私的作家，只想到倾泻，他的观点可能人云亦云，也可能不知所云。他的作品是时代潮流中随时可以飘走的烟雾，不是可以留下的珍珠，更不是泛着香气的果实。这样的作品，是虚幻、无聊的存在。

作家倾注在作品里该有怎样的情怀，又该有怎样的风度？现实生活中的作家的德行又该是怎样的？——滔滔不绝的作家，口若悬河，而其作品却若清汤寡水；外表萎缩、舍不得拿出一分钱帮助周围民众的作家，却在作品里慷慨激昂，大谈理想；而一位沉默不语的作家，却可以奉献出一部向大自然倾诉不已的皇皇巨著……

生活的辩证法，练就了作家写作的逻辑。作家说话的方式，又在写作和生活中互相交织、转换、叠加、变异、虚化……发生悖论的不仅仅是形式和内容。真实与虚假、华贵与贫乏、精神至上与物质主义、高山大海和小桥流水……在这些之间，作家是语言的筛子。这一切是成就辉煌作家的能源，也是作家走向未来的内在动力。诚然，也有自陷语言泥潭的作家——最终沉溺而亡！

读书之达

读书的乐趣无穷。读了大半辈子书，深感读书真是一个非常好的爱好。"书中自有黄金屋，书中有女颜如玉"是农耕时代读书人的乐趣；现代读书人则不止这些。书页一翻，世界扑面而来，宇宙扑面而来，历史向你招手，高科技向你低头。其中的乐趣，只有醉心于读书的人才有感知，只有热爱读书的人才能独自幸福地体验。

读书的习惯，对一个读书人多少有些意义。常有人慨叹工作忙，没有时间读书，是因为没有养成读书的习惯。有的人一辈子抽烟、喝酒，从来没感觉占用时间，因为他把这些当成了习惯。手拿一本书，就有了读书的欲望。坚持一瞬间，可以读几页；坚持一辈子，可以读一屋子的书。养成读书的习惯，不是为了标榜，实在是为了自乐。像孩子喜欢游戏，蝴蝶喜欢森林，狗喜欢骨头，读书人就要在这种阅读中找到自己前行的路。

不求甚解的读书，也是一种阅读方式。我读书，喜欢涉猎广泛。对有些领域的书，或不想过深钻研的书，我会走马观花。这样的阅读，你会感到收获很多。对任何一门课程的学习，可能从不求甚解开始，耐心地阅读，不如惊鸿一瞥。泛泛地一读，洋洋洒洒地读书，有时也能从中发现好多未知的东西。把求知当作是读书的目标之一，读书的形式也可以不拘一格。

精益求精的阅读会让你受益匪浅。对自己的专业，抑或感兴趣的话题，或者要探知的领域，要找相应的书来读，对一本书要深挖细究，要有洞幽烛微的功夫。一步步地往深山里走，你会发现人参，也会找到巨石，还能看到太阳光在森林里的碎点。精读、细读任何一本书，都会有意想不到的收获。如果对一本名著反复读，基本上就成了作者的至交。不用担心这样的阅读会让自己走火入魔，精心的阅读，会让一个读书人学会深沉。

读书人在读书中能学会对别人的尊重。真正的读书人，是十分谦卑的行者，他知道这个世界上有更多的未知，会从生活中处处想着别人的好，而非着意去盯着别人的缺点。就像在不断地读书中发现自己所需要的东西一样，读书人把读书当作了自己的终生追求，将更多时间用于自己的修炼而不是用于自私自利。当别人在指责其他人不如他自己的时候，读书人会在书的提示里，自警自省，升华自己。无数的著作构成高尚朋友的轮番提醒，貌似寂寞的读书人，其实拥有数不尽的精神支柱支撑着自己。所以，读书人对周围人的尊重，是一种骨子里的尊重，远景式的尊重，人性化的尊重。

与时俱进地读书，才不会让人成为书呆子。一般的读书人会较"真"，而较"深"的读书人会圆融，抵达境界的读书人，会通达起来。不成为一个书呆子的根本点在于：对标时代而行。这样的读书，才有生活的意义，才会对工作有促进，人的思想才有提高。读书要将时尚与传统相结合。戴着眼镜，傻傻地、愣愣地说一句不着边际的话，是人们对浅尝辄止的读书人的传统看法，实际上，这是最低层次的读书人，不足以代表整个读书人群体。

纵横阅读才有比较，左右阅读才会跨界，上下阅读才能眼亮。在历史中穿越，需要将现实和过去进行对比；在参差不齐的比较中阅读，你才能发现世界中的整齐；仰望星空地阅读，才能让你体会到脚踏实地的重要性。广博地阅读，造就十八般武艺。略看一二，不追求形式上的完美，才有内心真正的喜悦。

结合社会观察的阅读才会成为活的阅读。一个人，不可能整天躲在书斋里不和社会接触，与社会联系密切地读书，才会形成有高度的读书境界。学会结合对社会的洞察而读书，你会发现一个琐屑的细节在书中的注脚，你会探讨心理学对人行动的制约，你会理解怪异的社会现象背后的逻辑，也会为悖论找到不是答案的答案。

读书和读报要相互结合。书是沉重的大作，报纸里则有轻巧的思维闪光点。我喜欢阅读各大报刊的评论版和理论版，也爱读大学者又大又厚的理论著作。读书，让你深邃；读报，让你灵活。读书和读报相结合，可以去除思想的阻碍，打通思想与现实的隔膜。这样的阅读，具有相得益彰的好处。

不要排斥政治书。人在生活中，一生不可能不触及政治。远离政治的企图，只能是一个人的痴心妄想。与其疏离，不如亲近；与其拒斥，不如接纳；与其恨它，不如爱它。政治并不遥远，就像你悟出"无事不经济"的道理而热爱经济学著作一样，对政治书籍的阅读，也会让你了解时代的大势、世界的参差。

读书要学会笨功夫和巧思想相结合。读书人分几种，有拈轻怕重者，也有默默背负沉重负担的前行者。我的读书体验，则喜欢扎扎实实地下苦功夫。天长日久你就会知道，真读书和假读书，大不一样；深读书和浅阅读也不一样；触类旁通地读书和单一地读书更不一样！但读书只会下苦功夫也不行，学会读要点，读精髓，读原典，读目录，读序言，读书评——这样做的好处，就是把笨与巧结合起来，把昨天的阅读体验和今天的偶然发现结合起来，这样的读书，才有生动的趣味。

不要迷信专家权威，学会逮住一类书深挖不止。专家固然高深，但老虎也有睡觉的时候，如果一切尽信专家权威的言论，不敢在读书中怀疑和思考，一个人可能就会成为知识的口袋，难以做到知行合一。所以，读书人要敢于打破权威，要向高手挑战。哪怕自己错了，也会形成一种思考的习惯，这样的读书，才能学到真知。被动接受的读书，是愚氓者的读书；主动思考的读书，才能引领你达到辉煌的境界。

读书要和写作相结合，日久你就会发现这二者如同鸟儿的双翼。读书让你充实，写作让你宽心。我曾经在一年里写过七本书，也曾坚持一天读一本书。别人不相信，以为我在吹牛。一个人有很多潜力可以向纵深挖掘。每个人都拥有同样的二十四个小时，有的人活出精彩，有的人却千疮百孔，何也？在读书中愉悦，在写作中追求，本身就是自信的一种表现。写作，是自我的救赎，不是自我标榜，也用不着炫耀；"读书破万卷、下笔如有神"，然也！读书就像是不断地充电，只有不懈地读书，能量才会不断地添加，一个人才能熵减，从而发出璀璨的光亮。写作与读书，二者形如两轮，驱动你载重前行。

找一个写作群体去写作吧！找一个读书群体去写作吧！在读书竞赛中前

行的写作者，才是真正的写作者。而与更多同道的思想碰撞，可以加深读书的通透感。读书不一定在寒窗，我们可以在把茶问盏中听禅，也可以在微风徐徐中感受艺术的魅力。读书读到一定境界，就会知道，孤独未必是最好的读书方式！

读书无边界，好书让你成熟，坏书让你辨别。专业书让你深邃，闲谈书让你有趣。大范围地读书，没有禁锢地读书，杂乱不一地读书，会给读书人杂食般的阅读体验。每天，我会找出几本书来一并阅读，这些书摆在书案或床头上，涉猎几本之后，最后找到一本最适合在当天阅读的书，然后逐字逐句地深读下去。这样的阅读，精彩绝伦，妙趣横生。体验多了，你就会从书中汲取无限力量。智慧地看这个世界上的一切——比执念地迷信一切事——也许是对读书人达观境界的最高奖赏吧！

猫

有个朋友画猫，神态毕现，我喜欢。猫儿或跳，或卧，或傻笑，或酣睡，或追逐蝴蝶——他把猫画活了。住乡下时，一位老太太，不是寡居胜似寡居，儿女们不孝顺，一只猫陪伴着她。冬天里，"喵"一声，老太太就会嚼着煎饼喂猫，阳光晒在老太太的脚面上，诉说着时光。

城市里养狗的人多了起来。我住的小区，各种各样的小狗很多。有的小狗小巧可人，有的酷似机灵的商人，有的貌似要入室行窃。很难看到一个人抱着猫出来遛遛的。去颐和园游逛，不乏野猫，白的，黑的，黄的，一个个养得肥头大耳，它们没有松鼠可爱，倒像十分贪婪的大老鼠。爬香山也是，冷不丁会蹿出一只野猫来，豹子一般，吓你　跳，旋即，却又逃脱了。

北京的猫多，似乎孤独的猫多，流浪的猫也多。爱猫的人士，每周固定时间会到公园里喂猫，看似公益，实际上养懒了猫。猫一个个养得肥胖如乳猪，管看不管用。一个抖音视频上，老鼠追着胖猫跑，那鼠大胆，那猫为了求生，也无苛责之处，可爱又可笑。还有一只羊，将一只大狗用羊角顶着，那狗龇牙咧嘴……现代社会里这些猫狗羊的品性，发生了非同以往的变异。

认识一位美女，酷爱养猫。月薪几乎大多投之于猫，也算心无旁骛，男朋友要过的第一关，是接受她养的十几只猫。猫是她最喜欢的孩子。她喜欢猫，胜过荷尔蒙多多的男士，猫声一叫，抓心抓肺。终于有一年，美女让猫随车而行，四轮载着猫的全体同仁，悠哉乐哉，转向海南。从此，五指山上有了猫叫。正像外地人喜欢京腔京调，她的这些猫，得到了当地猫的山呼海应。顷刻间，万鼠匿迹。看来，美女养的猫是真猫。难以想象，美女每日像慈祥的妈妈养育孩子一样，善待这些猫，你看着我，我看着你，算不算互相欣赏？心底的共鸣，只有猫知道，美女知道。

我没有养猫的打算。斗室之间，猫又不能圈养。猫四处蹦跶，或前或后，或左或右，上下其手，难以控制。家中无鼠可逮，猫整天"喵——喵"地喊，耳膜受不了，心情装不下。猫叫春的时节，声音凄厉，好像受了天大的冤屈。我算不上邋遢，却也十二分地追求干净，猫声扰耳，猫脚散花，猫溺讨人嫌，所以厌烦养猫。我佩服那位美女，养猫胜过爱情。美女把毕生的精力用于伟大的养猫事业上，可佩可敬！

猫鼠同相，造物主有意思，同相者却不同心。猫眼一线是正午，猫能迎着太阳看，它能把一只老鼠追来追去，玩弄于股掌之间，百般调戏装死卖傻的老鼠，但却无奈于一只瘦小的蝴蝶，它跑不过会飞翔的蝴蝶。

是日晨，打开朋友圈，看到画家朋友所发猫之画像，大写意胜似自学出道的书画家之涂鸦，又像靠着名人之声誉而涂鸦的作家之雄作，憨态可掬，雍容大度，怎么看怎么可爱。好歹观众不去要求这些猫去追逐老鼠，画家讨巧的审美，也就为更多喜猫者所推崇了。

猫啊猫，这世界上的猫们啊……

看过的风景

看过的风景实在多。过去的一年，逛过的地方超过大半生的游走。这人生的壮烈，让我更了解祖国和生活的城市。每天的游走，胜似以前一坐一天；每个月的行走量累积起来相当于以前一年的数量。脚步的增加，代表我看到的风景多。在习惯于风景扑面的道路上，我一路小跑。小河与大山，巨石与飞鸟，行人与松鼠，山歌和猫头鹰的叫声，这一幕幕总会在我闲暇的时候，从脑海里渐次升起，构成动态的图画，我时常在这重叠的意象里，久久不能睡去。

看过了，不代表看惯了，每次我都会从旧风景里看到新意。每当遇到小河时，我会拍摄，玉兰花和枫树，不只是季节的象征……这一切，简直太美了。今天的一棵树，明天你会从他身上发现童年的伤疤，也会看到上面爬动的蚂蚁；湖面上的黑天鹅，并不是每天都会看到，今天的黑天鹅和昨天不同，它可能在大道上追着一个不尊重她的人狂跑。发怒的黑天鹅，那一刻更美丽。

旧风景就像旧书。旧书因为熟悉而亲切，旧风景也是一样。你在旧风景里走，就会发现以前没有发现的另一面，阳光洒在风景里的样子，每天都有所不同。冬天里衰微的荷叶，会让你想象它夏天的茂盛。这悲哀的残荷啊！也曾有过美好的夏天！大地之上的风景，你把它们想象成天堂。这一切的景色，并没有因为旧而旧，却因旧给你它曾有的温热。在旧风景里行走，没有初见的欣喜，没有无知的追问。就像翻书一样，只需一页页悄悄地打开，一页一页静静地享受。荷花，比昨天多落下一片花瓣；青草，又淹没了原本可以看清的小径。

旧风景又像陈年老酒。岁月越筛这壶老酒，就越香醇，越有历史的味道，越有故事的纹理。到最后，你感觉喝的不是酒了，而是很多人的目光和畅想。就像一位老情人，多年不见，曾经有过的美好感觉，顷刻爆发，拥抱、赞美、倾诉，美好再现！忽略了岁月给人的沧桑皱纹，美在平常中又重新焕发。这就是多年相遇旧风景的魅力所在啊。当岁月变幻的冲击围绕着过去的风景，映入你眼帘的，正是这陈年老酒啊，该是怎样的稀松平常，又该是怎样的醉人心扉？

旧风景还是风景。你发现的那棵树，依然是那棵树，掩映在巨石与大片的竹林之后，衬托着围墙的矮小。虽然它几近大半生都活在围墙里，它却高高地看到了围墙以外很远的风景。旧风景啊，一切在熟悉中熟悉，一切在相互依恋中前行。我在旧风景里往前走，再往前走，旧风景的老味道，就猛然出来了。落在地上的桑葚含有熟透的甜，路旁山枣树上的山枣，则是出奇酸。像遇到一个多年的鸟巢，依然高高在树杈上，高高的树杈之上，不管树的飘摇和浓荫笼罩，鸟巢依然是鸟巢，鸟巢总会高高稳稳地架设在树杈上。

旧风景不是风景。你会猛然发现昨天还空无一物的河面上，突然有了一只水鸟；一个光滑的柳枝条上，露出毛茸茸的新绿，或者满树上的树叶，一夜间被风吹雨打得无影无踪，变戏法儿一样。一夜成冰的湖面在阳光下再次断裂、互相碰撞，像兄弟姊妹分家产时滔滔不绝无情地争吵。在这似曾相识的旧风景里，你会感到风也不是昨天的风了，阳光也不再是昨天的阳光了。风景之中，藏着另外的风景。新生与衰败，向前与后退，动与静，活与死，前山与后山的对话，石阶与平路的交错—— 一切在旧中泛着新，又在新中藏着旧。

陈年往事叠加在这旧风景里。我在这经年老路上，一直向前走，走着走着，少年时的风景来了，青春时的羞涩来了，壮年时的惊险来了，老年时的蹒跚来了。万事万物，总有自己的节奏，不堪回首的往事，在一路风景的劝说中，点点疏离、清澈、明了，重新摆放整齐，接受着你的检验。往事回忆里，眼前的风景总会呼喊着逝去的战友，回忆那狰狞中的温柔。岁月在岁月里穿行，犹如风景在风景里新生。我行走在这看过无数遍的风景里，昨天用少年之心走过的路今天用老者之眼再重新经过一次，青年的记忆、中年的豪情和晚年的沉静相互交织，明天或许沿途会遇到或想到近几年交往的朋友。旧风景里就蹦出好多新鲜不新鲜的故事来。

风雪里的旧风景，和艳阳下的风景不一样。我在风雪里登山，山给我不好看的脸色，一路登攀，一路阻隔，大地白茫茫一片，四野看去，无比爽朗和明快；在蓝天之下，艳阳高照之中，沿着树荫，款款而行，一边感受蝉儿的嘶鸣，一边拭去鬓角的汗水。万物在夏天敞开喉咙，呼喊着，拼命跳跃着，不只是迎迓阳光，还在反抗酷热，这一夏天的交织啊！是生命的对空呼喊，是万物的大地回响。我喜欢在夏日的正午迎着太阳倔强地行走在大地之上，犹如在寒冷的冬季，一个人停留在河边，登攀上山顶。极致中的感觉给人极致的通透感。

和尚再也不是那个和尚了。如今，他又到另一座山寺云游去了。那喜欢泡茶的和尚，终于在泡了一壶浓浓的红茶之后，写出黑而又重的书体了。在禅茶一味的书写里，你感觉到茶离禅而去，禅却因大字而生。这是寺院的岁月，夕阳夕照，而万物刚醒。晨啼的鸡从夜晚开始打鸣，万发逝去的和尚剃去了一切烦恼丝，在松鹤陪伴之中，倾听夜风寂静的声音。今天的和尚，的确与昨天不同了。和尚送我一本禅学的著作，我读着其中的禅理与自己所思的禅理相隔很远。记得那年喝抹茶，端庄的老妇人把那一盏茶倒出来，我在意犹未尽的感觉里，体会到难有的禅意。通行的艺术家，肃穆中的自然，让我感觉他就是一位虔诚的和尚。

从家里拿食物和从街上买食物，以及从山上拣食物有不同的趣味。周密设计好的计划，总是成熟的轨道，沿着这样的思索，外界的声音不会浸入自己。在半道上打开买来的面包、矿泉水或泡好的热咖啡。你想到有心的学生们在若干年的夏天，送你一个能播送音乐的水杯，闲谈终于落泊在山路上的连椅上，嘴中淡出一只鸟来；倘若没有从家里备粮，长途的行走会带来饥饿。山中的商店，总是稀少，公园里的稍息店，倒是有几个，慌不择食地购买简单的食物，大口吞咽之中，能驱散行走的劳累和暂时的烦扰。倒霉时，赶上手机没有电，前身贴后身，像被嚼碎的槟榔。回去的路，自然要一路委屈。山上吃的东西有山枣、孩儿群，或其他野花、野果，这随吃，更多时，是点缀而无法充饥，像女人听到"好看、不胖、买"五个字欢天喜地一样，不管对方的意图是否真实。酸枣的酸，只能带来咀嚼的甜和肚腹的充实感。

一个人出游快乐，还是和家人以及朋友一起更痛快？这可不能一概而论。一个人的出游，看上去单调而寂寞，但自由而洒脱。哼唱着最美最无聊的歌曲，也能随时奔跑随时休息随时骂骂路旁的动物和植物。这是独裁式的享受，也是唯美的享受。和家人一起游玩在风景中，亲情的温暖也遮蔽不了关心的咒骂。心，有时是爱的，却用相反的咒骂声表达这爱；朋友一起爬山，礼让多了，却在相互尊重中保持着不被对方觉察的一份陌生。单人游荡的自由和亲人相聚的烦忧以及朋友同游的热烈，层层递进又层层衰退，像浪花一样，赶上来的，总会阻止退回去的浪花之脚步。更多时间，我喜欢一个人行走，在公园，在香山，在漫长的旅途中。

关于有风和无风的感受，就像有思想和没思想的旅途。有风的日子，登山则情满于山，观河则情溢于河。有风之日，在山顶上，顶着大风，看这混沌的世界，手掩着衣角，风一阵阵吹过来，身上一阵阵清凉，等风依然打过来，夏天风的热烈和冬天风的寒冷，同样让人着急。无风的日子，簇拥出春天不断升腾的热，静，却让秋天的枫叶更像枫叶。这是起风和无风的区别。一年四季中的每一天，有风和无风，人的感受自然不同。即使在同一个季节，有风之格和无风之韵，也会构成对比；同一天的有风和无风，让人从风景的晃动与不晃动里，读出千番滋味。

太阳不会总出来的。人喜欢太阳，但太阳不会总如约而至。昨天还是艳阳高照，今天却是大雪纷飞了。有一次，在山顶上我正依石观日，霎时，风云变幻，大雨瓢泼而至，我一点提防的心理准备都没有。不一会儿，天却又晴了。先热，中冷，风吹日晒后，衣衫渐渐被自身的热度冲干，真有一天犹如一生的感觉。期盼太阳许久时，太阳迟迟不至，只好失意下山；真不需要太阳时，可太阳一直跟着你，甩都甩不掉，这是人类赞美了千年万年、无数次的太阳啊，我只有隐忍在心里，对太阳的爱和恨，什么也不说！

啾啾鸟叫，不一定只在春天。诗人常把幻觉赠送给他的拥趸，是的，诗人们喜欢歌颂春天鸟儿的鸣叫，长期使我陷入一个认识的误区，使我总相信鸟儿们在春天才会鸣叫得厉害。当我在冬天的游历中，发现鸟儿也会在人迹罕至的向阳山坡，发出比春鸟更清脆的叫声。远山近树，舒朗又峻峭，鸟鸣声，像洗过了一样好听。万山之中，此起彼伏，你唱我和，乐音传播广远，超过那位甘南小伙子近乎天籁的歌唱。阳光之下，鸟儿们没有人的干涉，自由地打闹、歌唱。我屏住了呼吸，听鸟儿们互相自由地对话，我没有资格去打扰它们，打扰这大自然的一切。

从无路的地方找到路，是一个行者的责任。有一次，我在爬山时，拒绝沿石阶而行，抄一条土路走到半山腰后，转到无路而走的荆棘中前行。我曾在泰山附近的小山里穿行过，体验颇深。荆棘丛林里行走，树枝上的刺，常会刺破你的皮肤，不管头脸、大腿和屁股。虽没有大伤口，却也有十二分的疼痛；全身交给丛林，就会像行军战士一样，只能艰难地挣扎着行走，是的，无论多么大的斜坡，树叶堆叠下的陷阱，抑或是酸枣树的圪针，碰到游人舍弃的塑料袋和矿泉水瓶，你都要经受，是的，在这大山之中，野兽一样的东躲西藏，南跑北窜，不用担心迷路，树枝是掌握身体平衡的靠山，躲躲闪闪之中，却找到少年时的野趣和兴奋。迷路中没有少年的惶恐，找到大路时，也没有青春年少时小有成就的欣喜。树林穿梭啊，真是绝妙的体验。无数的不可能，最终构成了成功抵达的可能。如生活的宿命，在盘山之上，没有规律的攀登，有时才最像攀登。

旧风景里找到对他人的尊重。我时常在游逛旧风景时遇到老朋友，老朋友会习惯性地打声招呼，飞快地扫一眼老朋友，相向而行，继续飞赶自己的路。人擦肩而过，思想却会停留在对老朋友的遐想里，是的，游走最大的好处——是在这游走中，学会尊重他人的整体乃至世间的一切。细节的忽略会让你更多地感受整体的分量。如看一眼大山，就知道大山的厚重；看一个大湖，就知道一个大湖的浩瀚；看一眼高塔，就知道高塔的雄伟。在对旧风景的审视里，昔日没有发现的一切，会逐渐呈现，朦胧的主题，会在文章完成之后凸显。每个人都了不起，发现不容易发现的美，这才是真正的游走。

像阅读旧小说一样阅读旧风景吧！欣赏旧风景，的确需要平静的心境和耐性，如果你抱着"好马不走回头路"的思想，一路往前走，就会遗失掉好多旧风景的味道。旧风景里，绝不是你过去认识到的那一切，会随着你对世界新的认知而重新有所发现。正像读一本书，少年时阅读，迥异于老年时的阅读。有文化的理解，和表面性的理解；凑字数的写作，和有深度的写作，终究不一样。阅读中，一朵花会让你浮想联翩，一只鸟会让你想起生命，一片湛蓝的天空，会让你联系人类赖以生存的环境变化。旧小说在新时代依然有生命力，这生命力是时代的变迁，也是思想的变异。不可在行走中忽略旧风景的道理，就在于此吧！

常在旧风景里学会发现，可以减免疲劳。没有了初见的欣喜和冲动，人就容易平静和找到理性。在旧风景里行走，没有期盼中的焦灼，多了对传统路途的掌握，有了对目标的锁定。"心中有数"变化成行走的笃定。在旧风景里行走，人多了坦然和不争，会对初观风景之人的惊叹报之以笑，会对疲劳者的退缩给以鼓励。在行走中观赏，在观赏中行走，又会让风景重新靓丽起来。与旧风景的相遇，在轻松中学会自然，疲劳才不会轻易地叠加，如此行走，坦然的世界，给你坦然。

旧风景的品质不只在于美丽。相对于喧嚷闹市，旧风景毕竟还是风景，风景当初呼唤你，现在依然呼唤你，但如果你只欣赏这表面的美丽，就会忽略美丽背后的故事，几乎称得上风景的旧风景，曾被无数人称羡、欣赏和品味过，在这旧风景里，一代又一代文人骚客，发思古之幽情，一段又一段故事，沉淀、串联、融合、新生，这样的风景，总在旧风景里滋生新意。旧风景不只是表面之美啊！我在旧风景里找到许多旧风景本来就有却常常被行人忽略的一切！

爱是平淡，一切事物需要爱，爱成就了事物的永恒。爱，不是大呼小叫，在旧风景里行走，新鲜感不在的审视里，旧风景让人走进平淡，走向平静，性情平和起来。平淡的喜欢，才是真正的喜欢。一点点欣赏，一个景点一个景点去品味，在这平淡之中，爱这旧景色的一切美，才会真正发现美的景色之妙处。在蓝天白云之下，在众目睽睽之中，在万景如同一景的通感体验里，景物之美，升华了、跳跃了、沉静了。平淡回归的爱，让一切事物的爱镀上了理性的光芒。

　　我喜欢在旧风景里穿梭。旧风景，毕竟最像老友。老树、老山、老茶、老水、老石，那青苔、那老鸭、那飞鸟、那松鼠，那万千的旧景色啊！值得留恋，值得穿梭，值得品味。我天天在这种平淡的景色中发现不平淡之美。始终带着一双发现美的眼睛，去认识世界上的旧风景，世界的旧风景每天都是新的。的确，旧风景的美，真是时时都在，处处都在，妙不可言！

茶道的自然

城市里懂得茶道的和练书法的日渐多起来了。每天都可以碰到。酒鬼多、骗子多的地方，讲茶道的也多。茶道和书法讲述者，假借茶道、书道之名，行销茶之实、卖书法发财。茶之美，在兜售者嘴里，变了味儿。我喝茶，多托本分的茶农买，那些茶农自己加工、不打药，无精美外包装的茶，没那么多名堂灼伤眼睛。喝茶就是喝茶，单纯、甘美、清净。曾到一茶舍喝茶，茶价见风就长，工薪阶层喝不起，让朋友花钱不厚道，就再也不去了。一杯茶，几片叶子而已，堂而皇之，高价品尝，对我，实在没有必要。

有次去东南亚某国，茶道表演者自然、舒畅，茶好喝，气氛也对头，彼处喝一上午，所花无几。国内大城市的茶馆，装修精美，房间费、小时费、音乐费、茶点费、泡茶费，杂七杂八，让品茶者兴趣全无。好像价钱越高，才显出茶馆里茶道的高端。普通人消费不起，更维持不起，好端端喝茶的气氛被破坏掉。再次停留在茶馆前，我会望而却步。在家清茶一杯，书桌上一放，一口一嘘溜，想怎么喝，就怎么喝。茶文化发展到了繁琐的程度，或纯粹以价格来衡量，如此茶道，不要也罢。

茶道文化的研究，对中国茶文化向大众普及和走向世界，的确有好处。但一味讲茶道，甚而把其提高到玄之又玄的境地，动辄把茶圣陆羽老先生的《茶经》搬出来炫耀，意思真是不大。喝茶原本就是喝茶，必要的仪式可讲，为了仪式感搬出古人，繁琐仪式，大讲特讲茶美学和茶哲学，让每个饮茶者"享用"文化大餐后再品茗，对茶文化的学者似有必要，对普通大众而言，必要性真不大。

曾到湖南夹山寺喝茶，该寺古时曾有一位和尚，书写了茶禅一味到东瀛。茶之孤寂、飘然和回香，成为茶客追求的至高境界。高树筛光，僧人泡茶、冲茶、端茶、品茶、谈茶，仪式美轮美奂，看在眼里，美在心上。与僧人同茗，才品出茶的本真味道。

西南边陲，少数民族喝茶，各有自己的讲究，有的民族还发明了酸茶等品牌。这些茶，各族人民通过千百年的生活体验，精炼总结提升而成，品起来有味，说起来自然，学起来不难，最好的喝茶方式——唯美、简单、易学，适应大众，茶来自自然，最适应自然的喝法。

中国茶道，因地域广大和历史原因，统一起来，着实很难。红茶有红茶的喝法，绿茶有绿茶的喝法，酥油茶有酥油茶的喝法，不能偏听学究们的闹玄，劳动人民最有发言权。茶与生活结合，第一要点就是实用。青年时期，从工地上回来，大汗淋漓中，泡好一杯茉莉花茶，不等放凉就一饮而尽，那份茶香，至今回想起来都美。茶香连着自然的朴素，朴素的喝茶方式，才能找回茶的本真，这是茶之道，也是自然之道。

喝茶和做事，道理相通。过于讲究形式，就丢失了内容；而对内容的偏袒，会忽视掉形式的价值，也不符合自然之道。茶叶，是人在草木间千般辛苦加工而成的，没见过南方茶田的北方人，无法把茶树上的叶子直接摘到嘴里就吃，更别说被人炒得价格离谱的古树茶了。喝茶有讲究，但不要把这讲究过分神秘化、理论化，弄得品茗者总是心有余悸，总以为，要精通茶艺师的德艺，才配来喝茶，喝茶的趣味，就成了空中楼阁式的虚幻表演了。让喝茶者回归到自然状态，回到普通大众之间，才真正是茶道的自然！

安阳印象

    数年前，好友杨震林，约我和张凡、李径宇去林州时，了解了林州的另一面。林州是安阳下属的县级市。当时被红旗渠所震撼，计划一定要写一部反映红旗渠的著作。这是林州人建造的求生之渠、精神之渠。当我驻足在青年洞前时，当我聆听到开山工的故事时，当我看到年轻的志刚镇长那坚毅的表情时，让我对这个曾经热血澎湃的地方产生膜拜。当人性被生活逼迫到极致而焕发出昂扬的斗志时，需要的是一种精神，一种发自原始人性和传统文化的精神，一种来自人性本能和追求希望的思想，一种自我砥砺不甘屈服的精神。林州人没有自怨自艾，没有垂头丧气，他们找到输水的源头，向群山开战，向懒惰发起冲锋，向贫瘠开炮。自烧石灰，自带干粮，万众一心，组成浩荡大军，建起了时代的"长城"。我听到很多埋头苦干的故事，我看到很多可歌可泣的人物。就是这一条红旗渠啊——写满了多少人同自然相抗争的精神，凝聚了多少人拼搏的力量？！我怕挂一漏万，我也怕笔力不逮，无法描摹红旗渠建造者惊天动地的灵魂，终究没有写出一部红旗渠的故事。杨震林的父辈，参与了这样一场伟大的战役，书写了《山腰上的中国——红旗渠》一书，倾注了他的深情，也写出来了中国人的精神。当我再次参观红旗渠时，在红旗渠纪念馆，看到了震林的这本书。这是一本让人振奋的书，也是真实记录红旗渠精神的经典之作。当你看到众多人在青年洞前聆听先辈的故事时，你会为当年林州人的精神而自豪！这是新中国成立初期中国人艰苦奋斗的一个缩影，这是劳动人民对传统文化延续不已的一个见证。如今的太行山下，更多的旅行者开始惊叹这里景色的优美，更多经典的修建和飞速的汽车好像吞没了历史的苦难。而回忆林州的昔日时光，这里曾是层峦叠嶂的遮蔽，又是缺水少粮的压迫。而沉默的红旗渠，永远是灵魂的呐喊！不语的太行山，写满人类不断抗争的求生故事。

随首都研学考察队抵达安阳市，受到了时任安阳市市长袁家健的隆重接待。说隆重，是指袁市长饱含深情地介绍了安阳的历史和现在。他骄傲地提到了安阳的历史被选入了高考题目。殷墟甲骨文成了安阳人骄傲的历史。作为一个写作者，当我畅游在"中国文字博物馆"时，深深地被中国文字的博大精深所吸引。袁市长是安徽人，曾在天津工作多年，对安阳的发展有着自己的独特见解和思路，赞叹安阳辉煌历史的同时，也为安阳当下的教育而担忧。他希望安阳市的未来，多建立几所像样的大学，对当地一所护士学校的毕业生供不应求的情况，袁市长侃侃而谈，好像在点评一个教育硕果。这位市长的务实精神，感动了来自首都的教育者们。

因为安阳市的精心安排，研学之旅成了愉快之旅，也是畅所欲言之旅，更是建设性意见频出之旅。我们参观了五中、林州职业学校等学校。五中近年来培养了大批优秀的学生，正在向建设一个教育集团而迈进。我看着教师们热情饱满的脸庞，听校长激情四射的讲话，对安阳这座伟大的城市未来充满了期待。在林州职业学院，调研者参观了规模宏大的教学设施和传统文化与现代红旗渠精神相结合的学生宿舍设置，赞叹这里的教育者真是精心设计每一个环节。如果说上一代红旗渠的建造者用心血引来甘泉之水，那么，新一代的林州人，则用智慧之光敲开了求职之门。和几年前相比，林州市已经发生了翻天覆地的变化。城市不仅扩大了面积，而且软硬件得到全面升级。在林州，我再一次感受到林州人的精神力量。沉默寡语的杨震林不言不语写出了一本赞美红旗渠的书，他和这一代众多林州人一样，骨子里流淌着红旗渠建造者顽强拼搏的血液。时代变换着不同的主题，而林州人的骨子里继续书写着感动人的故事。

汽车在太行山中盘旋行驶，逐渐攀高，原来遥不可及的一座山峰就在汽车的不断盘旋中很快抵达。来红旗渠干部学院讲学的殷强教授对林州充满了感情。这位新华社当年的记者，曾经参与采访了红旗渠的建设者，忆往昔，他为林州的变化而感慨。汽车在太行山大峡谷里行走，调研者赞叹大峡谷的美丽。几年前，震林约我同行的几位朋友，在山谷里漫步，徒步行走在山间的感觉更能感受太行山的风光。

　　导游是一位非常感性的大学生，她生在林州南，嫁到了林州北，她说，她放下这山中的美景，接受不了城市的嘈杂声。还是红旗渠美，还是太行山好！姑娘的说话像唱歌，她对家乡的赞美感染了研学之旅的调研者们。是的，姑娘兴冲冲地谈起山顶洞中到了冬天才开的桃花，姑娘又兴奋地说起像企鹅骆驼一样的山峰。在一处山顶，同行的电视台记者毛静说，她喜欢太行山，每次来红旗渠，哪怕举着再沉重的摄像机，心里都是愉快的。在太行山，红旗渠精神和美景，激越着每一个参与者。这是美丽的自然之旅，又是穿透时空的精神之旅，还是充满时代元素的人性之旅。

　　离开林州和安阳时，我忍不住把安阳的美景发了一个朋友圈。笃实的志刚镇长驱车赶来与我相会时，我已经离开了林州。匆匆赶往奔赴北京的高铁，从北京到安阳不到三个小时，特别适合北京与安阳间城市的学生们来研学。这一次安阳之行，虽然行色匆匆，但安阳人的热情与上下对教育的重视，给研讨者留下很深的印象。安阳不是用大美所能描述的，在中国科学院安阳棉花研究所，我还认真聆听了专家对转基因的介绍。这里不仅拥有殷墟等社会科学的宝库，也拥有自然科学的力量。对研学软硬件兼具的安阳，它会给抵达者一个完美的答案！大美安阳，我期待再一次亲近你……

包容与决绝

　　一个人的思想与其年龄关系不大，内心深处的东西会在日常的言行中显示出来，无论你怎么隐藏，也无法遮蔽。所以，道不同不相为谋，从细节中会看到一个人的内心，包容和决绝都是相对的行为。包容和决绝出自一个人的本心，也是一个人所秉持的基本价值判断。包容一切的人，基本没有什么底线，所以包容应该有底线。正如为人父母者，可以纵容孩子摔坏小物件，却不允许一个孩子破坏贵重物品，这种量和质的把握，算作对包容最基本的解读。古人所云上善若水，也不是对万物的无限接纳。就有决绝的选择。人活在世，是因人而置气，还是因理而宽容，所走的路径不同，结果就不同。

　　少年时遇一人，狭隘中藏固执，贪心中有狡猾，把伙伴们都当傻瓜对待。此君学习优越，又能左右逢源，深得老师和上峰喜欢。初，遇其骄横跋扈，我则笑笑，经历过三次大的明显有失原则的事之后，我与其断绝关系。好友不解，谓我心胸狭小，我则不作解释。此君一路凯歌，过关斩将，好不风光。好友们相会，常拿此公的成功映射我的狭小，我也不辩解，吃饭笑笑而已。后来此君东窗事发，竟然一路劣迹，其言与其行，互为表里，众人恍然大悟。至此，好友们不再言语此公的高妙。主动的决绝和被动的决绝总有区别，前者发于事物未有明显迹象之时，后者呈现在满目疮痍之中。对一个打上坏人标签的人，大家容易辨别；而对有着"慈善家"外衣的使者，众人只是看到了表象。

　　过度的包容会带来无尽的懊悔和牵连。古有兵法，计谋的传递让一些人失却了对事物真实性的敬重。要弄些小计谋，赢得名利就作为成功来显摆，的确是一些人所秉持的价值观。事物的因果会按照量变质变规律而行，所以，别祈求这个世界上有永远的包容，正像不要祈求这个世界上有永远的朋友一样。世界已进入数据时代，但没有实物依托的数据，会把这个世界掏空，空谈数字和以数字运营世界是截然不同的两条路径。

所以，决绝的选择，对一个人不是什么坏事。所谓见好就收，也是一种决绝，是斩断心中贪念、追求阳光人生的选择。抉择一个机会，含着未来的走向；决绝一个人物，意味着割掉不应有的攀附和希望。我时常在某一个时期把大家看好的某一个人从微信里删除，只是让自己的思想相对清静些。一个人无法左右任何人，却可以调整自己。对一个认为瑕疵多多乃至违反基本原则的所谓朋友，勇敢地删除，并没有什么不好。互不干涉内心，才能各有各的宁静。所以，选择包容与决绝的界限，乃是赢得人生惬意的根本。发现不好，敢于及时舍利，是最好的止损方式。从希望中看到颓败，从无望中看到新生，这是人生的高妙者，也是包容和决绝的判断和选择。

只要人活着，不可能停止做事。什么样的态度，成就什么样的事情。更多时候，一个人往往被别人的道理所忽悠，而失却了最基本的判断。活到老，心却回到简单的少年。增加的只是额头上的皱纹，不改的，却是最初的判断。

鲁迅先生的"一个都不宽恕！"成为其敌我界限判断的一个标准。其实，实际生活中，这样的做法并没有多么深重的意义。包容中藏着决绝，决绝者可能包含着最大的包容。对一个背信弃义的人，或者要弄阴谋诡计的人，让其三招之后再断然采取措施，正是包容后的决绝之心使然。人生在包容和决绝中选择，苟活会让位于清醒，繁杂会听从于简单，龌龊会让位于干净。世人以得失判断一个人在世上的价值，我以决绝矫正自己的人生走向。

万籁俱寂的夜晚，想到一生的包容和决绝，正如这无尽的夜色。沉淀中泛起的，飞腾中稳定的，追求永恒中昙花一现的，轰轰烈烈中忽然倒塌的……如此种种，实在让我目不暇接。试看又一耳悬在空中，谛听这个世界的声音。尽管夜依然寂静，能从寂静之中听出欲发的声音，正如从"好"中看到"了"的结局。世界正睡着，我也需要睡。那只挂在空中的耳朵，该是以一种怎样的方式存在？往事与现实，一切都在写着一个大大的问号，我在这问号里生活了一辈子，至今也没有找到答案。包容和决绝，也就在这寻找中，凸显着各自的意义。

吃　相

　　人是欲望的动物，不吃饭没法生存，机器也需要电能，人比机器更知道饥饱，不吃不行。在外工作多年，家乡吃煎饼养成的牙劲，真对我帮忙不小。虽说吃煎饼会让你变得腮大脸方，但在吃方面的优势明显增强；又在工程队参加过多次铁路要点施工，额定时间内要快速吃完饭，就又锻炼了吃饭的速度。所以，在吃饭的量与速度上，明显比一般人占优势，所不同的，就是吃相不雅。一不小心，山地里刚拔出来的葱剥皮就吃的习惯没改，水萝卜在衣服上擦擦就吃的习惯没改，大口吃菜把一个平常菜吃成山珍海味的习惯没改，喝酒时"滋溜滋溜"一声然后"吧嗒吧嗒"嘴的习惯没改。在城里吃饭，他们说我是乡下人；在乡下吃饭，他们说我是城里人。每次吃饭完毕，我就问自己，我该是以乡下人的方式吃饭，还是以城里人的方式吃饭？反思过后，一点作用也不起，下次吃饭依然故我。

　　倒是在酒场上看到诸君吃饭的情景。比我不雅者，也非一二。有的用筷子在盘子里上下翻拣，一盘肉吃得满嘴流油，虎虎生风；有的则如钢琴家弹琴，轻挑细拣，犹如从鸡蛋里找骨头；本来胖得不能再胖，满桌子菜被他三下五除二吃个精光。一个吃相不雅的人，别人一看就能看出，很会吃的人，犹如闷声发大财的人，不哼不哈间，风卷残云把一桌酒菜干去大半。看一个人的吃相，这个人的成长史，内心的境界，就可以略知一二。所以，吃相中有大学问。有个学者，学问做得海一样大，吃饭时喜欢对着满桌客人擤鼻子，当然手里会拿餐巾纸堵着。提醒他吧，伤了颜面；不提醒他，又伤了同桌人的胃口。我喜欢在小吃摊前，观看食客吃饭，乡下叫看嘴，如是小孩，则要挨妈妈打的。我看嘴，是为了研究人的性格。单位食堂里的人吃饭，各有姿容，研究一个人吃饭与性格之间的关系，还是很有意思的。企业家们吃饭，一般会很内敛，照三顾四，生怕怠慢了人家。我不喜欢人家给我夹菜，也不喜欢给人家夹菜。有乐于此的朋友，吃饭时，说也不是，不说也不是。

在这是个说不清高下的时代，吃饭也能看出来。扭捏的未必扭捏，内敛的未必内敛，风光了一辈子的也许不再能风光一时。所以，吃饭时的自然表现才是最好。吃相遮蔽不了少年的景象，学人家吃饭，总没有多少自己的东西。某天昼夜，我把某刊物一年的论文反复研究，发现相似的论文太多，正像过分内敛的吃相，看上去一个德性，其实一点可取之处也没有！

学必有师，吃也有家族的影子。农妇之子，少不了农妇的做派；官宦之家，也有霸道饮食的余韵。有喜欢少时食品味道的食客，吃相大露，也有不喜欢少时食物的食客，却暴露了自己的出身。我吃故我在，以吃之风，显人之史，实在是有味道极了！

人人长着一张嘴，嘴与嘴不同，看人边吃饭边跷着二郎腿抽烟，豪情中多了些二百五的气象，我从小到大不抽烟，二郎腿也跷不好，所以吃相就如清唱，干瘪得很。在边疆吃饭，文质彬彬地当着众人面吃下三碗饭，一点也不饱，回到宿舍里狼吞虎咽山东煎饼，山珍海味一般，我的吃相，看上对路的食品，就原形毕露，不喜欢吃的，就百般难受。读书对我而言，坚持了一生，就像吃烤地瓜，喜欢了大半生——并不是所有从农村出来的人都喜欢吃地瓜，有的一看就吐酸水，别想看到他吃地瓜幸福的样子。

有的地方喝茶也叫吃茶，怕是有中间佐以茶点的缘故。有的吃茶人喜欢做作，茶点吃起来轻巧，吃茶就有了贵族气息。不像喝酒人吃东西，嘴巴随着眼红起来而逐渐变大，吃进去的是大肉，吐出来的又怎么可能是莲花？

与人第一次接触，我一般喜欢看那人吃茶品茗的表情。这个人的吃茶之相，是否自然，还是搔首弄姿，值得作深入研究。对待一碗茶的态度有学问，人之未来，多与当下细节有关。一个人永远不可能走到另一个人的心里。所以，你坚持你的吃相，本没有对错，只要人多时多顾及些别人的心理感受，这也是对人的尊重吧！

张三吃了我盘子里的肉，我还有青菜吃；李四拿了我手中的点心，我还有饮料喝；王五吃大葱嘎嘎作响，我一点也不羡慕，我吃我的，或一小口，或一大口。我不喜欢吃米饭，不管那清香多么诱人。煎饼最好是纯地瓜干面的，甜丝丝的，养人，不怕吃起来费牙。

小鸟吃相再好也是小鸟，雄鹰暴咬猎物，也被人类视作英雄。一个喂狼者发出一段群狼撕咬飞禽的视频，我真担心有一天她会被当作飞禽，不要相信狼有人的逻辑判断。马戏团驯兽师的鞭子，也不一定能让一只狮子永远臣服于鞭子之下，狮子终有一天会醒悟过来，万千的屈辱会化作猛烈的撕咬。这对驯兽师而言，简直不可思议：我每天给你好吃好喝，原来你这畜生竟然还这样忘恩负义？他哪里知道，狮子内心憋了许久的委屈，被囚禁于牢笼所失去的森林闲逛的野性自由，它一直都渴望着啊？！

有此地方的风俗，劝酒持"不会喝也要喝"的风格。初看是热情的时尚，实则传递了霸蛮的文化。饮酒者张着大嘴吞了一碗又一碗美酒，对体力消耗很大的猎人而言，这点酒本没有什么，而对养尊处优惯了的城里人而言，这可能就会带来杀身之祸。

一个房地产商顷刻之间几亿元化为乌有，我倒想劝他，干脆躲进屋里弄个小酒喝喝就得了。与其腰缠万贯被债务追着跑，还不如每天滋溜滋溜地自斟自饮来得快乐！风雨天下人，有人仰脸就是春秋，有人却去贪婪搜罗雨水的庞大。再温柔的东西，积聚起来都很凶恶。就如某长舌男，京城都皆知他的德性，想起他就会笑话他的吃相。芥川龙之介写过一个长鼻子的人，最终回归到长鼻子的自然状态；一个人要是长舌头，吃东西该多费劲！让别人不舒服不说，一生艰难度日该是多么难熬。你对这个世界葆有欲望，世界就会随时检验你的吃相。

冬天从南方去草原的游客，对毡房门口的油腻之门接受不了，那是食客吃相的延伸，在冬天，自然界的一切也提醒人们，你有多么的贪婪，门扉上就有多厚的油腻。天热之时，吃相之"美"会化为泡影，唯有冷峻的时日，一个人的吃相会显现出更多蛛丝马迹出来。纵使每天都换衣服的食客，昨夜吃过的羊肉膻气，也会冷不丁地从他的头顶冒出来。嘴与吃相的关系，看似很近，其实很遥远。一个人的吃相，那是深入骨髓的，也会有表之于形而上的意蕴。

　　此刻，我想到，曾经在上海某一座高楼之上，我手中的雪糕一点点化掉，我想吃，我更怕高楼带给我的眩晕感。我有恐高症，天空也辨别出来了……

存在感

窃以为存在感，不是靠发朋友圈，也不是靠颐指气使地命令别人来体现的。一位食堂老员工，人缘极好，工程队的工友们都喜欢和他交流。这位老炊事员退休多年后，工友们常常念及他；相反，一位喜欢争座次的小官，大半生喜欢在主席台上抢眼，宴会也总是喜欢靠上坐，此人退休后，在大街上买菜，很少有人搭理他。有一次他和我抱怨世态炎凉，我说："你发朋友圈啊，别人不认可你，你自己认可自己就行啊！"此官以为我戏谑他，勃然大怒。我惹不起，却躲得起！我连忙逃之夭夭。

给那退休官员出的主意也的确是一个不错的主意。比如，在下就喜欢刷朋友圈找存在感。游游颐和园，看看几本书，晒个老头照，褒贬一些时弊，每天写点小文章求得几个点赞，我犹如乞丐得到几枚硬币般的欢喜。好友叮嘱我不要总发朋友圈。其实，存在感是我个人的，这位朋友多虑了，要是发朋友的合影，我一般会和人家打招呼。大多时候都是孤家寡人，我晒故我在。一天天自由地晒，无意成为历史，却演变成了历史。在下年底的朋友圈，单位的伙食要晒，大厅里的柱子也晒，去医院崎岖不平的路要晒，调情的两个小鸟要晒，松鼠要晒，慈禧的故事要晒，昆玉河边的自行车要晒，内容丰富多彩。前面说的那个退休官员要有了在下的这一招，怎么会在乎人家的眼神尊重不尊重你啊！当然，朋友圈也不能每事都晒，朋友圈有个私密功能，不能晒的、容易引起别人误会的照片和文章，你就可以"私密"起来。有的人很少晒朋友圈，一生的隐忍获得了"道貌岸然"的形象，外人无法知道他真实的内心世界。人这一生，生活得快乐、有趣，对一个个体生命而言，是很重要的。处处以严肃示人者，恐是"伪君子"。

好多人的存在感不是通过微信朋友圈刷出来的。譬如这奖那奖，得奖者笑逐颜开，失奖者痛不欲生；譬如这文那文，发表头条者，俨然老子天下第一的姿态，不能发表者，整天唉声叹气；譬如这屋那殿，有人叹老天爷不公其屋逼仄，有人享自由之味感受其屋宽大。这个世界上的存在感，因为人观点的不同，导致对于"存在感"的理解也有差异。观念是人脑的产物，但受社会环境、自然环境的影响。所以橘生淮南则为橘，橘生淮北则为枳。水土不服就会闹肚子。济南水硬，在下喝惯了，不放茶叶，我喝着都甘甜；北京水杂，换了几种茶叶，还是感觉不好喝。城市里的水没有山中水甘甜，所以每到甘泉之地，我就会连同一只落在掌心的蝴蝶也不放过，晒在朋友圈里，自然会得到一溜儿点赞。这点赞就像原始森林里的鲜花，让人心情愉悦，我收获了一种踏踏实实的存在感。

和那些道貌岸然的人相比，打工者更值得写作者关注。生存在底层，人的真实状态就会显现。我去一个面食制造点采访，操作者满身满脸都是面粉，他已经在皇城根这样做了近二十年。面条、面皮、饺子皮—— 一应俱全。北京胡同的大爷大妈们需要他，这种存在感，一下子撩拨到我的内心深处。

在京十二年，这十二年，是我最没有存在感的十二年，没有在工地上的勤劳并快乐着的感受，肤浅写作着却没有彻头彻尾的欢喜，也缺少了工友们亲如兄弟的促膝交谈。我不喜欢北京的挤，挤会让人没有存在感；不喜欢北京的高，高楼让一个人显得渺小；不喜欢北京的冷，冷让一个人在凄厉中找不到温暖。我计划退休后，就去一个堪比花果山的地方，当一只老猴子，蹿上蹿下，天天向自然界晒自己的存在感。那份快意，怕远非在颐和园里所能比了。

一个惧怕别人找自己裂隙的人不敢发朋友圈，喜欢故作深沉的人也不敢发朋友圈。但不发朋友圈的人，并不是不渴望有存在感。譬如，有的人说话拿腔捏调，譬如有的人当面一套背后一套做两面人；譬如，有的人搞了一辈子阴谋诡计，自以为得意，把他人都当愚氓；譬如，一个伪学者、伪读书人……这样的生命，即便有存在感，也是阶段性的。想想工友们年年不忘的那位炊事员，再想想那位勤勤恳恳的面点工，我这朋友圈晒得啊，是何其苍白而无聊啊！

读书妙生活

读书多的人常被称为书呆子，这很有趣；以前的写作者，书呆子多，自然读书多了会成书呆子。现在读书，不但不会读成书呆子，还会读出一个奇妙的世界来。读经典固然重要，听奶油小生胡白话也不错。正如在现实世界里，外强中干的人，不好识别，外表慈善的人，更让人难以辨别。如某人的一句话，骨子里的水平就通过点滴细节透露出来。如张三所言"你不要越级上报"，还有李四所语"你不要随便接触人！"这个世界，这样的写作者太多了。所以，历史让读书人成了遵守规矩的书呆子，而不守规矩的人，却为这个世界留下了一圈圈历史的波纹。

所以百般强调读书，是因为书中不仅有黄金屋和颜如玉，更有你没有经历过的世间尤物。科幻作品让你富于想象，数字化书籍让你茅塞顿开，生物医学的科学知识普及远远超过小混混的淫邪之语，大盗之外，自有断案的高手，圈子之内自有圈子之外的人来收拾残局。一个没有文化的管理者，却常常以文化名人的形象自居。挂在高高树枝上的最后一颗红柿子啊，此刻才知道寒风远没有夏日温暖啊！西山黄了又绿，今年的叶子，旋儿又黄了……

一个名人总结说，遇事找人商量，两个人"喧一喧"，就成了"小吕"了；如果三个人商量商量，就会有一个大智慧，会使众人一起共同成为有"品"的人；如果四个人商量大格局的事，意境就大了，也就一起成"器"了。这段话很好玩儿。这是讲智慧碰撞的妙处，也自然有了团结起来力量就大的意味。

读书，远远超过结识名人的体验。譬如，读一本经典，犹如结识一个名人；读两本古今经典，就可能穿越时空了；要是三个专业的书一起读，你这个人就有了融合的品位；把四本以上的书穿插着、对比着读，然后糅合起来，你这个人就算是有器之人了，你就不会屈服于权势，轻信于老者，听命于感情，轻浮于世间了……这世间的万般精华，你自可以从书中获得；这世间万般的无奈，你可以从书中找到答案；这世间万般的嘈杂，你总可以靠读书避……

书，真是人类创造的尤物啊！可以顶吃顶喝，可以顶太阳顶月亮顶过天灾人祸。读书，自有读书的无限乐趣啊。读书，自会培养读书人的智慧和谋略。一天一本书，是读书；十年一直读一本书，是更好地读书。读书人的体会，只有读书人自己明白。读书不求甚解和读书求了甚解，感受的意境自然有质的不同。你和写书人一起享受写书人的快乐与伤悲，与王阳明、曹雪芹一起感受那个时代的潮起潮落，并与当下的现实生活进行对比，就会会心一笑。读书时，时空虽可逾越，肉身依然沉重。形而上和形而下，依然是你中有我，我中有你。历史长河里的观念纠葛，时而碧波万顷，时而沉渣泛起。你在书海里荡漾，淹死的总是不愿意学狗刨的后生啊！

读书读到怎样的程度才算一种境界？这世界上的伪君子一天天多了起来，保不准你哪一天就会读到一本伪君子所写的书。获奖的大咖都奔着获奖而去了，而寂寞的读书人还在那里咀嚼写书人的只言片语。这个世界的无限丰富性，需要单纯的人去单纯地表达。生活需要沉淀，就像文化需要积累一样；积累的未必是财富，但财富首先需要积累。读书人不断用书中的道理来安慰自己，而时代却已经超过了千里。

自以为是的读书人和甘愿从读书中自我享受的读书人如出一辙。历史的光辉总将读书人的细微棱角照耀，而读书人的一代代逝去，就像蝉蜕一样轻薄。我有时不敢触碰一页柔软的书页，生怕读到让我心疼的文字。

今晨，通往西山的路，艳阳的光辉满照。我想起那如山的书籍，被我一点点啃噬，古今中外的学者，低下他们高傲的头颅，和我一同探讨如何走路。我行走在路上，尽管荆棘满地，但有了阳光陪伴，那险峰，我还是有希望攀登上去的……

佛坪的水

　　作家忠德先生（即白忠德），喜欢写生态散文，几次邀请我去他的故乡秦岭看看，因不凑巧，一直未能成行。暮秋的一个周末，适逢有空，忠德兄再次相约，我慨然应允。我一早乘高铁从北京出发，抵达西安时正是中午，站内换乘去往佛坪的高铁，两点多就到佛坪了。

　　到佛坪的当晚，众友逛了佛坪县城。这恐怕是全国屈指可数的小县城，当年的老街，成为永远的纪念；新街并不长，一小时足以把整个县城走个来回。县城很小，全县人口不足四万；县城居民楼和办公楼分布在椒溪河两岸，路面干净如水洗过一般，在县城大街上行走，脚步声都是有节奏的。

　　在河边散步，听着椒溪河水欢快地流淌，灯光射到河对面的山峰上，夜色之美令人激动，夜晚我回到宾馆，久未成眠。第二天早晨刚到五点半，我就醒了。或许是被赶火车的生物钟唤醒，或者是椒溪河水对我的诱惑，我赶紧起床，出门再向河边走去。

　　佛坪和所有的山城都有相似之处：一条大河穿城而过，两边的山峰限制了小城的横向发展，小城只能沿河而建。我沿着河岸西侧大公路缓缓而行，行至中段，见有个地方可以下河，就小心翼翼地走下河去。只见石头盘旋，层层叠叠。我穿着皮鞋，容易打滑，一走上去，没踩稳，刚接触河边，河伯就给了我个下马威，一脚不慎，人就摔了，左手被碰的鲜血直流。此时听满河的水声，哗哗啦啦，尽情欢快地向南流去。

　　椒溪河，的确不是一般意义上的河。白天看其河水，不同于云南河水冬夏之交的泾渭分明，更多了些河水清澈的艺术感觉；石块堆砌的恢弘气势和宽达几十米的河床，可以想见夏日里椒溪河水如脱缰野马的纵横气势。椒溪河的名字好听，源头处据说有一片花椒林，这是一条多么富有人间情调的一条河啊！想想花椒叶的香气，品品花椒果的麻辣，你都会为这样一条历史与自然交汇之河而赞叹。是的，现在正是清晨，天还没有大亮，黑魆魆中只有小鸟的叫声是醒着的，河水是笑着的。一桥三墩，分出两条河流，东边强势，西边软弱；东边哗啦啦响着向前自由地奔跑，西边慢条斯理地像慢脾气的教书先生对学生柔声细语。我时而跑到东边的大河水里洗洗血手，时而到西边小河水边听河水叮咚的响声，鸟儿似乎也发现了我的秘密，叽叽喳喳叫个不停，更显得满河幽静。在这无人的早晨，在这默默自流的河水中，我跨过一块块被水冲刷地十分圆润的鹅卵石，有时一擦滑会掉入水中，我全然不顾这些。岁月的河水，把一块块有棱角的石头打磨得圆润无比，像极了向生活屈服的芸芸众生。这真是一处绝妙的所在。河水是大地的声音，它传递着远山的呼唤，奔向未来的河水，说着自己的方向。在这河水之中，我洗掉手上的鲜血，感觉河水的灵性就如来自大地深处的心声。我不由得捡起一块小鹅卵石，再捡起一块小鹅卵石。出租车司机说，前几年，椒溪河里的石头被大量运往泰安，冒充泰山石；现在政府控制采挖，才有了这一河的精白，在黑魆魆的夜晚，它们像忠诚的战士，看到它们，我心里就踏实许多。裤兜里装上四五块石头，行走起来就有些蹒跚，但在这蹒跚之中，你感觉到自己与河流交融在一起了。

我与椒溪河在静静地对话，河水说着各种各样的话，看不到身影的鸟儿，发出悦耳的伴奏声附和着；在河之中央，我举起手机，拍了一张张照片，录下一个个视频，真想把这美妙的自然之声录下来，镌刻在脑海深处……

天最终露出了鱼肚白，远山的剪影与天空的曙光辉映在一起。我上岸走到城北大桥时，但见椒溪河水浩浩荡荡，奔流而去，让你的心头总觉有无限的话要对它说。水的清凉与满山的静谧形成绝好的搭配。我在巨石后面发现了一片柔软的沙滩，沙子蚁民一样攀附在巨石之后，滋养着蓬蓬勃勃的青草，河流的湍急，也无法组织万物，它们依然各自以自己认可的方式生长。佛坪之水，给了我无限遐想，我顺手捡来的石头，诉说着一条河的过去、现在和未来。我依依不舍地和椒溪河告别。

去熊猫谷的时候，看到清澈之水，以为真是到了人间天堂。这原本是山间小溪汇聚而成的水，没有了椒溪河的喧闹，倒像城府很深的先生，不言不语，讲述着静水流深的道理。几只小鱼在里面自由地游弋着，河水清冽有加，我静心拍照这一池碧水，生怕相机快门声打破了这份寂静；也想掬一捧水一饮而尽，享受这大自然的甘甜；这水啊，静得超过我在日本所见到的溪水，清得则胜过我在坦桑尼亚看到的森林之水，美得则超过世界上最出名的画家笔下的山水。我以为清澈见底是过时了的形容词，而对佛坪之水而言，打破了我的这些认知。佛坪水之大美，怎么形容都不为过……

佛坪之水啊，真正称得上是自然之水、大地之音、人心所乐之水啊！这水，能给你带来心底的一片光明，也能给你带来世间最真切的希望和无限遐想……

孤寂之美

难道孤寂不是一种美吗？大山之中，云雨之下，万丛竹间，一个人静听天籁，是美的享受；独白一个人，沿着无路之路攀援，孤傲中的寂寞，是宁静，也是享受。世间的万物都属于你，而一切仿佛与你无关，这样的孤寂，有什么不好？！

孤是独立的个体，又是放大的空间。一人为孤，一山为孤，一片水域为孤。孤，看似在风中独立，有其骨气，有其性格，有其大气磅礴之势。肉眼凡胎，无法解读一个"孤"字，热衷于攀附名利者会自动拒绝"孤"字。自然，朋党的吆喝可以吸引更多人的眼球。真正的孤，是超越后的回归，是团结中的静守，是书海之中把一本书从头到尾读完，是万千庄稼之中独独看好最自然的一棵，是内心涌现的坚如磐石的向心力。孤而不独，才显内力，顺其道而生，才成就最完美的自然万物。

孤者，常为一人，但内心世界无限，唯有孤，才能静观万物；唯有孤，才能领略万物之美，静听这世界的声音。孤而仰望，天人合一之气孕于胸；孤而自思，天下智者之思贯于神。孤而旋影，影射余晖之长；孤而有声，声响寰宇之内，幽咽彻骨；孤而有魂，魂牵天下众生。从繁华中寻回一个"孤"字，始知世间原有这般尤物荡荡。孤者，不在乎是否有其名，孤者更不贪恋沿途风景的好坏，甚至不在乎孤的形式和内容。孤者，心如瀑布般一直孤着，正像天空依然天空着。如单独摇摆的鸟巢，挺立在无叶的树杈上，爽利无比；如一条北方的河流，即使被冻伤了表皮，依然汩汩流淌内心之血，正如大山中跳跃的一只野兔。孤是生活的独特方式，孤也是对待自然的理性态度。

相对于孤，寂更像带有精神上的神灵体验。孤者，可能显现于原始的独守，孤寂才上升为一种境界。孤而喧哗，尽自由之性而少了灵魂的燃烧和净化，容易陷入形式主义的独白；孤而寂之，则让孤有了标签，有了生活的叠加感，有了从容面对这世上一切的宽容态度。孤而有思，方能寂之，停之，笑之，舞之，蹈之，挽万物于手而不执着于万物；离万物而去也不内省暗自恐慌。孤寂之人以孤寂之事，存于世间一隅，不哭、不笑、不惊、不叫，方得这世间的大学问。孤因寂而大，寂因孤而静。孤寂之状，乃人间盛情突遁，犹天之灵性突降。孤而寂者大美、大善、大悲、大悯，寂而孤者明。一孤一寂，紧扣相锁，人间大境界也！

孤中有豪情，又无豪情；孤中有爱情，又淡爱情，孤中有亲友，又远亲友，所谓孤中生出一杆旗，犹如荷叶旁边一朵花，烁然独立，绽放灿然。寂性激发孤苗，孤寂有了圆满的包容。耕地者自有悟性，同一块地，耕者相异，所孕育的果实不同，苗儿的高低错落，非果实大小多寡而能置评。夫耕者，自有高下之分、莽巧之别，舌耕者与笔耕者，曾被农人视作五谷不分之人，舌耕者的孤寂，不在于对天终日絮絮叨叨；笔耕者的孤寂，不在于面对电脑屏幕空虚呼喊，向农耕者学一份孤寂，把农人看作老师，才会有秧苗苗壮成长。不妨蹲在田间地头，看一眼太阳，擦两把臭汗，感受三丝微风，或去看四眼远山，孤而茂盛苒苒，寂而空明妥妥，孤寂之意，就会油然而生了吧！

那短暂的禾苗和无语的小树，对孤寂的耕者而言，同样重要。它们，讲着这世界上最原始的生命故事。孤寂的生命轮回展现，这才是孤寂者最想看到的结果吧……

孩子的眼睛和大人的眼睛

一张梵高的自画像遭到保安的六岁女儿的涂鸦，不仅给梵高画上了眼镜、胡须和心脏，还给梵高口袋上画上了一朵花。这在很多专家眼里，是把一张世界级名画给毁了，简直是大逆不道的行为……

这个世界上，孩子的眼睛和大人的眼睛总是不一样的。在大人眼睛里，价值连城的艺术品，在孩子眼里，可能狗屁不值；而在大人眼里感觉不值一文的东西，对孩子而言，可能如获至宝。记得孩提时代，我和几个小朋友玩游戏，谁赢得杏仁儿多，谁就是天下第一。记得有一次做梦，我赢得的杏仁盖住了脸盆底，高兴得夜里大叫起来；家人见我玩杏仁玩疯了，把杏仁儿拿到锅底烧了，气得我大哭一场；还有一个摔泥炮的游戏，谁把泥炮摔得最响，谁是最厉害的……孩子眼里的世界，总是大人不能理解的，但对孩子来说，那些奇怪的事则是天底下最伟大的事！

人随着年龄增长，孩子时所拥有的快乐和真诚逐渐褪去。那些还保持孩童时代习惯的孩子，老大不小还不懂得避讳，善于说真话的孩子，大人总认为他没有长大……不知道是大人不如孩子，还是孩子不如大人。明明简单的一件事，孩子会简简单单地去办，大人非要复杂累赘地去办，办完还要相互会意地一笑。他们笑话不懂事的孩子，别人光着腚走路就光着腚走好了，你为啥去说啊……

孩子的眼睛是装不下太多的故事的。一般而言，孩子是眼到、心到，嘴马上就到了，看见什么说什么，所以在大人眼里，孩子的破坏力就很大。在家随便涂鸦的孩子会遭到大人打骂，能说出亲戚脸上有苍蝇屎的人，一定会让大人难堪……这位敢于向梵高挑战的六岁小女孩，简直就是一个"妖孽"……

我不知道美术馆怎样处理这位六岁小女孩，但我却为这个小女孩的创造力而惊奇。在小女孩眼里，一个男人就应该有胡须，心脏自然是人类不可或缺的，有学问自然要戴眼镜，热爱生活的人哪能不喜欢花？小女孩的眼睛里，或许还有很多更有趣的想法，对女孩而言，大人眼里价值连城的艺术品，本身原来具有这么多缺憾，不加以修改和完善，那怎么能行？我真心为这个孩子的奇思妙想而感动，假如她的保安爸爸给她一顿毒打，假如美术馆向她一家索要巨额赔偿，那将扼杀一个孩子艺术生命，原本在之后可能超过梵高才华的小女孩，也许就成为一个老于世故的稳重的姑娘。

这个世界不缺少稳重的姑娘，缺少的恰恰是给梵高自画像添上眼镜的小姑娘……

河边转圈

周末的阳光真好，晒在脸上，暖在心里。没有风，蠓虫的立体感很强。麻雀，一群群惊起又落下。靠近岸边，河水又涨了起来，水影晃动，可直接看到水底；铁塔倒映在水中，是硬汉柔弱的过程；鱼儿们成群结队，学着麻雀奔跑，我依然照例要连走四圈，一步步地行走，如果单纯为了行走，就会劳累；而边走边听课，或边打电话，则会有意想不到的收获。锻炼好像成了副业，听课又像上大学。譬如今天，报告文学作家李朝全老师讲课，他自己的体验，独特的经历，构成写作的现身说法。朝全老师的经验，真是实在而又超脱。他讲到莫言，说乡下人的健康，可以通过一坨屎来判断，莫言说健康人那屎的金黄，看上去像贴了标签的香蕉，我就笑了。前面正有一只狗在拉屎，屎的颜色是黑色的；众多的遛狗人，行走在运河两岸，一早一晚我都会碰到他们。遛狗者的眼光很有意思，眼光不离开狗，话题也不离开狗。我见到体型大的狗，一般绕开它走。走一圈，从河岸这边到河岸那边，两头有桥，正好两千五百多步。沿河而行，你会看到水的影子，树的神采。今天早晨，看到了一只老鼠，贼头贼脑的样子，看我刚走过来，它就飞快地跑开了。

蜻蜓依然有，也许是阳光的召唤，我看到一只红蜻蜓，一只蓝蜻蜓，不像别处蜻蜓的样子，等我调好镜头准备拍摄时，它们好像有感知，飞速离开了，我的镜头没有拍摄到它们迅捷的小身子；倒是一只青蛙和一只癞蛤蟆还很配合，在阳光下的水影里，听到我的脚步声，慢吞吞地游向河深处，我的镜头正好追踪到它们。秋凉了，癞蛤蟆和青蛙也都老了，它们老了的肤色都变成了金黄色；行走缓慢的不仅是它们，水中的小鱼，好像也没有夏天欢快了。

要走一段水泥路，再走一段油漆路，行过两座桥，才是一段青石板路。

修路人故意把这一段青石板路修得参差不齐，走在上面，双足顿生不平衡感。我喜欢在这样的路上行走，那感觉犹如回到了少时的路，走不完的崎岖感。

风一点也不吹，但秋凉依然能感受出来，我终于还是脱了外衣，白衬衫是我最喜欢穿的。在这日日的转圈里，白衬衫映着阳光，心里洁爽。一位朋友来电话说起好多往事——其中，他对日渐增多的奇异事件，保持沉静的口气，似乎别人没有他超脱；我自然不好说他什么，真是不好说……

我走到桥头，有一对夫妇在敲打一棵树上的果实，一问，说是海棠果。果实红黄相间，采摘了一颗，吃在嘴里，酸掉了牙齿，一扭头，看到了满地的黄土。万物都在水与土的滋养里成长，犹如这酸酸甜甜的海棠果。

阳光毕竟给人以力量，就像少时晒了一天的被子可以让人温暖一个晚上，天一凉，太阳就变得可爱起来。我想起在泰山侧峰上的奔跑，那是怎样的一种舒服啊！

毕竟不同于十年前了，我刚搬到翠城来时，这里还是臭水沟，没有人到河边走。现在，是另一番光景。上午的阳光真好，一个老大爷和他的两条狗，在河边的躺椅上晒太阳。一条狗贪婪地让大爷梳着黑发，另一条狗在远处，用舌头舔着纯白色的狗毛，狗毛的颜色和我的上衣一样白；择菜的老太太已经把一大捆韭菜择好，她收拾好黄叶子丢在路边，摇摇晃晃地走开；周末的河边，如公园一样，人渐渐多起来了……

夜晚，我一般出来转圈晚些。一般是上午要走一万步，晚上也要走一万步。今夜我却走了两万步。

夜晚高楼上的窗，黄色的灯光和白色的灯光，映照在水面上，像鱼儿在水面上跑。的确有鱼儿在跳跃，它们飞起的样子，隐约像雨滴从空中落下。王阳明的故事，郦波教授讲得不错。他把古老的故事翻新，用现代人的语言，讲述五百年前的故事，功夫不浅。风在晚上悄悄溜出来，青蛙发出最后的悲鸣，像深山里苍老的老人。

有夜晚出来被主人遛的狗，发出仗势欺人的吼叫，它们或牵拽着主人跑，或在主人的后面踮着碎花小步。微弱的灯光遮盖了它们的丑陋。我在黑夜里，几乎是一个人行走，遛狗者或夫妻相伴，或母女同行，或一群人评点着那狗这狗那行走。我自己一个人，从河岸这边，走到河岸那边。两岸中间的过河天桥，似一条曲线，不时有男女过来拥吻。晚上如果早出来些时候，这桥还能走两次，晚了就有点打扰人家的意味。一个陌生电话打过来，原来是熟悉的朋友，酒气隔着电话窜过来，郦波教授营造的阳明心学气氛，顷刻消散。自从远离了酒桌，散步的次数就多了起来。晚上迎来一个个遛弯的人，最终只剩下几人。河岸像永远开放的公园，我无语而行。狗们在叫唤，发现了同伴就掐架，夜色可以让叫声狂放者成为英雄。

我从下午两点开始就整理书籍，一直没停，略有些累，但我还是有心劲走下去。夜晚无论走多远，都会感到很平静。越来越凉的空气温度，恰好平衡了运动产生的热量。终于感觉到脚有些疼痛，我只好走走停停。片刻的休息，也能带来很好的体能恢复。河对岸的村口保安，加大了对过往人员和车辆的检查力度，高音喇叭反复播送着相同的通知，像单调的知了叫声。

据报载，今年冬天将是近几年来最冷的一个冬天，我对冬日里自己能否像今天这样行走，还是有些顾虑。但今夜不冷，趁着冬天还没来，多走几圈吧！微信步数已然超过三万三千步，我开始往家转。

铁塔的黑影和青蛙的叫声被我甩在身后，很快淹没在夜色中了……

回到少年

在颐和园悠然回到少年。蓝天刚被雨儿洗过，松鼠还是少年时的样子，依然没有离开树，离开山。从这里跑向那里，好像故意和我捉迷藏。我不觉得累，一点也不觉得。蓝天、白云、芦花，那彻底向昆明湖水投降的荷叶，黄成了一大片……西山深处的宝塔，此刻逐渐走近我，一切都那么明朗：石船、红叶，以及快陡成了90度的台阶。欢蹦乱跳的老人，互相呼唤着，惊叹着这一秋的景色。我在颐和园里，手忙脚乱地拍照。大地上落满黄叶，最后的柳叶飘摇在风中，集合了，士大夫的裙摆一般，胜过欧洲田园的气势。叶子，一片片，一层层，一团团，互相叠压着。风吹不动紧紧抱团的它们。昨夜，风把一棵大树拦腰刮断了。曾经，多少俗人走过这棵大树时，仰望、赞叹、羡慕，借此贬低大树周围那些小树的低矮和没有气质。也曾有几棵小树，的确被这棵大树遮蔽了阳光，被园丁们无奈地移走了。我在十年前第一次来到这棵树前，也曾被它所震撼：密密匝匝的枝桠，遮天蔽地；夏天时浓密的叶子，像人茂密的头发。到过颐和园的人，会说在皇家园林里竟有这样一棵树，一棵气象巍峨的大树！在京十年，直到最近几个月才有机会天天游览颐和园。疾病缠身，要想摆脱，就需要有超人的毅力，在别人不会走的时段你还在走，在别人还在贪食的时候，你要学会饿肚子。终于瘦了下来，一斤、二斤、五斤、十斤，十五斤……我依稀感到，昔日那个瘦弱少年，又行走在大地上了。是的，重回少年。少年的好奇，少年的无知，少年的快乐，重又来到这大地上。

然而，那棵树，那棵曾经被人夸耀的大树，终于倒在湖边了。倒在众树之下，倒在行人叹息的眼光里。曾有一个夏天，我发现了大树身上的一个洞，我轻轻给园丁建议，把大树身上的黑洞抓紧治理一下吧！园丁听了，浓眉以对：大树，大树怎么会有黑洞？！园丁像是自言自语，又像是对我的多事嗤之以鼻。我好像做了错事，面对那密密麻麻走向前来与大树合影的人群。我自惭形秽！

大树依然巍峨，依然摆出超过所有树木的茂盛之姿。我因为看到了大树身上的暗洞，每次去颐和园，都要绕开这棵大树。不敢和大树合影，怕大树倒下砸到我。大树顶上绑着喇叭，提醒入园的游客要戴紧口罩。今晨，当我再一次躲着大树，却发现大树在一夜之间成为匍匐在地上的将士。那喇叭也摔倒在地上，发出震耳的声音，提醒游人千万不要忘了防范新冠肺炎疫情的侵袭。突然想起村庄里那个大喇叭——那个在大队部老榆树上的大喇叭啊——歌曲会响彻到深夜，直到整个村庄和山峦都沉沉睡去。如今，老榆树仍在，大喇叭却不见了……

我行走在颐和园里，我想在颐和园里停下都不行。罹患疾病，就要坚持不懈地锻炼。减肥、减肥、再减肥，血压才能降低、降低、再降低。少年之气，如一匹白马，飘飘而来。这皇家园林的路啊，却也如沂蒙山山道般崎岖、漫长。那桑葚、荷花、柳丝、蝉鸣、王八的身影，其实和家乡并无二致。曾记得，少年时我积攒了好久的蝎子，终于卖掉，换来几本小儿书，而今，这一张游园卡，却可看尽皇家园林与北京城众多公园的无数风景和壁画。其实，走到老年时光，才知道又回到童年时光有多好，又回到那皇天后土的家乡有多好！

是的，此刻，颐和园其实就是家乡的村庄啊！好人与坏人，狗叫与鸡鸣，王八和虾蟹，西山上的月亮，秋海棠树显现的红光，还有秋水的静美无言……一切并没有多少改变!好像家乡于此刻搬到了颐和园，又好像颐和园不过是升级版的家乡而已。

时光浓缩一下，正如身体如土行孙遁缩一般，匆然回到昨天，回到无忧无虑的少年，回到天真烂漫的少年。回到见着挑水的农家女款款而去的身影、脸面泛红的岁月，回到烧几条蚂蚱、用手捧山泉当水喝的豪爽时光……这一切都回来了，就像我一直没有走出古老的村庄一样，一切，恍如定格在少年的意境里。

　　这又是一个秋天了，又是豆虫从黑土地里泛出黄绿色躯体的季节了，地瓜在落叶燃起的余烬里散发着香气，喜鹊骄傲地向大地炫耀裸巢的完美，大地在风的催促下，果决地清理自己的容颜，以便安全过冬。我站在颐和园一座又一座的桥前，京城的时光十年不再回来，那棵大树，一夜之间就这样死去了，我真真切切像重新回到了少年。

　　少年眼中的一切都是美好的啊！卖香油的油篓和老人的胡须一样藏着神秘啊；少年嘴里品尝到的食物充满了无限芳香。土法轧的花生油抹在煎饼上，吃一口就馋掉了舌头。回到了少年该多好啊！忘掉了一路所有的颓壁残垣，忘掉那所有的惊涛骇浪，相信全村人都是好人的啊！在这大地上。

　　这一路少年的欢歌，也就回来了。看天空中的风筝飞舞，在原野上和小伙们比赛看谁能尿得最高、最远，一起听小黄雀婉转地鸣叫，或者就因为一次没有用巧力气而输掉一枚桃核而暗暗后悔。或者，罩麻雀的筛子会再支起来，或把新蒜和鸡蛋捣碎了，这就是天底下最好的美味啊，或把那没有袜子穿的双足，在冬天向阳的墙角掏出来，感受大地所给的温暖！

　　回到童年就回到了天真和简单啊，回到童年就回到了心中的坦然。相信大地坚实的力量，相信世间的美好总会战胜一切邪恶，相信风雨过后总会有彩虹在天空出现！相信童话里的那位白胡子老头，会给我送来万千福音……

　　回到童年就回到那没有一点心理负担的意境里去了啊！爱你所爱，想你所想，做你所做，说你所说……这世界上的一切，顷刻充满生机！这世界上的相遇，就有了无限爱意！回到少年，回到大地上的村庄去吧，怀着新奇和爱，去接近河流、山川；回到少年，回到那个相信人人美好的时光里吧，相信相信的力量，才能感知温暖世界的温暖。

　　我在颐和园里，行人渐渐增多。此刻，我就一门心思地想：回到少年！回到那一切为零的少年时代吧！

酒

酒对嗜酒者是好东西，酒中有乾坤，酒中有爹娘。酒让你骄傲，酒让你满足，酒会让你疯狂。虽说烟酒不分家，但我不抽烟，再好的烟对我都没有诱惑力。无欲则刚，对抽烟而言，验证了这一道理。我之所以嗜酒说起来要与工程队的漂泊有关，与我自己的工作有关，说到根子上，与我自己的意志有关。怎么都行，是一个哲学家阐述的道理；生活的辩证法，要学会怎么都不行。嗜酒者认为某某事离了自己不行，不喝酒办不成事，但一辈子不喝酒的人，也照样办成大事。我作为不馋酒的嗜酒者，追溯起自己的饮酒史，与家庭，与环境，与工作，与朋友都有关系。

父亲是我饮酒上的第一位老师。不喝酒的父亲性格很好，心地善良；可一旦喝了酒，父亲就变化成另外一个人。哀叹经历，指责亲人，怨声载道。念中学时，我曾经为父亲藏过几次酒瓶，每当父亲喝醉后，生拉硬拽地把父亲挪上床的那一刻，我发誓这一辈子都不要喝酒。但工作后，誓言很快被沉重的劳动和喝酒的环境所打破。从被第一口辣酒所吸引，到阴雨天里与工友们问盏，再到酒桌上逞强式地喝酒，酒就一直是我成长中的伴侣。工程队生活艰苦，但工程队盛产牛皮将。喝了酒，大伙就可以互相夸海口。你吹你有一个无与伦比的爹，他说他有一个天下第一的爷。酒精导致一个人吐沫横飞的同时，天下瞬间有了另外的光景。工程队人干活的实在和酒场上的争斗，成为反差十分明显的两个场景：一个硬，一个软；一个一点不掺假，一个心愿飞上天。酒场成为工程人摆脱劳累的福地。虽然更多的劳动者没有走出工程队无形的围墙，但很多人在喝酒的那一刻，心早变成了飞翔的小鸟。各种闻所未闻的体验，从各自的酒嘴中喷薄而出，发出手电光束一样的愿望与设想，一旦醒酒，道路就像关了电门的手电筒光束，人又重新回到现实中来。周而复始地喝酒，周而复始地汇聚愿望，手电筒打开又关上。工程队里的人乐此不疲。喝酒成为工程人的生活必需。喝酒时的你来我往，让枯燥的工作抛之脑后；云山雾罩的胡吹海捧，又让一个人变得飘飘然。记得曾住工班睡大通铺的日子，有大伙聚着一起喝的时候（冬天围着大火炉，夏天围着大露台），有一个人自斟自饮的时候（冬天揭开褥子在床板上喝，夏天圪蹴在墙角翻着眼皮喝）。有的人穷喝，一包花生米喝八顿；有的人富喝，今天猪肝，明天牛肉，后天则是猪蹄。喝酒者在喝酒中找到了满足，喝酒人在喝酒中渐渐增多了同道。我就是在泰安铁路西货场学会喝酒的。第一次喝酒是与小名叫大孩的同事喝酒（如今我俩已奔六，我还感觉叫他大孩亲切）带来的家乡兰陵酒，不到一块钱。一口喝下去，那叫一个辣啊！现在还会想酒不是绵长清香的吗？为什么那第一口，怎么那么辣啊！记得当时我是躺了一天多。多年以后，我与肥胖的大孩在济南火车站附近的一家宾馆里，俺兄弟俩再次把酒问盏，同为接父亲班的我们，回想我俩的老父亲，他们曾经就是这样和其他工友喝了一辈子。岁月在酒河中度过，也就无所谓痛苦。醉酒是最好的麻痹自己，营造美好气氛的方式。凡是在铁路工程队工作过的人，对酒都有一种的亲切感。那时，酒桌上的友谊，会持续一生。

铁路工程人不断地从一个工地到另一个工地，要想打开局面工作，就需要和外界喝酒；要想解除疲劳、沟通关系，也要在工作之余和同事喝酒。铁路工程人能吃苦，与喝酒有关系。不管一天有多累，一场酒，一场觉，第二天精血满满，斗志昂扬；二人矛盾再重，有酒就是神仙，二人会尽释前嫌。工程队划拳习气普遍。一女婿与其丈人喝酒，开始爷俩好，出拳规规矩矩，等到喝到一定程度，就哥俩好了。女婿仗着酒劲，就会对输了赖酒的老丈人动手动脚，强行灌酒，全无了辈分的限制，倒有了兄弟般的感情。一桌的酒客会起哄，直到输者喝了才罢休。工程队的酒故事很多，出洋相的人大家不在乎，不喝酒的人反而没有人缘。就在这互相攀比的气氛中，滴酒不沾者，少之又少。

大半辈子在山东工作，山东人的喝酒之风和喝酒规矩，全国出名。我在这酒风之中，渐渐成了酒疯子。工程人本身好喝，项目一开，自然要与社会各界打交道，不喝酒无法开展工作。铁路工程人遇到百姓的支持多，也遇到不少各行各业各地的流氓。别人看到文身的人满脸横肉害怕，我则认为这类人是纸老虎。在铁路工程队经历多年的人，都不怕这种表皮厉害的人。这些人中不少人都是浅脑子，以所谓"义气"轻松向酒低头，衡量他们义气高低的是酒量和酒的度数。酒量大，义气大；能喝高度酒，是一个人豪情的表现。最难对付的喝酒者，是那些不文身的当地人。有些人，喝酒成为博弈的砝码。

脑梗过后，医生就不让我喝酒了。我开始反思这一生的喝酒，不能再把自己的生命随便作践。想想过去的时光，简直是不知道深浅地喝酒，真是把自己的生命"置之度外"了。尽管我不再喝酒，但文友的酒场依然不少。看到文友伸长脖子一饮而尽，要在过去，我一定会大拍巴掌为他鼓掌，而今，却有十二分的担心。身边的朋友和同事，因酒而罹患疾病的人越来越多，戒酒的人也越来越多了。酒之味道，对一位大半生嗜酒的人而言，真是一言难尽啊！

只是对酒，多少还有那么一点情怀。虽然我从不自己在家喝酒，戒酒后，家中的酒也渐渐处理完了，但我无法否认，精神上我还是一个嗜酒者。一个被岁月浸染的老酒鬼。在时醉时醒的经历中，糊里糊涂地度过了快六十年。

酒啊酒，怎一个"酷"字了得！

垃圾人

垃圾人不是指捡垃圾的人。春节期间，采访了几十名北京各行各业的农民工，自然也有不少清洁工。清洁工虽从事的是"苦累脏"的工作，表情和内心世界却很可爱，很有趣。很多清洁工对不能回家探望父母和老婆孩子，一方面露出幽怨之情，另一方面也表达出乐天的释然。当一个清洁工把基本的求生放到最低的限度，他们思想的闪光点处处光亮可见。清洁工身上，藏着好多一般人所不具有的高洁情怀。所以，垃圾人与清洁工无关。所谓垃圾人，就是思想像垃圾一样的人。历朝历代都有。接触引车卖浆者多了之后，对道貌岸然者，就多了一丝警惕。对那些穿着考究的人，我一向是倍加警惕的。一个乞丐，可能不会引起我过多的警惕；相反，那些衣冠楚楚的"干净"人，却是我倍加提防的对象。和广大的劳动人民相比，这些衣冠楚楚者，有不少是口是心非的家伙。对上，溜须拍马，官大一级就叫爹；对下，则横眉冷眼，对他所看到的普通大众，他都认为他们比自己要愚蠢。这类垃圾人的思想里，不会有生命的平等意识，也无人性的光辉可言。颐指气使中，方显垃圾人的垃圾本色。

古时的一位落魄书生，家穷无钱，又想喝酒，就与好友上店家赊酒喝。一碗酒，与好友二人你一口我一口，断无读书人的高雅之态。临走，无钱付账。好友解下这位书生的腰带，取出笔墨，奋笔疾书，一幅书画顷刻而成。店家把书画拿去换得了十块大洋。经店家中间一转换，文人的高雅之气不至于荡然无存，店家的世俗之气也不至于污染看官眼睛。各美其美，磊落大方，有什么不好？！倒是那些巧取豪夺之辈，吃孙喝孙不谢孙，店家却敢怒不敢言。这类的巧取豪夺者，才是真正的垃圾人。

社会上有没有垃圾人？回答当然是肯定的。在很多公司里，有着这样一些人，他们凭借裙带关系而得到提拔重用，但肚子里却空空如也，以自己的无知去指手画脚，下属不听就会被其视为目无领导；社会上还有一种垃圾人，伪装成大师等，到处招摇撞骗。这些垃圾人，不仅危害了单位声誉、朋友友谊，也让整个社会乌烟瘴气。问题是这些垃圾人，常常像一位正人君子，常以正面形象示人，伪装得好像他在社会上有呼风唤雨的能力……普通人很难透过现象看到其本质。普通人怀着敬佩、服从、赞叹的心态，对待他们。垃圾人的言行之所以撑得住，与人们眼光的混沌和思想上缺乏深入分析有关。一个人当了公司的领导之后，就是万事聪明的榜样，有的员工就会抱着"只要领导说好就行"的心态，于是新的垃圾人又诞生了。

其实，断定垃圾人的标准在于一个人的心理导向。如果一个人他能将大众利益放在心上，他就能一生为官清正，克勤克俭；如果一个人处处为自己谋利益，搞小圈子，那他就离垃圾人不远了。人生一世，无能便难以生存，无计谋也走不远。关键要看是阳谋还是阴谋，是看长远还是看眼前，看他是为着一个人的利益而活，还是为着大众的利益而生。在垃圾人遍布的地方，一个人想正常生存都很难！只是，大多数人不是对垃圾人一点也不知，而是为了自己的生存，明哲保身，这就让一些垃圾人大有市场。

阴雨天，写了写这些垃圾人。今天，外出原本想开车，但想想雨天路滑，还是走路更安全些。垃圾人就像这糟糕的雨，看不出它有多坏，但却给人们正常的生活带来了很多打滑的危险。

老　街

　　老街在哪里？佛坪县城内，有一条200米长的老街。这条老街，两旁的建筑，雕龙画凤，好不美哉！是年秋日的一个下午，我与几位文友参观此地，十分欣喜于当地人的念旧心理，造就了这条老街。老街的影子，只有那块铭刻"老街"名字的石碑可以证明。古色古香的建筑，整洁一新的道路，除了诉说着这个城市简单的过去，并没有留下半点古道的痕迹。人在老街上走，感受着发生在这条古道上悠远的故事，纪念着古道的前世今生，为这古道而发出慨叹。

　　是的，就是这条古老的街道，记录着一个城市从无到有、从昨天到今天，从弱小到强大的整个过程。一条不过200米的街道，穿越时空隧道，写满世纪风情。山里的熊猫或许走过，金丝猴也曾在上面蹦跳。它倾听过一年又一年椒溪河水流的声音，看过山里的花开花落，聆听过赤脚的穷人急匆匆赶路的脚步声，也曾听过战马在山涧中的长久嘶鸣……这是一条唯有名字还镌刻在当地人心头的老街。历史的具象，几经重叠，已然失去苍老的身影。其崭新的形象，覆盖了历史的尘土；飘摇的门旗，在炫耀着现代经济的发达。曾经何时，这条老街飞溅起久久不落的尘土，古代诸葛亮的部队走过吧？近代的部队也走过吧？……历史，总在前人的脚印下往复叠加，时光增加着文化的厚度。当我一踏上这条老街，就拥有了穿越时空的感受，在简单的思索中，可以看到先民们步履蹒跚，风云变幻中，城市历经千番磨难。是的，这是一条品尝过辛酸的老街啊！这是一条记录下无数先人音容笑貌的老街，这是一条默默承载历史成长的老街啊，也是一条饱经沧桑而今犹在的老街……

　　每个人都有自己的故乡，每个人的心里都藏有一条老街。或者在城市，或者在乡村。老街，散发着古铜色的光芒，会让你回望一个家族的历史，一个村庄的变迁，一个城市的今惜。历史，总在老街中跳跃。老街，则是典型的善本书。在老街之上，写满了你对故乡的眷恋；大地之中，老街隐逸成一段神秘的谜语。有心人读到它，会勾起对历史的回忆；无心人看到它，也会发出思古之幽情。老街写满了生活故事，孝悌之情传承，温暖故事满巷。一段石墙，就是一个故事的见证；一段土路，写满前人填平坎坷的艰难。历史总在辉映中翻新，也会在对比中前进。走遍天底下的小城，城市会因古街道而闻名，你会因踏上古街道而激动！

　　佛坪古街道，算得上是一条短小的街道。曾几何时，生活在这座城市的先人们，经受着生活的磨难和生活的闭塞感觉，在重山阻隔之中，多年保持着城市弱小的状态，或者说，这个城市当年更像一个大村庄、一个小集镇，更像是一个无语的山里汉子。河水哗啦啦，经年累月地流淌，河床渐渐加大，挤压着小城古道的生存空间。老街在倾听中自惭形秽，先人们在奔波中寻觅更宽广的发展之路。在度过兵荒马乱的岁月之后，在经过自然灾害的践踏之后，在度过数不尽的岁月之后，老街终于在某一天，迎来了光明的时刻。开始有异域的大学生打起背包、翻山越岭而来；开始有辛勤的建设者，不辞劳苦，为佛坪送来更多开山辟地的技术。城市如苏醒的冷水鱼一般活跃，像大河一样灵动起来；大地复苏，百叶绽绿。老街迎来了自己青春焕发的时刻。老街之上，古屋倾倒而新房建起，层峦之中凸显一段新开的清明之境。虽没有斑驳的碎石路，却可见整洁的道路平展开来。我在抵达佛坪的当天下午，沿着这条古街道而行，感慨万千。一个城市的大小由历史造就，而一个城市人对历史怀念的情怀，却由现代人书写。这是由佛坪人完成的美好故事，城市街道古色古香，温柔的灯光是佛坪的性格，飘摇的五彩门幡在诉说着一条古街的新生。当地的同行者，曾做过文化馆长，他给我介绍着这条老街的过去与现在，介绍着每一处房屋的变迁，介绍着老街上的小吃店和大红灯笼的来历，也介绍着高楼和红门的设计意境……老街的一切在他的口中，如数家珍；当地人用当地话，介绍这条来自悠远岁月里的老街，正如听最年长的相声演员说最地道的相声，一下子把我拉到古老的想象之中。叙述之后是静静的沉默，只有椒溪河水的哗哗声和我们一起回味着老街所经历的历史时光。

　　从老街踱步归来，我的心情久久不能平复。老街之美，不仅在于它具有历史的况味，还因为它记录着现代城市的变迁；老街两头还没有完全拆迁掉的古房子，好像还在怀念着这个小城市的过去。第二天一早五点半，我就从宾馆起床，在椒溪河淘过五六块石头之后，我再次拜访这条老街。清晨的老街，在熹微之中，初见敞亮之色；店铺大都关着，偶有开门的几家，发出吱吱呀呀的开门声，打破这个城市的宁静。老街，就是在一天又一天的吱吱呀呀中醒来又睡去。我路过一个小商店，店家是一位貌美的女子，我向她讨要一个塑料袋，像昔日古道上向店家讨要一碗水喝的赶考书生。美女欣然允诺，操着当地口音，给我拿来一个最结实的塑料袋。我把石头，一块又一块装入其中，彻底解放了裤兜，人就轻松多了。美女的淳朴、善良，正如这条老街一样古风朗朗。昨夜沿老街北上，今晨从老街南下。到老街南口，让当地行者帮忙，在"老街"石碑前照相留念。我捧起双手，为佛坪县城的人们祈福。祈福汉中这座拥有一条老街的小县城，日新月异，一天天会变得更好。

　　走出老街不过上百步，就看到一条相对宽展的大马路，就是后来建设的那条名曰"新街"的道路。佛坪县城不大，一小时走个来回，应该问题不大。一条主街道，好像一个城府不深的人，看上去清清爽爽。几位卖菜的老农民起来得很早。猕猴桃、魔芋干、枣皮、天麻、蜂蜜……不一而足，我看到他们风尘仆仆的样子，急忙买了接连三个摊主的物品，仅野生猕猴桃就买了三家。也许是我回忆起乡下母亲当年的辛劳，也许是勾起我在边疆对农民的情怀，也许是三位卖家苍老的面孔感染了我。一位老太太，知道我离宾馆较远，见我拿不了沉重的野生猕猴桃，就一直帮我送过桥去。一路上，和她攀谈，老人快七十岁了，慨叹现在生活逐渐好起来了……望着她远去的背影，你会为生活在这样一个小县城里的人们的善良而感叹。

　　等文友们渐次起来，我们又一起到新街口的一家小吃店吃饭。店家所做的菜豆腐和面皮，非常地道。朋友从别处买来烧饼，几个人一顿早餐吃得满口生香。再次沿着新街、老街一走，似乎不用看什么博物馆，已经知道这个城市的大概。一个人所经历的旅程，要胜过阅读的万般感知。在老街之上，在这个千万国人走过，不少外国人贪恋的老街上，我来来回回走过了三遍。这三遍的每一步，我都把它看作是扣响我心扉的大鼓。古老与现代、文明与科技、发展与保留……众多意象交织在脑海里，让我对这条老街，充满了无限敬意……

　　佛坪老街，一条现代人需要永远记忆的老街啊！

冷　晨

　　每个人观察世界的角度不同，对世界的看法迥然有异。人和动物的差别更大。譬如鸟的叫声，那是鸟的语言，只是人不懂罢了。对一只正常鸣叫的鸟，愤怒的人听到了感觉懊恼，热血的人听到了感觉急切，闲适的人听到感觉舒缓。风就是风，风因人的心情不同而不同，张三感到爽快的风，可能李四倍感凄厉。这隐约是让人百感交集的世界。鸟巢悬在空中，世人感觉鸟儿八面威风，只有鸟儿知道高处不胜寒的难过。

　　人工智能的发展，促使人类连泡茶的欲望都日渐减少。风，依然是风，吹来机器泡出的单一味道的茶香，那禅味就不在了。二人、三人、四人、五人喝茶，人越来越多，茶味就越来越淡。僧人们聚在一起喝茶，人越多，越没有什么味道。禅茶之禅意，不单单是指僧人吧，茶禅之茶，不单单蕴含聚茶吧。一杯白开水，一个人，在茶树下，叫不叫禅茶？我不晓得！

　　世界越来越混沌，人把人自己弄得越来越不像自己了。我看到一只鸟在我跟前跳跃着鸣叫，就以为鸟儿在向我炫耀。一位老者对我说，鸟儿二十年前就这样叫给他听了，日日年年，春夏秋冬，乐此不疲。鸟儿啊鸟儿，我不知道若是一只哑巴鸟，怎么在这旷野里欢快地生存，怎么表达自己对这个世界的热爱与憎恶呢？

　　一条河，一条人工修理过的河，比自然之河畅流许多，却没有山间小溪那般自由。自由蕴含着什么？是对山川的敬畏，还是对周围一切的适应？

　　一棵被圣人歌颂了一生的竹子枯萎了，风都懒得吹它一下。在把盏问茶的日子里，茶量、水温和时间恰到好处，成为一个品茗者到底的坚守。而一个不谙此道的茶客，也许就从懵懂之中破除了一般遵循，但他却可能因此获得了世间生活的真谛。

　　一瓶插花，一个茶则，一盏红茶，或者一个茶托，语言幻化它们的质地，而只有心中无禅的人，才会进入禅的境界。乡下把一杯水也称作一杯茶。民间的素朴，不是靠标榜什么来获得认可。最深奥的哲学常在肤浅之中闪现。模仿一个人的语气去杜撰他人的行踪，会让慈眉善目者戳穿这种把戏。不用追究玩这种把戏的人的罪恶，尽让他一直把这聪明揣在怀中洋洋自得去吧！什么都不要说，一点不说等于把一切都说了。

　　这个世界真好，轮回的东西总在轮回之中，而渴望轮回的总在轮回的困惑里失望。语言绕杀着一个人最原始的思维，当声声鸟叫里传出自由的声音，是否会惊动一个坐禅者孤寂无望的清晨。

　　鸟不会喝茶，鸟只懂得喝水生存。哪怕是一滴雨水、屋檐水、污浊之水，只要能活着，那滴水就是鸟儿说不尽的福音啊！无关乎禅。

冷兄，走好！

正在看一本内容激烈的书，收到同门林坚师兄转来的微信：惊悉冷成金教授昨晚因癌症晚期医治无效仙逝，享年五十九岁。冷成金教授千古！我猛地愣在那里。不敢相信这位慈祥的老哥，竟然这么快地走了。虽然早知道冷兄患病，但这一消息还是击中了我，令我猝不及防，久久不能回过神来……

与冷兄最初的相识大约是在1988年，那时我有一个同乡刘思全在苍山一中教书。彼时，我去看曾在流井中学教过我数学、做过我班主任的恩师陈为勇老师，当时思全还是一位风华正茂的青年。我的脸和他的脸都带着乡下人黝黑的肤色，个子像没长开的树。课间，几个老师与我一起聊天。那时，我在铁路工程队工作。现在对那几位老师的模样已经忘记了，当时一个高个子的人对我倍感兴趣，问这问那，我一一作答中，感觉到他对外面世界的好奇，这个问询我的人就是冷兄。冷兄大约出生在苍山县中部，和童年在北部山区长大的我们自然不同。他个子高，脸相对白皙，生活环境上的差异，形成了我们不同的体型。苍山一中一别后，我与思全每年在春节时总要相见。印象最深的是，过年回家他帮我挤车，功夫了得。生活的很多细节，预示着人生的不同境遇。我爱面子，没有挤车的功夫，一生平淡。而敢于挤车的思全先生，先读研，后考博，再后来到济南大学教书、当院长，风风火火，堪称人中豪杰。我把思全作为我人生学习的榜样。虽然人生节奏未必如他那样明快，但也发挥"蚂蚁啃骨头"的精神，大半生与书本为伴，接班、考学、读研、读博士。遇到重大事件，我总会和思全商量。从山沟沟出来的学生，格外珍惜世界的恩赐。我们没见过世面，一直渴望去看看山那边的风景。与冷兄一别后，多年没有联系，对冷兄的印象，还定格在苍山一中的瞬间。

后来我从济南局调到京沪高铁公司工作。一次，山东同事刘福斌的同学负责央视"百家讲坛"节目录制，邀请我到现场听讲座。只见一个高高的教授，操着山东腔，讲课时神采飞扬，他所讲的《论语》蓦然把我带到某个熟悉的场景。我突然想到十几年前在苍山一中的对话。再看那高个子教授特有的苍山脸，一下子让我认定他就是我的老乡。但我不敢把苍山一中老师和一位大学教授联系起来。讲课间歇，我与他搭讪，没想到他却一下子叫出了我的名字。他一拍我的肩膀：你小子，竟然把我忘了。冷兄这一拍，异乡飘零的万千感慨瞬间涌上心头。我与冷兄愉快地叙谈着那年一别后各自的变化，犹如古书中的书生，在京城相遇，把酒话桑麻，那份感受，只有亲身经历者才能体会。

我们互相留了电话，冷兄告知了我他在中国人民大学的办公室，说有时间可以去校园找他。我满口应承，虽爱文学，但彼时我在高铁建设一线忙碌，真是没有时间。等有一天我受邀到冷兄的办公室时，才知道此刻的冷兄，已经是学冠中外的大学者了。假如没有故乡的基因，我这"冷兄"的称呼难登大雅之堂。冷成金教授已然成为研究苏轼的大学者了，当我接过他送给我的两本书时，心情非常激动。冷兄依然是能够沉下心来读书做学问的人。与冷兄一别十几年后，他已是京城里让人钦敬的大学者，我赞叹之余，肃然起敬。冷兄则和我开着玩笑，俨然学问是他在操持着的另一项工作。

再与冷兄接触，已经是我考取刘大椿老师的博士以后的事了。我要体检，当时工作忙，冷嫂子在人民大学校医院，我七拐八拐找到冷嫂子帮忙，得以认识冷嫂子。冷嫂子是家乡人，有着家乡人的实在和乡音。老乡相见，分外亲切。

在京城里的苍山老乡很多，但我和苍山老乡的接触越来越少。不是我另类，实在是人的志向各异。同一个地区长大的孩子，不一定会终身围绕着一个圈子玩。冷兄对学问的态度让我学习，但冷兄对身体的忽视，也让我不得不提醒他注意自己的身体。这位视学问为自己终生事业的学者，不仅写了几部研究苏轼的大部头著作，还编写了苏轼的电视剧。冷兄是一位与时俱进的学者。他对古典文学研究的热爱，超出了我一个写作者对写作本身的热爱。后来与冷兄的同学和学生一起吃饭或在吃饭时巧遇，倍感亲切。在京城里同一所大学，有几年相聚的时光，好像命运中有前世的安排。读博的几年，和冷兄的交流，大多时光匆匆；手机信息交流，也是短短数语，但其中真情，只有亲历者所能体会。得知冷兄仙逝，找出旧时手机和他赠我的书籍，殷殷故土乡情，令我涕泪涟涟。

我不是做学问的人，却与很多做学问的人接触往来；我不是一位优秀的作家，却与很多优秀的作家是好友。冷兄是个伟大的学者，更是一位优秀的作家。他所教的学生中，有几位对我有过切实的帮助，有的人曾对拙作做过评论；有的人曾在文艺学理论方面给我做过指导。学生承接了其师风范，骨子里的文化传承让我知晓了文化血脉的一脉相承。我现在也在几所大学担任着校外导师，虽不揣浅陋，但待生如子、如弟兄姐妹，不能不说也受到过冷兄的深刻影响。

斯人已逝，光辉永留。冷成金教授千古！冷兄走好，好心人踏入天堂的路，也是安静美好的。但愿天堂里的冷兄，不再有世间苦痛的折磨。您的微笑和乡音，会成为同道和后学们前进的力量。冷兄，请您走好……

闹中取静

正午的阳光和风总是同谋，一起暖亮起来，正如冬夜里寒风和月亮一样清冷中保持团结。

有一年，春节前后那几天，我在阳光下开车在长安街上奔跑。我一时发现，原来这条街道是那么宽展！因为平时的北京，人真的是太多了。是的，颐和园游览，看到的都是人头；香山看红叶，正如五一节游泰山，就是昆玉河边的垂钓者，也因为人多没有了独钓自思的快乐……一切都在苏醒，一切又都好像虚幻着什么。朋友的话也多了起来，一两个字就能表达的东西，被她包装成长长的欧化句子，你只能从中找寻关键词，正如一棵葱，剥到最后，你发现什么也没有，还不如囫囵吞枣式地把葱吞向口中；这是一个语言都不甘寂寞，而变得虚幻、臃肿起来的城市，如川流不息的车流；冬日的雾霾，会趁着阳光出差而匆然抵达，这是十月的天空。到颐和园里闲逛吧！看一眼寂寞的巨石假山和石舫，听一听抖空竹人的心声，或者静静地看耳鬓厮磨的黑天鹅在湖水中游弋，正是最后一抹秋阳最盛的时期，阳光的暖和风的冷，让一个人保持非凡的理性。牵牛花，昨天还只有三朵的，今天却开了另外两朵，新生命的绽放总是让人欣喜！雪映岸边的时候，一棵倔强的不知名的草儿会钻出来，顿时让满园增色。皇家园林的宏阔，一点也不嫌弃这花花草草，在这断断续续的行走中，和清朝对话，与历史人物沟通，向玉带桥倾诉，这是属于一个人的寂静啊！颐和园的晨练时分，总是涌上来许多久居京城的老年人，如刚到颐和园里游过泳的年过九旬的老大爷。你还会在熙熙攘攘的人群中碰到静默着在路面上写字的老大爷，他笔走龙蛇，看，鸡鸭鱼狗，跃然而出；帅男靓女，惟妙惟肖。我一个人坐在湖边的一块巨石上，旁边是一棵落去花果的桃树，近处是金碧辉煌的寺院，远山一处高高耸立的青塔。颐和园里，游客也幻化成这园林中的一景，你所需要的境界悄然抵达，在宽阔的水面上，天鹅展翅绕寻一周，据说是为了清晰权属范围；一只早起的鳖，浮起又沉下，怕是已有了几百岁的年纪；那些祖先听过雍正言语的燕子子孙们，此刻已经飞向了很远的南方，躲避着时令的侵袭；我走上一个台阶，再看满塘的衰荷，已无夏日的景致……

如果有兴趣，你逛完了植物园，可以乘西郊线再继续攀登香山，碰巧赶上好天气，红叶也会给你笑脸；要是阴天，巨石也对你狰狞起来。就好比一个人得势时总是笑脸，失势时万千沮丧。你似乎听不到游人纷繁的脚步声，风儿依然和你的心情一样心猿意马，酸枣树上几枚硕果仅存，阳光一照，孤独顿时蔓延开来。你想到一枚红叶，南方水镇的红叶，它躺在树上，借着树叶铺设，就犹如在天上悬着一般。在熙攘的人群之中，你就是那一枚静静躺在书海中的红叶啊……

其实，路边一转就是另外一片湛蓝的天空了。拥挤的车流里，红绿灯给你划开一道微光，一家路边的书店把你瞬间吸进去。寂静扑面而来，我在里面一点点踱步，生怕惊扰了这寂静的空气。从一个书架到另一个书架。一本关于鸟的书，作者来自二十世纪，一页页写去，把鸟儿写成人类，每篇文章末尾，是精心绘制的鸟的插图。为一只麻雀写三四页文字，绝对透出了孤独人的内心世界。而今，快餐文化让人目不暇接。另一本"鸟书"，则让人十二分地惊奇，左边是文字介绍，右边是鸟的图画——雏鸟、成年鸟和老鸟，鸟鸟不同。高清晰度的鸟群像，已非前一本可比。一页一页，我都很感兴趣，我一页一页地翻过去，心里十分欢快，鸟儿给了我奇异的心情，让这个寂寞的下午充满了鸟鸣声。一本描写高铁的书籍，我拍了其中的两张图：一张是动车行驶在轨道上；另一张是站房矗立在雪山中。这样唯美的画面，和《俏皮话字典》一样有意思。在一本书中，手工绘制的上千种蕨类图画，看上去比最美的国画大师的画儿都美……我站在书橱之间，灯光取代了天光，我也不愿意出来，这一下午，躲避了街上的喧闹……

当你背对文坛、面向文字，才会发现文字的可爱与温馨之气。学会在吵嚷的酒场上倾听一个老友的声音，整个世界会寂静下来；几位学生论文中的重复语句太多，在大刀阔斧的砍削中你会发现明亮的珍珠。有一颗平常心，你就会超然在世界之外；有一双锐利之眼，你就会在各种惊扰中穿越时空；有一双勤快手，你就会在岁月匆匆中，把握许多不可能……茶是酒的伴侣，酒是茶的先生。陪伴，未必改变各自的品质，岁月改变的只能是岁月本身。

我喜欢在闹市里寻找寂静，汪曾祺的一段话，王鼎钧的一首诗，当今网红的一段视频，朋友的一段慷慨陈词，或者是一位企业家的幽咽悲歌……我在这喧嚣里找寻一条寂静的心路，每天，每天，我和横向的亲友不同路，也和纵向的自己不同路。一位学者的呐喊，让我慨叹昔日美好的胡同；建筑伦理教授的大作，会引发我的唏嘘；企业家为民抢织口罩的责任，也许会让我的心海泛起波澜……

一路走来，在日渐硕大起来的城市里，我越来越像一只寂静爬行的蚂蚁，一只从中心走向边缘的蚂蚁。沿着墙角，一边听着行人的脚步声，感受着历史的风和现代人的狂叫，寂寞打开，悄然伸出孤独的双手，迎接风和阳光。在这个城市里，唯有理想中的故乡和历史链条中的人物与我相伴……

螃　蟹

这世界，横行霸道的东西，虽然难看，但吃起来味道鲜美，好比螃蟹；同样，温柔婉约的东西，可能好看，但却会令人丧命，譬如罂粟。昨天周末，辞了几个无聊的约会，就是为了品尝朋友家的螃蟹。

我很少去别人家吃饭，总以为在酒店里吃饭才更显朋友交情。其实，家宴开启的是另外一种情调。在酒店那种以宴会为美的地方，人的话语过于注重形式感，吃饭也有了拿腔拿调的味道。如若在酒场上，被别人当枪使，或者被抢白几句，的确会让人难受。一个本来为了友谊而去的场合，却遭受非自由的待遇，这样的聚会不去也罢。人到了一定年龄，虚荣和浮夸已经是过眼云烟，会回归到生活本质，过于重视仪式感的饭局倒不如自斟自饮来得更可靠些。但我没有在家里一个人自斟自饮的雅兴，所以，一碗饭，一锅汤，就能把我的晚餐轻易打发了。

入秋以来，在酒局上吃过几次螃蟹，当着众人，我很难把一个螃蟹完整地吃掉。一则是小时生活在山区，螃蟹是捉来玩的，哪里吃过？所以不像江浙一带人，会吃螃蟹，里面的肉抠净了，还能摆成螃蟹的形象。关键是在酒店里，很少提供吃螃蟹的工具，咬蟹子腿，常会塞牙。美味和难受之间，只好选择放弃。吃螃蟹就得静静地吃其腿，如果把腿放弃了，犹如一位志在疆土的将军放弃了大片领地。再则是，在酒店一次最多吃一只蟹子，馋虫勾起来了，螃蟹却没有了，在酒店吃螃蟹，不能尽兴，所以我一般在酒店里很少碰蟹子。

来北京诸多尴尬事，遇到螃蟹一样横行霸道的人，真是无可奈何。这个世界上，一个人很难走到另一个人的心里。如果一个人时时处处以自我为中心，就难以理解别人。多年前我曾帮我一个朋友处理过一件大事，当我为了一件小事去找她时，她的回答真是让我心寒。尔后转念一想，我太有点小家子气了。帮过别人未必要记得，但一定要记得帮助过你的人，就如美味入口，一定要记得它味美的时刻。

周末，一周的劳累如释重负。能被朋友约吃螃蟹，而且在其家中，不能不说是一种幸运。当然，朋友必须是好友，不能是那种一句话说不对，一件事办不好就贸然翻脸的朋友，要不你正吃着蟹鳌，一语伤来，猝不及防，那鳌卡了牙缝，堵了嗓子眼，就会让你更加难受。朋友得是真朋友，可以亲如家人的那一种。三人吃蟹，竟然蒸了九只。记得有一次在青岛吃海螃蟹，我最多吃过两只，这三只螃蟹，一时把我镇住了，顿时和朋友打开了话匣子。美食容易俘虏一个人，我被这三只蟹子牵引住目光，桌子上摆着一剪、一刀、一撬勺，朋友说是用姜水汗蒸的。人活一生，也如这蟹子，生活的压力犹如滚烫的热气，压迫得人无法躲闪。膏黄多的蟹子就如积累丰富的腐儒或商贾，会被更多后人追捧、评点。这秋天的蟹子啊，一个比一个肥实，尽管被煮熟了，一个个依然不失活时的风采。我打开一个螃蟹，香味传来，我真想一口吞掉，但这螃蟹颇像读了多年博士的人，一定要把文章分出许多章节，逼得你不得不一条腿一条腿地吃，取脐、揭盖、掏鳌、掰腿，螃蟹蒸熟了，仍然要你以十二分的虔诚，富有仪式感地去吃它。在朋友家吃螃蟹，正对了螃蟹的这种气质，没有酒店里的正襟危坐，更无在家吃独食的肆无忌惮。有点仪式感地吃螃蟹，真能磨炼一个人的脾气。耐心是吃螃蟹的心性要求，净则是一位高品位食客的技术品质。看着盘子里三只在夜灯下泛着红黄之色的螃蟹，这时候是一定要发一个朋友圈的。在完整的美食消失之前，保证美食的完整性，这是一个食客最基本的道德，我自然也不能例外。虽然吃螃蟹不像吃地瓜一样熟练。记得数周前，曾吃过 L 朋友的朋友寄过来的螃蟹，我不会吃，放在锅里煮了，螃蟹膏黄被煮成汤了，真是枉费了朋友的美意。这三只螃蟹刚发到朋友圈，L 朋友就诘责我怎么吃螃蟹不想着她？我哈哈哈大笑，吃螃蟹醋的好朋友一定不少，下次到朋友家吃螃蟹我一定会喊她一起来！

吃完三只螃蟹，嘴瘾被吊起来了，一时不知道再吃什么为好。朋友说，人家送她十二只螃蟹，昨天吃掉了三只，昨夜跑掉了一只，还剩八只。一上午正愁晚上如何给三个人分配螃蟹，中午时分，她读书时恰好发现那只螃蟹正在板凳前摩挲，失而复得的欣喜让她兴奋了一上午。将这只跑掉的蟹子捉拿归盆后，下午蟹子又跑了。这是一只多么渴望自由的螃蟹啊！它如果是人，一定是位善于折腾、顽强不屈的人。朋友又陷入分配的苦恼之中，我快到她家的时候，天佑朋友，那只螃蟹又悠然大肚地出来了。朋友如获至宝喜出望外，洗刷后直接入锅蒸煮。

最后话题转移到螃蟹是卵生还是胎生上，打了一个小赌，我认为是胎生，因为小时候看到小螃蟹从老螃蟹的肚子里出来；她说是卵生，相持不下，查了百度，原来是螃蟹把卵下在肚子里。小小螃蟹，竟然这么富有心机。

恰　好

　　《菜根谭》是本好书，每读一遍，犹如一个老人在耳边絮叨。其中有段话"文章做到极处，无有他奇，只是恰好；人品做到极处，无有他异，只是本然。"说到了自然处事、平衡心态的重要性。当一个人对自己的成绩夸夸其谈，把自己的文章吹向天去，把自己的书法看作一朵花，就偏离了这种自然，前景大多不妙。《菜根谭》常在细微之处给人以点拨，简单一两句，细思道理却极深，有时如醍醐灌顶一般。此书中还有言：心体便是天体，一念之喜，景星庆云；一念之怒，震雷暴雨；一念之慈，和风甘露；一念之严，烈日秋霜。何者少得？只要随起随灭。廓然无碍，便与太虚同体。人修炼到家，才能波澜不惊，拈花微笑。

　　这世上的张狂者太多，源于他们对欲望的极端追求。追求适当的成功，值得庆贺；但追求过度的成功，就值得思考了。犹如喝酒，一个人半斤的酒量，非要狂饮二斤，怕是要给你带来无穷的后患。凡事平常心，内心深处就会有一杆秤。你在世界上活着，不是为着大红大紫而活，也不是为着别人而活，只不过是生命的延续罢了。恰好，则是一种最美的状态。心态不悲也不喜，步履不慌也不忙，学习不急也不慢，那份心情的妥帖，正是来自这种度的把握吧！

　　人这一生，更多时候是自说自话，自我劝解的过程。别想试图说服别人，改变别人的生活轨迹。你且看去，世人皆有自己的思路。"淡泊之士，必为浓艳者所疑；检饬之人，多为放肆者所忌；君子处此，固不可少变其操履，亦不可太露其锋芒！"这个世界上，没有人规定你如何去言行，好像怎么样都行；但又处处规定着你如何去做，好像怎么做都不行。优点就是缺点，今天就是明天。所以，在不必挂怀中还需要挂环，在追求和平淡之中找到自己的平衡点。

因此读书未必一定要如古人那般去读，《群书治要》可以不必当作治国之策来读，也可以当作修身养性之书来读；《白鹿原》不一定要当作文学书来读，也可以把玩其中的历史；科幻书籍不一定追求其中的噱头，看看作者的巧思也不错；数学家的自传未必是生涩之作，拿来读读其中的文学韵味也不错。以"恰好"的心态来读书，读书就有了多面性。就如软软的豆腐，可以做成豆腐干，也可以做成臭豆腐，全靠自己的心态去平衡。

《菜根谭》所强调做人的根本，其实就是平衡之术，阴阳之道，和谐之技。如"遇沉沉不语之士，且莫输心；见悻悻自好之人，应须防口。"该书一直在追求一个度字，快中要有慢，强中要有弱，大中要有小。如"冷眼观人，冷耳听语，冷情当感，冷心思理"。其文的妙处在于始终把握一个适中的度。该书的作者知道，红得发紫，也就离毁灭不远了。

这世间，最少"恰好"二字，只不过世人对"恰好"的理解不同罢了！

且　写

人一旦踏入了写作的河流，就会在泥沙俱下的环境里生存。作家多穷酸，穷酸者，自有穷酸之理。20世纪80年代，正逢改革开放初期，爱好文学的青年人，一批又一批爬格子成为时尚。那时没有互联网，文学函授开始出现。记得当时我在铁路工程队，参加了不少文学函授——属于看戏般的爱好——也受到所谓函授老师一对一的指点。倏忽四十年过去，再看那青年时代的懵懂，重读函授老师的回信，大多仍然是一知半解的。作家，固然不是教出来的，但文学却有其传布的规律。所以，写作者在青年时代遇到学问相对高深的老师，对作家一生的写作很重要。参加文学活动，不能和文学创作轻易画等号。有人组织了很多文化活动，在文坛上也很有名，但自己却没有一部拿得出手的作品。把作家神秘化，实在没有必要。作家和画家，有相同处，也有不同处。画家如不临帖，深学古人书画，泼墨出来的画，就不上路子。作家如果只会写像写行政报告一样的文章，作品十有八九是三流货色。

山东人喜欢作文，盖因孔夫子影响所致。山东，礼仪之乡，儒家教育重视"忠孝"。作文也是如此，三句话会不离说理之道。《论语》是讲道理的经典，《聊斋志异》又何尝不是讲道理的大作？时至今日，我还没有改变讲道理的写作方式，山东籍的标签，已经让某些东西深深植入脑海了。当然，一辈子振振有词，讲的道理多了，自己也感到厌烦。

作家的境界，其实不在"大我"与"小我"之间，而在于分辨出真实与虚伪，美善与丑恶。真正的忠诚于文学，不是形式上的大而全，而是内容上的少而精。文学上的探求，思想固然重要，但为了追求思想的所谓深邃，而离开现实的土地，大多后果不妙！

去植物园，看到曹雪芹老先生昔日住过的房屋，再读胡德平先生所写的对《红楼梦》一书诞生的追索故事，慨叹作家的成就与其经历关系很大。曹雪芹的著作之所以字字是血、声声是泪，与其经历关系很大。他的家族原是名门望族，到了曹雪芹这里，家道中落。曹雪芹若没有这份先荣后衰的家庭经历，深邃的思想断然难以涌现，也不会备尝人生的冷暖，对兴衰的解读不会这番别异。很多作家在大病之后，作品与以往截然不同，会超出凡俗作家写作的窠臼。所以，作家的写作，不必追求千篇一律。王鼎钧老先生，人近一百，仍然笔耕不辍，与其意志固然有关，但更与其经历和读书丰富有关。他一生的写作，看似前后风格不一，实则一个"真"字贯穿其中，他的一生将一个"真"字用不同的风格去诠释。几近百岁的老人，仍有少年的童真之气，这正是写作者所要竞相学习的。鼎公文字之美，绝非琢词磨句所能概括。其文章之美，已经超越很多学院派作家的作品，也让当今许多自命不凡的文学新锐汗颜。鼎公文学之美，是骨子里的醇美，是大势上的磅礴，是语言上的返璞归真，是舍弃刻意追求的大爱之作，是处处"小我"的"大我"之橡。读鼎公的作品，会有复调的享受，他的文字如钢琴曲般的优美。"大我"不是吹出来的，而是在作品的境界里让读者咂摸出来的。标签式的"大我"未必是真正的"大我"。

扯远了，再来谈谈写作者的宿命。写作是表达，发表是形式。写作者的作品，有的是想给人看的，有的纯粹是为了自我宣泄，对前者，我总认为难成大家。给人看者，写作时多会失去了真诚；对后者，则有直接舀来污水当蒸馏水喝的忧虑。一个编了一辈子小报的文学编辑，喜欢用自己的文学理论去糊弄文学爱好者，他所倡导的写作主张是否属于高境界的文学主张实在不好置评。"文无第一，武无第二"，对写作而言，用一把尺子来衡量，还真是不太合适。所以，对一个写作者而言，且写吧！且写且探索，总比听那些空谈家所谓的经验要好，只是不要顺着一个腔调写作。做豆腐需要模子，而文学是熬粥，粥好喝不好喝，不光是配料，也要看火候，这些考验的常常是作家的耐性、智慧和眼光。

趣　活

去大兴，路过一热闹许久又沉寂许久，现在刚刚苏醒的超市。见一茶社，一人枯坐，八一年出生的男士，当地人。遂坐下，喝茶，充电，闲聊。海阔天空。从茶道到水果，从过去到现在，从城市到乡村，越谈越热。兄弟敦厚，在下赤诚，一拍即合。小弟木讷憨厚之相，禅意十足，我们兄弟二人互相无所顾忌，倾心相谈。把茶问盏，好不快哉。

往前追，上午去一兄弟处小坐，本应为小弟接风洗尘的，未曾想被小弟买单。吃山药、藕片、大份土豆片，腥膻之食不再为主。二人世界，张三李四，山上海下，山东山西，云里雾里，现代人言语，云山雾罩，东扯葫芦西扯瓢，话语不聚焦，话锋却时尚。无酒无茶，喝的是夏天里的酸梅汤。蔬菜不应季更好，犹如夏天里滑雪。吃相也不注意，左邻右舍，吃的不再是菜，话比菜香。人虽疏离着，却有着十二分要表达的愿望。饭后拟去大兴，想乘地铁，请客的老弟不让，坚持驱车相送。恭敬不如从命。地铁要花两个小时，汽车不过半个小时。车上闲聊，顿增许多野趣。说说笑笑间，大兴旋达。

挺好，阳光晒在路边草莓摊上，草莓筐侧，一非土非洋女子，问我是否要买草莓，我想以往我要从工地归来，一定要买上两小筐。但今日来看徒弟，面子要紧，超市里水果没有这般新鲜，却比在这里买有面子。有些事情仪式大于内容，做足了戏，内心才会安宁，虚荣有时也不是坏东西。大把阳光拽到心里，身上出奇地暖，一直暖到脚后跟。少时脚跟裂，一冬天张牙舞爪，抹蛤蜊油，脚跟却不领情，被冻的脚趾，春天里特别痒；好像穿棉鞋也不管事。现在天暖了，纵然脚还是那脚，却不再裂了，初春的脚后跟，也不再痒了。老天爷欺负穷人，现在，我像刚刚爬出穷海边缘的人。感受阳光的暖，阳光真暖，即便是冷生活里，心火也在燃烧。我在这大街上走，从北走到南，从西走向东。阳光洒满脸，晒透身，一直追逐着我，——春天的阳光真好，就想在这阳光下漫无目标地走，一点也不想，不想到没有风和日暖的屋子里。

见到卖茶的女子，茶品杂乱无序，摆设如同女人的梳妆台，喝了两杯，茶不对味，话不见多，旋即离开。隔壁是装裱店，店主刚搬过来，指点一装裱样板，要多少"银两"。我想起自己的"游燕斋"，文章后备注了三十多年，书房里无一块悬挂的牌匾。同门师兄撰写的大字依然压在箱底，名家之题也束之高阁，感觉人生缺少了十二分的趣味。今年最大的愿望，但凡闲，定请气定神闲之友，高洁圣雅之士，再书"游燕斋"三字，挂于书房之上，定魂壮魄。想那日日皆喊的"新生儿"，从心里蹿出，从笔下游走，也要对得起这神笔圣力的牌匾。装裱店旁边是几家花店，花店旁边是茶店，茶店另外处，则是一家水果店。难见到的小国光苹果，是少时的宠儿。欲买来吃，却看不到店家值班。人的欲望，就在无形中变成有形，让自己成为欲望的奴隶。这世间的名利，无时无刻，不在构成着诱惑和考验。

我最终还是在这整齐洁净的茶店停留卜来。奇奇的茶水壶吸引了我，壶是透明的，现代人喜欢一切透明。茶室虽小，气魄却大。插花，高低错落，合了文章之道；灯光，有明有暗，有冷有暖，有曲有直，形成光与影的幻觉。一面厨子里，各式茶壶、茶杯、茶碗，一应俱全。错落开的两个茶台，主人偏坐在靠里的一张茶台前。主人名字叫宋超，话语不超，人极度低调，红衣素颜，亲切而稳重。他背后有四个圆形饰物，里面有节能灯，圆框内有茶盏，似从古月而来，正映入我眼帘，喜欢之极。主人在四圆正中，有天圆地方，物我相接之状；三幅字，一正两偏，相得益彰，想必民国文人会喜欢，厚重者敦实有力，俏皮者如春风杨柳。满屋景致，惹得茶香四溢。宋超老弟会泡茶，我直喝得如上辈子就认识的兄弟。此刻，我甘愿做"长戚戚的小人"，与宋超老弟一款茶一款茶地喝下去。直喝得通体发热，打通了经脉。但觉身体水平面已满，超弟指点内室偏门，以解决内急。不知不觉间，几个小时乐淘淘过去，这舒畅的饮茶，竟然让我有了醉酒的感觉。一时间，竟忘了来看徒弟的初衷。

　　等聪明的徒弟凭借着我的大致定位七找八找来到这茶室，我和超弟，已经憋醉如热锅中的龙虾，两颊泛红。茶水也醉人，特别是春天，披满阳光的身子，享受着这参差茶饮。我俩竟然也不知喝了多少壶，只是频繁地如厕；徒弟来到，却也一见如故，坐下喝了许久。

　　从大兴回来，想这次品茗，竟也有十二分的迷醉。当夜无法安然入睡，直至晨光初露，方才迷迷糊糊地睡去。当阳光再叫醒我时，一场梦中美丽的故事，正是酣畅淋漓之时，我喜欢这阳光，却又对这阳光，十二分地嗔怪着。

　　这阳光，这茶啊！嗨嗨……

人生时时是清晨

一天之计在于晨，一年之计在于春，是古人的话，也是长辈教育晚辈的话。没有人考虑它对与不对，传统的东西，人们习惯于接受，习惯于在倾听中去快乐地实践。在经典古句面前，人们往往懒于思考，过着被动相信听从的生活。其实，经典有其对的一面，但深挖，也有其偏颇的一面。

人的一生，从生物学意义上讲，是短暂的生命。长生不老的记录，至今从未有过，今后也未必有；但人的思想却是无限的，从这个意义上说，人的潜力是巨大的。承认人思想的无限性，就为短暂的人生找出了多元的发展方向，会发现古典金句在这样的视域下，原来也有可以挑战之处。

于是，一天之计并非只在清晨，对一个疲惫的旅行者而言，醒来既是早晨，他的早晨可能从中午开始，中午象征着早晨；对一个善于想象、热爱生活的人而言，不会因为失去早晨的清新而懊恼，却会为获得正午的阳光而深感温暖幸福；不会因为拥有了早晨就认为拥有了一切，而会为当下的这一刻而去做百般的努力！当时间的界限被我们冲破，思维不再拥有更多藩篱，生活充满了想象，清晨是清晨的自我保护者，人生跨越的自然就是另外的台阶样式。

在这样的逻辑之下，你不会再从一年之中只考虑春天。错过了春天的播种，也有适合夏天插田的秧苗；没有享受秋天的金黄，冬日的雪景也有其内在的美丽。在这样的心境之下，人生时时都是清晨，人生处处皆为美景，人生是需要自己去不断地挖掘的。是的，这样的人生，才堪称辉煌、壮阔的人生。

老不做少事，是强调阶段性选择的重要；但倘若一个人老了，抛却名利的困扰，像一个孩子一样天真无邪地生活，就没有了叹息往事的尴尬。事实上，古人说了很多模棱两可的话，与其在这种互相冲突的文化中折磨自己，倒不如随时思考自己该如何潇洒地度过一生！

单向度的时间之箭，指向的永远是未来不可知的方向。回头看，每一段时间的分野并无二致。也许在那一刻，你因为停顿，而长出了二两肉；也许在那一瞬间，因为迟疑，你耗费了美好的时光。如果认真看待时间，透过时间的表象，你就会知道时间的公平性。时间，无论早晚，无论春夏秋冬，无论你的胖瘦，它总在客观地存在着，也总会无情地一点点消失，即使你孤独地死去，时间也会活在世间鲜活的生命中；你每天幸福地活着，过去的时间也没有一丝一毫地增加。从这个意义上来说，没有理由去褒贬时间，我们所要改变的，只能是对待时间的态度。

人在世界上活的就是一种心情。内心光明的人一生光明，拥有的幸福超过别人；精于算计的人，人生很难过得潇洒。时间，对每个人都是公平的，打开了一扇窗，关上的却是一扇门；抓住了清晨的时光，未必拥有中午的阳光。不必为一时的错过而懊恼，却应为点滴的奋斗而欢呼。

我不会因为拥有了今晨而自得，也不会因为一天早晨的沉睡而懊恼。时间不紧不慢，我也悠哉乐哉。在这个世界上，抓住时间的方式未必靠整日加班获得，找寻未来的方式不一定选择匆匆赶路的方式。顺其自然，不是一句可有可无的话啊，其内在的道理蕴涵着人生时时皆清晨的思想。记住：你以温顺的态度去对待时间，时间就会回报你一个幸福的微笑。时间的微笑总是那么甜美……

散文的真善美

　　散文最需要真实情感的表达。散文作家的眼睛要面对纷繁复杂的世间，发现事件之后的真相，以最真实的情感，描绘最真实的关系。人无疑是散文的主题，而物作为观察中的依托，对其自然地表达，自然要带有真实的意味。真实构成散文的命脉。有些散文作家为了追求散文的效果，以过分渲染的笔调刻画人与自然，描写了很多虚无缥缈的东西。尽管语言华丽，但读者不买账。真实自然、真实人物必然要有真实表达。散文不同于小说，小说允许大量的虚构，即便如此，小说也要符合人物所处的环境。散文之真实，需要作家善于从细微之处去观察、分析、对比、归纳。不少散文作家，在描写一个微小事件时，过分渲染反而破坏了真实。真实是保持散文美的钥匙，没有真实，善的表达就难以彻底，美的维护就不能长久。当下有些所谓大牌作家，动辄就"高大上"，这种表达除了过分牵强之外，还失去了事物本来的真实感，也没有对事物的复杂性予以真实的表达。真实是建立在事物原本基础上的真实，而非渲染出来的真实。

　　善作为文学所要追求的情感推演目标，自然应该成为作家书写中需要认真思考的东西。什么是善？怎样表达善，在散文语言里应该予以澄清。自然之善和人性之善，在散文作家的笔下应该是怎样的表达方式？在历史的长河中，在自然界的关系事物里，在科技发展与人类生存的伦理关系之中，善始终是值得作家思考的问题。以善的心态去观察人与事，就会发现世间很多温暖的东西；以善的语言去描绘所看到的一切，作家的文字就会赢得读者的共鸣；以善的标准去策划散文，就会有真实的表现，就会达到唯美的高度。真是善的基础，善是美的意蕴。无真难向善，无善难求真。善是内核，善是意蕴，善是长流水。在善的旗帜下，作家才会善待万物，感悟一切生命，认真感知人性复杂状态下的唯美，书写真善美的统一。

美是真与善的簇拥，没有真做基础，没有善做血肉，美就缺乏支撑。对一幅画而言，缺少真实事件支撑的画，缺少真实故事支撑的画，缺少自然美景描绘的画，难以称得上是一幅佳作，散文也是如此。没有真实的人和事做基础，善就缺少了依托，美就成了空中楼阁。有的散文家，其语言不可谓不美，但远离事实真相，散文充满了虚假；有的散文家，思想不可谓不深，但缺少善的心境，描写的一切事物，远离读者思考的领地，这样的散文，其美的含量就会减少。美是多元的，但多元的"美"却是离不开真实的"真"，善良的"善"，美丽的"美"。如果一个散文作家希望靠噱头来增添美的气质，靠渲染来增强美的程度，靠哗众取宠来获得读者的响应，十有八九是会失败的。就像一个貌似丑陋的人，真实、善良表现自己反而是美的，以华服锦衣来装扮自己，给观众的感受就会令人作呕了。

散文作家所要追求的真善美，是自然、适性、中和之美，不因唯真而毁善，不以唯善而残美，而是真善美三者的统一；真是基础，不是全部；善是内蕴，不是标签；美是极致，不只是符号。散文作家的表达，既要尊重真善美的统一，又要遵从文学表达的需要。在真善美的融合中，将文章推展到让人愉悦的状态。

剩余六分之一

　　每年一进入十一月，如人满了五十周岁，好像一切快到了终点，灰心丧气的情绪很快就来了。其实，何必悲伤？剩下两个月，把它当成一年的开始来过。人生不过如此，假如把五十岁看作初始的少年，你的生活一定充满了欢快的情绪。所以，人活着，无所谓老幼，就是一种心态，重视的应该是过程。时间对每一个生命体是公平的，老有老的不足，少有少的缺点，假如以一种平衡的心态去看待人生的不同阶段，少年有少年的活力，老年有老年的错误。人生的不同阶段，自然有不同的风景。恰如北京的秋天，红的耀眼的枫叶与金黄色的银杏叶，璀璨着这个美好的秋天；而春天的北京，万物生发，自然是另外的极致之美。这就是蕴藏着生机的大地和布满落叶的大地的对比啊！十年和一年相比，并没有太大的变化；一年和一生相比，也不过是生命形态的变化，美是美的过去，过程是过程的解释者。在人生的不同阶段，正如行走在不同的季节，有着各自不同的感受。丝毫不必用枫叶的嫣红来讽刺春花的柔软。这是自然的馈赠，也是生命的表情。

　　看穿了这一点，人在世界上的一切都可以类比。大人物和小人物没有什么本质的区别。古人和今人自然有内在统一的地方。官方和民间的规则并无十分明确的界限。世间万物，人同此理。所以，丝毫不要用万万千的道理糊弄自己和忽悠别人。一本《孙子兵法》，世人更多看到了其中的拼拼杀杀、阴谋诡计，其实读来读去，不过是"顺势而为"几个字，或者充其量再用"不战而屈人之兵，上之上者也"而已。会兵法的人，常会吃败仗；而学会系统地看问题，超越在兵法之上，善于找出用兵之道者，才是精通《孙子兵法》内涵的高人。

　　看一个人的发展，不是看他现在在什么位置上，而是看他一直在做什么样的事情。一个缺乏人性光芒的人，纵使追求到高位，等待他的，自然是没有人性的报答。历史，已经无数次证明这样的道理，河里淹死的，大多是自信游泳能力超群的人。

看季羡林先生的散文，其中他写月亮的文章感人。他说自己一生去了世界上三十多个国家，看到世界各地的月亮都很美，但没有家乡的月亮那么又大又圆；我曾看到很多作家，文章里不止一次地赞美家乡的月亮，以前，我是青年时，也曾有过这样的想法，现在这样的想法，已经荡然无存了。也许是一生四处漂游的缘故，走到哪里，哪里就是家乡啊！用不着为了夸家乡的月亮就贬低外地的月亮；更不要总认为外国的月亮比中国的圆。人还是自然看待月亮、理性对待月亮为好。月亮就是月亮，并无意象上的那般美好，也无意象中的那么丑陋。客观地对待月亮，对待自己曾经走过的每一处地方，相信各有自己的美好。美美与共的心态，是对这个世界最真实的态度。不然，人就会在患得患失中蹉跎岁月。过去和现在，虽然有万千各式各样的互相联系，如果一个人过分地去回忆过去，就错过了当下的美好。把当下存在的一切看作最美好的，就能享受过程的美丽。有人追求结果的极致，而忽略过程的魅力，其实，过程和结果都会变得无法接受。一个只重视结果的人，结果就是过程；一个始终注意过程细节的人，过程就是结果。

生活往往由一本书、一个观看猫咪伸懒腰的眼光组成；会有人追求每天的大喊大叫，霸气与霸道，而过程的细节，会积聚众多的怨气。所以，昨天是今天的昨天，今天是昨天的翻版。世人多看生活的表象，常常被种种表象所迷惑，当岁月飘过，当地域变化，当心情掠过时，回首望，原来真实的内容早已闪现在表象之间。一个善于弄权的人，好不容易得到了手中的权柄，在玩弄众人于股掌之中的同时，也把自己的未来提前透支了出去。这个世界对任何人都是公平的，以善良对待世界的人，善良不会将他遗忘；自诩能力超群的人会被能力所伤。一个盲人在少年时能描述桥梁的轮廓、水井的模样，老了，她双嘴抖动，桥梁会更加清晰、水井会更加光亮……这个世界上穿行的时光，会让盲人变得心明眼亮，让正常人却渐渐迷茫，失去眼睛穿透万物的力量。时光啊，时光！

　　我在今天与朋友一起款步而进一家茶社。茶社设置的外表门脸，像时尚别墅的装束，进入其中，方见别有洞天。一盆文竹，桌上一摆，带有帝王气息；锡釉外表的陶瓷，似乎发出铮铮作响的声音；石头下的金鱼，散发出世间的柔软水波；古典的油画，则给人银杏叶般的那般金黄。茶艺师像穿越时光隧道来到京城的唐朝女子，平静的外表下着一身粗布麻衣，有着农妇般的素朴。其实，天底下各类作家，衡量他们的标准不过"真实"二字，你看到这世间走来走去永不停歇的人，唯有这身素朴，会让你在繁杂喧闹中停下脚步，让你在艺术之美中，寻找生活的自然与平静。

　　在这个世界上，大与小、昨天与今天、胖与瘦、文人与农人、城市与乡村、阳光与月亮、成熟与幼稚、大教授和小学生……似有一种暗暗的契合，契合着这美丽的夜色，一如窗外的冷和室内春天般的暖的对立和相互映衬。我在这茶社里突然找到了昨天，找到了和故乡一样又圆又大的月亮，明亮地挂在半空。其实，只要你的心态调整好，那块土地生存，那块土地都可以成为你的故乡……

　　见到了疏离许久的好友，见到了一位过生日的三岁孩童把蛋糕吃个满脸，也见到了糖心苹果和来自大凉山的土豆。知晓明天即将来大风的夜晚，提醒一位老编辑注意多穿衣防寒，保重自己的身体。蟹黄包吃进嘴里的感觉很好，像眼睛装进这浑厚的秋天。夜色很美，城市到处是茶水一样颜色的灯光，我抖了抖被茶消解下去的肚腹，看一眼火红的小柿子，此刻，它们已不在高枝上自我炫耀，唯有如泪般地积聚在一起。那盘子里，诱人的金黄色的确诱惑我……看它们一眼，我想了好多，又好像什么没想；回头望，茶女正鞠躬送客，客人像来自唐朝的古人般矜持与孤傲，阔步而出，额头渗出茶醉后的点点闪亮，灯光下十分别具一格……我早已忘了，我正走在一年最后六分之一的旅途上，风很大，已经感觉了深深的秋凉了……

书是什么

　　我从来不以为读书是一件明显高于其他活动的高尚事情。十五岁离开故乡，书始终是我的朋友。寂寞时读它，欢快时读它，忧愁时读它，失恋时读它，狂傲时读它，得意时读它，失意时读它……书海无边，总有一本书会适合你彼时的心境。读书的兴趣驳杂，代表读书者涉猎广泛。我喜欢读书，与艰苦的工作有关，与百无聊赖的业余生活有关，与没有任何家庭背景可依靠有关。读书读到极致，就像喝茶喝到极致一样。哪种茶配哪种水，自有讲究。

　　少时喜欢看连环画书，攒了满满一大箱子。沂蒙人穷，有时绘画书或小儿书借出去，要么被翻坏了才还回来，要么丢失了。当时有个新华书店，横竖没多少书，我会去柜台上磨着看，会央求着母亲买，或逮蝎子卖给供销社换回一两本。小人书精彩，电影和小人书常相伴发行。我的写作，怕与这爱好有关。等到上中学，偷偷地看《金光大道》《暴风骤雨》《林海雪原》等书，也算是受到了另一种文学熏陶。对中国传统文化的接触，从批判孔圣人和王阳明的资料中知道众多故事的。那时还很懵懂，按照资料把圣人当作"坏人"，《新理财》杂志邀请我在四十年后写王阳明，童年的往事加上现实的阅读，才让我对心学重新研读。读书的曲线，因人生阶段的不同而不同。好在不是全读文学书。阅读面的宽窄绝非一维，对王阳明的心学和中国传统文化抱着审慎的态度，不是顶礼膜拜的书呆子。有童年的批判思想做底子，对学界当下的一边倒学风也算一种纠正。

　　工作后的求生之路，也在规范以后的读书轨迹。通过工民建专业的学习，让我对土木工程著作倍加关注。围绕专业的读书习惯向纵深处发展。即使后来改行，对专业书的爱好保持了许久。读专业书，好处是增强了理性判断力，坏处是容易成为浅尝辄止的杂家。再去写作，文学不是文学，专业不是专业，四不像。

读书的乐趣，或许就在这多元的审美中吧。一般的文学作品不喜欢读，深奥的专业书又读不来。这种不上不下的感觉，也是大多数读书人的瓶颈状态。和不读书的人相比，我算是勤奋的读书人；和潜心做学问的读书人相比，我又像务实派的求生者，或半吊子读书人。磕磕碰碰的读书心态，忽左忽右的读书选择，杂乱无章的读书作风，几乎贯穿了我的大半生。

读书和写作是孪生兄弟。我的写作开始于孩提时代，钟情于发表第一篇文章之时，提升在读电大期间，升华于颠簸求生体验和作家班的数次培训之中。枉称有作家的文笔，但人生奇妙的感受，还是越来越多地体现在文字中。或发表，或写日记，不一而足。稿费多少是一个吸引，但扪心自问，写作更多是思想的抒发，心理的自我梳理。有一次读到青年时代在官桥火车站写的文章，十分幼稚，却很亲切。那时的文字，功力虽浅，却集中了当时读书的真实体验。青年时代同行的写作者，可谓成千上万，但坚持不懈的写作者很少。回忆起来，作家的写作中断，一方面与生活的平淡有关，另一方面与不读书有关。写作固然需要毅力，但读书倍加重要。书，大多是智者的总结，语言锤炼的精华。多读书，就能吸收更多智者的智慧和语言的技巧。我读古今中外的名著，收获甚大。想办法多收集名著并认真阅读，多下苦功夫，对写作多少会有促进。我是愚钝的写作者，能从阅读中感受名作家的写作技巧，借鉴到写作中，也算是另一种幸福。散文名家王鼎钧先生的著作，我几近收集齐全，并审慎研细读。鼎公的著作，博大精深、意味隽永、功力非凡，让我受益良多。读鼎公的书，真有醍醐灌顶之感。读文学作品越多，你会增强对文学书的鉴别力。读外国文学作品，作家芥川龙之介和川端康成的尤为喜欢。有一次，我一个人摸到大江健三郎的家，只见到他的夫人，未见到作家本人。但大江健三郎明显简朴落后于邻居的摆设，给我留下很深的印象。生活之简单，折射了作家对物欲满足的疏离。异国归来，我买下了大江健三郎的大多数作品，感受一个伟大作家的思想。我喜欢的海外作家很多，成体系地把他们的书买来读。书商朋友把一套几十本的诺贝尔文学奖的作品集赠给我，仔细读来，收获很大。这些书成为我书架上的尊崇。毕飞宇的书，我则全部买来，一一阅读。对一个作家的思想脉络和文学追求只有整体了解，才说得上全面。每次读国内文学评奖获奖者的书，我会对比着读。这样读的效果是，各自的优劣能明显地辨析出来。对文学著作的欣赏，让我知道世界上哪些是优秀的作家，哪些是虚张声势的作家，哪些是伪作家。

对专业书的爱好，让我对专业写作有一种想尝试创作的情节。一直想写一本高铁站房的书，但未能如愿。来京十几年，工作渐渐脱离了专业，对专业的嗜好，却愈加浓烈。因我参与过高铁建设，创作了与高铁相关的三本书。这三本书非技术非文学非纪实，可谓不伦不类，但写出来了，好坏任读者评说，就像经常收到作者的赠书的心情一样。有的作者的大作，一看就爱不释手，会一气读完；而有些作者的书，只看看目录就永远不想再翻。在作者朋友的赠书中，我习惯将文学和专业、中国作者和外国作者按类分开，好处是读书时好找，坏处是鱼龙混杂。有的没有名气的作家写得十分好，有的文场传言高远的作家之作品，却没有多少可取之处。我计划在适当的时机，将赠书转送给我的学生们。人之将老，不能让智者的作品与我一同随葬。——让好作品惠及更多阅读者，应是人间正道。我出过一本《作家修养论》的书，当时没有听从董宽主编的建议，编辑了几篇散文进去，也算是狗尾续貂了。读书多了，写作自然会从容一些。感谢古今中外的作家前辈们，他们艰苦地探索，为我的写作提供了无声的指导。

鬼使神差地读了博士，与哲学结缘，人就禅修了许多。我读的是科学哲学专业，学科虽不精，但哲学书还是读了许多。读哲学最大的收获，是改变了过去一根筋式的思索模式，遇事多元考虑，相信"条条道路通罗马"，所以读哲学书的妙处，在于找到了分析这个社会、解决人生问题的钥匙。哲学作为"无用之大用"之学，给我的不只是眼前的利益，更给我指出了对未来的思考通道。从工科转哲学中间有了文学的过度，对哲学书读起来不再那么深奥。曾几何时，我大量地阅读了古今中外的哲学著作，感觉对写作助力不少。中哲、西哲、马哲、宗教学、逻辑学的书，摸过来就读，好处是有了书海的宽度，坏处是养成了审视中的忧郁，没有像不读哲学书前那样果决了。

这或许是"书呆子气"形成的初步吧！因为读哲学的原因，我开始关注大数据、人工智能等高新技术产业的书籍，这些书籍，一方面给我带来很多新的认知，另一方面也透支了我大量的体力。对哲学书的反复阅读，从深奥玄妙中，也有很多说不出的乐趣，虽然这会浪费掉你的很多脑细胞。但在这样的阅读中，会开拓出新的阅读面。

坐在书斋中，四周都是书，有种逼仄的感觉。我家更多的空间让位给书。电子书盛行的时代，阅读已让位给电子阅读，阅读的碎片化，让很多纯正的阅读功夫渐渐消解。我还是喜欢手捧一本书，静坐书斋的感觉。如此读书未免古板，但翻开书页的墨香，还是让人心醉。《红楼梦》一书，我就有很多个版本，有的版本，插图注释独特，十分耐读。家中书们叠加，只恨屋子狭小。尽管我深知，读了这些书并无大用，甚至也会淡化自身原有的求生功能。但人生无聊的时光，一天天被名著所吞噬，也算是件十分有意义的事情吧！更多时间，我喜欢在我那间命名为"游燕斋"的书房里自得其乐。我想着，马上春暖花开了，书法大家崔学强先生为我撰写的匾额，也应该悬挂起来了。读书人的书房，是需要适当装点的。肃穆氛围里的读书，对读书人而言，从内到外，应是最好的创境吧！

她已化作天边的白云

我一生遇到很多热心的编辑，特别是青年时代。那时在工地，业余时间舞文弄墨，可以摆脱荒野的寂寞。行走与思考，点点滴滴，在编辑老师的辅助下，一点点走上写作的路。当时铁路电话不对外，施工项目大多在荒郊野外，除了铁路内的报纸偶尔能通电话外，地方报刊或其他行业的报纸，一般就靠书信联系。工地那时离乡镇很远，邮寄一封信，来回骑自行车要一两个小时，但那时刚刚二十岁出头，心劲十足。不管自己写得好不好，也不顾来回骑车有多累，下了班赶往寂寥的邮局。往绿色的邮筒投递的那一刻，感觉就像放下了一件心事。当时，局报给我破天荒地开了一个百字文专栏，每到周末，我盼星星、盼月亮一样，想着追随着最后一班慢火车而来的散发着油墨香味的报纸。不顾行李员的惊异和别人的不解，在站台上就反复读好几遍。爱屋及乌，连带着把同版作者的文字都通读下来。这样的兴奋，我后来从一位著名作家的言语叙述里听到过。尽管多年以后，谈起往事他很朦胧，说起曾经发表的文章，哪一期哪几页，依然清楚记忆着。写作，给我带来工作苦累之后的快乐，漫长的工程队生活，并不感到一点寂寞。有趣而有向往的写作，带给我诗的远方……

那是一个属于文学的年代。举国上下的文学热，促进报刊之间的相互交流。当时铁路行业和煤炭行业属于兄弟行业，我从局报姜宪刚老弟那里拿到了一份《七台河矿工报》，这是一份不起眼的小报，但感觉副刊办得很大气，和一般的局级小报大相径庭。我试着写了一篇散文邮寄过去，一个月之后收到了编辑的毛笔回信。编辑对我文章的起承转合指出问题，对遣词造句说法新颖。对一个工科学生来说，无疑，好像在实习期遇到一位优秀的工程师作为指导老师。看着自己发表的文字，看着老师的每一行回信，毛笔字丰韵饱满，落款署着编辑的名字——姜蔓瑞。凭回信的字迹和语言的老道，我猜想这位编辑定是一位满头银发的老学究，说话的口气，像极了给我开辟百字文专栏的汪岱岭老先生。汪老师满头白发，人又谦和。每次给他写文章，就像给老师写信一般。对方慈祥，我也谦卑。从此开始了与蔓瑞老师的文稿交流。不管文章发表不发表，总会收到蔓瑞老师长长的书信，也熟悉了那些矿工诗人兄弟。当时，我还在官桥交接站，1986年，刚刚21岁，负责万余平米的房建和附属工程技术工作。文学是艰苦工作中的缓冲器。蔓瑞老师的评论文字，像研究技术规范一样很认真。

　　一来二往，和蔓瑞老师书信多了起来。从官桥到菏泽，从小营到日照，倏忽几年过去，我在技术岗位上走南闯北，但与姜蔓瑞老师的书信联系始终没有中断。有时根本不期待文字是否发表，更希望看到姜蔓瑞老师长于我文字的回信。姜老师的点评，总是切中要害，给人以醍醐灌顶之感。后来我去南方施工，因工作繁忙难以给报纸投稿了。等到再从南方回到北方，已是2002年左右。再和姜蔓瑞老师联系，已经是手机时代了。那时铁路电话早已能打地方电话，给矿工报社联系，一位年轻人说不认识姜老师；换了接听者，说姜老师早就退休，没有联系方式……

　　我很伤感，整整一个下午，我在回想着那一摞摞厚重的回信，心想这位老者，现在会和汪岱岭老师一样离开了报社，过起退休生活。汪岱岭老师退休后，不久就去世了；真想知道蔓瑞老师的生活怎样？我急于找到姜蔓瑞老师，在"青未了论坛"发了一篇《寻找姜蔓瑞》的短文，期待找到这位文学导师。年轻时不承想去钻研什么文学，姜蔓瑞老师的帮助，让我知道文学的样式。

　　此后，寻找姜蔓瑞老师的线索，几乎成了我对能接触到的黑龙江人的必要提问。但被问者多以摇摇头作答。我只有在回忆蔓瑞老师的回信中，砥砺我的文学之路。当昨天我从微信群发现七台河陈虹女士的微信时，如获至宝。陈部长欣然应允帮我打听姜老师的信息。很快，她打听来姜蔓瑞老师的信息：姜老师已退休多年，退休后搬到海南居住。去年因病去世。这位在我心目中一直像慈祥父亲的老编辑，竟然是一位女士……听到姜老师去世的消息，我像失去一位亲人一样悲痛。

我莫名地想起往事，想起姜蔓瑞老师的那一摞摞书信，它们虽不在我身边，但我清晰记得每一封信的大致内容。这是一个编辑对稚嫩作者的关爱。正像我文学之路上遇到的众多热心编辑一样，姜蔓瑞老师的音容笑貌，从未见过，但她却像真正的人生导师，助我成长。

我不由自主地大哭一场。想起姜老师和那些帮助过我的人。正是在人生的不同阶段，师者不求回报的帮助，让我感到人间真情的力量。姜蔓瑞老师，已化作天边的白云，无声无息。她的爱心和圣洁的灵魂，让我在潜移默化中，感受着好心人的力量……

泰山石

　　我对泰山石情有独钟。泰山石做成石敢当，避邪。一位朋友盖的房子正冲着大路，朋友按风俗让人刻了"石敢当"三个字在石头上，软石头，看上去就软绵绵的，不如泰山石。门前摆石头，说是封建迷信，其实有心理学的作用。人类的基因有自然物崇拜，中国人信奉的龙，也是多种动物的组合。所以，民间结婚选取好日子、写吉祥话，也不能以一句"太迷信"而概括，文化毕竟是老祖宗留下来的，不好一时半会儿地丢弃。只是这泰山石的灵气，因为拜物者的喜好，让泰山石散落在世界各地。我不需要泰山石压宅子。我喜欢泰山石的纹路。那上面的清风感觉，写着岁月哪！

　　喜欢石头可能源自从小生活在沂蒙山区的缘故吧！那时，漫山遍野的石头，一个个可以作为坐标系，来标明自然存在的一切。如描述去哪一块地就说"去黑石岭吧"，或"去大青石吧"。一块石头，成为童年最坚实的标牌。在大青石上，几个小屁孩，以水当酒，抽着干丝瓜蔓当烟，吞云吐雾中模仿者大人的姿势。没有大青石，土地的绵软就没有这番稳定。若干年后回家，看到大青石已荡然无存，多少有些失望。

　　对石头的喜好，还源于这份特产，曾给了乡下人生活居住的希望。铁路工人退休的父亲，不识字，但有一手挖石塘的手艺。那年冬天，在寒风中，父亲清晨外出，傍晚回家，石塘就是他的战场。日积月累中，几间屋的石头就开掘出来了。父亲那一代人的吃苦精神，我继承不多，对下一代而言，更像是做梦。科技，为人提供了节省力气的各种可能性，面对石塘，我无话可说。

　　爱石头，不只因为我是山里人，犹如我爱吃地瓜一样；也有一些乡下人不爱吃地瓜的，烧心，离家远远的，就是为了躲避地瓜；山里人也有不爱石头的，认为爱石头是土气的象征。几辈子在皇城生活的居民，却有偏爱石头的，让乡下的奇石怪材成了观赏的物品。有时回家，家乡就有专门卖石头发财的乡亲。天南地北地卖永远挖不尽的石头。

在铁路工程队施工，走南闯北之余，喜欢各地的河水，河水流动的样子很美，荡涤砂石的感觉也很好。河水中摸起一块石头，石头刚出水的感觉醉人，是幼儿欢快的蹦跳声，石头好像向你叙述着往昔它所走过的岁月。说着曾有过的激流和浅水的感觉，说着鱼虾绕着它周围而转的优越，说着青蛙和癞蛤蟆围绕着它捉迷藏的故事……如今，这一切都匆然而去，它被你捏在手里，好像被你扼住了咽喉的一条生命。它眼巴巴地看着这条纵横流淌的河流，依依不舍地向河流告白……有时，我真不忍心把这些富含生命信息的石头带走，只好把它们轻轻地放回原地，扫兴而回。尽管我知道，石头也真是有生命的……

在泰山脚下生活了大半生，我对泰山石的认可也是源于山中的数条河流或小溪。跋山涉水的习惯，让我对泰山石有了清晰的认识。和其他地区的石头不同，泰山石的美在于：越是经过风吹雨打，它内在的纹路越是呈现出无限丰富性。泰山石，写着泰山的声音啊！写满岁月的故事，也镌刻着风雨的痕迹。有一次，我在山中核桃树上摘核桃，一步踏空，摔在一块泰山石上，所幸，石头是平整的，我猜，它一定是前世的善人变的，屁股微疼，我依偎着这块青石坐了好大一会儿，这块救命石啊，犹如沉默的朋友。我想起曾有一个哑巴朋友，对我很好，经常给我买好吃的，见到我，他就满脸欢笑。他的笑，好像太阳光一样。我喜欢在泰山山脉周围无人的小山峰上裸跑，那份放松，不是循规蹈矩的人所能体验的。记得有一次为了爬到一块巨大的泰山石上面去玩，我小心翼翼地攀登，但还是让凸起的石峰划破了肚皮；那次下山，一步滑脱，也是一块泰山石，把我从悬崖边挡住，正如一个老友，关键时默默地伸出一双手。这个世界上，石头和人一样有灵性。《石头记》，我一共读了八遍，那通灵宝玉算是一种象征吧！冥冥中，感觉泰山石更有灵性。是泰山石两次救了我的小命，我对泰山石充满了无限感激之情。

爹妈离开了这个世界，感觉人在哪里，哪里就是家乡。到北京生活，这种感觉有了很大的改变。喧嚣，如混淆起来的河水，让你看不到清流；匆忙，又让你失去了思考的空间和时间。我又想到夏日洪水冲洗过的泰山石，静静地躺在那里，寂然如歌。在我进京的第三年秋天，就怀着十二分的虔诚，把一大一小两块泰山石请到了家里。生活在北京，有了这两块泰山石，就像有了两位亲人。写作累了，和石头说说；心里烦躁了，向石头倾诉倾诉。我时常把它们擦洗一遍，让它们在互相对望之中，回想在泰山深处的自由岁月。依稀从其外貌上看到它们在泰山生活过千万年的痕迹，也能看到它们在屋子里居住的那份不甘，它们毕竟是属于大自然的啊；新疆的朋友曾邮寄过一段胡杨木来，没有及时进行防腐处理，一夏天过去，被虫子掏空了身体，擦洗过后的泰山石对胡杨木露出鄙夷的神情。托举泰山石的木架子，早有点摇摇欲坠了，我知道，岁月用过多的水流滋润泰山石后，也泅坏了木架子。仅有经常性擦拭，对泰山石是不够的，它需要风，风给了泰山石以生命，而我把它请到家中来，擦拭毕竟代替不了雨的冲刷、畅快，而无风，则让石头定格在过去的岁月里无法自由地生长，磨炼出该有的棱角……

那一年去边疆，最遗憾的是没有拿回从南宛河取出的石头。那石头，虽没有泰山石刚正，却也呈千姿百态。有大有小不说，还有软的、红的、多孔的、曲线的……多了层次、格局的韵致。别人喜欢宝石，我就喜欢这河水中的普通石头啊！它们陪伴着这南宛河水成长了千万年啊！雨季，它们沉浸在河水里，旱季就与河道风亲密接触，被岁月打平的表面，向世人展示着圆润、平滑的答卷。我想，这边疆的石头，原本是那样自然、无邪。倘若有一块现在放在家里，与两块泰山石对话，它一定是幸福的石头……

每次出门，我都会摸一摸泰山石，它们的踏实感，骤然会给我无穷的力量。只是办公室没法摆放它们。只有在家里，当我和泰山石对望时，陡然感觉这个世界上，还有这样完美的事物，充满了信任、坚定和默然成长的力量……

天下有多少鸟儿

这是一套难得的有关鸟儿的丛书，当我一眼看到它时，就被它的装帧、内容所吸引。当我真正拿到文化公司编辑的这一套丛书时，喜不自胜。果不其然，在寒风呼号的下午，我抱着这一套书一页一页仔细地观看，这真是一套绝妙的好书啊！简直颠覆了我对鸟的传统认知。从少时就爱鸟，到老了，依然爱鸟。穿越时空的爱鸟情节，这书中的鸟儿啊，竟然满足了我少年就期待的梦想。鸟儿原来如此丰富，这本写鸟的书，既是视觉盛宴，又是文学享受。

书有五本，每本一个题材。歌唱的鸟、林中的鸟、田野里的鸟，以及企鹅、猫头鹰，每一本都给你欣喜。整个下午，我都沉浸在阅读的幸福里。好像与天南地北的鸟儿对话，又像第一次和陌生的朋友交流。鸟儿的歌声给我美的享受，林中的鸟儿给我呼喊的刺激，田野的鸟儿讲着动人的故事，而企鹅和猫头鹰，又在炫耀着它们的身姿。真是让人目不暇接啊，许多第一次碰面的鸟儿们，给你耳目一新的感觉。

得益于作者是一位真正的爱鸟人，他把鸟儿当作人一样尊重，每一类鸟儿，都被他一点点描摹，每一只鸟儿，都是值得歌颂的行者啊！是的，天底下的鸟儿，就是这么可爱，相对于作者，我就是一只井底之蛙。作者对鸟儿的认知和感悟，远超出鸟学家的呆板理性，作者的心里，藏着对各类鸟儿的赞美。每只鸟儿，在他的笔下，都是拟人化的描述。作者把鸟儿当作了朋友，了解它们的习性，知道它们的叫声，寻找它们的祖先，熟悉它们的栖息地。作者如数家珍般对一只鸟儿的灵性，简略数语进行勾勒，就让读者感觉如在眼前了。

这一套丛书，好就好在文字与鸟画的对照阅读。翻看书页，一面是文字，一面是占据了一页纸的鸟的画像。文字简洁优美，不是用生硬的话语去解读，而是用拟人化的语言去勾勒。作者饱含着对鸟儿的深厚情感，一眼、一喙、双翅、跳足，经作者洒脱描写，生色不少。作者诗化的语言，把鸟儿的灵魂完美地表现出来。作者善于用优美的语句，和当下时尚的生活相比较，让自然中鸟儿的音容笑貌，一下子呈现在读者的面前，这种强烈的代入感，会吸引读者不断向前阅读。一文一画的排版方式，让你在读文中欣赏着画，又在观画中对照文，文章的优美是前提，图画的简洁是对照。相得益彰的版式设计，让读者阅读过后心明眼亮。阅读完一本，急切地想阅读下一本，我就是被这套书的设计所诱惑，一个字、一个字阅读下去，一幅画、一幅画地品味下去，不知不觉，把这五本书一气读完，还感觉意犹未尽。没感觉到丝毫阻滞感。这份阅读的愉悦，给人十分难忘的印象。

假如你只知道猫头鹰的尖叫，就认为天底下的猫头鹰都是一个形象，那你就大错特错了。沙漠中的猫头鹰和森林里的猫头鹰不一样，热带地区的猫头鹰和寒冷地区的猫头鹰也不一样。猫头鹰形象的悬殊，让你对这一物种心生惊奇；纯白色的猫头鹰，又让你想到进化论给一个物种植入生命密码的重要性。在对每一种猫头鹰的叙述中，作者联想丰富，给你许多历史学、生物学等方面的知识传递。小小猫头鹰，蕴含大世界。在这种不断推进的叙述中，猫头鹰的形象栩栩如生。全书57类猫头鹰，给你一次环球旅行的欢快，这就是作者的高明之处了。

作者对唱歌的鸟儿，自有独特发现的功夫，无论是麻雀的歌唱还是夜莺的鸣叫，无论是大鸟在欢呼还是小鸟在嘤嘤，作者的描述都依据鸟儿的特性，十分贴切地细心描写着。读者能感受到鸟儿不一样的叫声，能感受到作者对鸟儿叫声描述的形象、细腻。在快乐的阅读中，各种鸟儿的声音，正像人们各自不同的嗓音一样，给读者留下深刻的印象。

最难忘的是企鹅形象的描述。帝企鹅和王企鹅，各自有着自己的外貌特征，黄眼睛的企鹅和黑眼睛的企鹅，给人带来的视觉享受自然不同。在企鹅的世界里，一切都在随着地域的不同而变化。每一只企鹅都有各自的故事，作者娓娓道来，富有情趣的叙述，让你对企鹅的存在，何止是一种视觉上的喜爱？生命的进化和生存，涵盖着人生存之路上同样的道理，作者对企鹅的分析，也隐藏了对人生的种种暗喻。这套丛书之所以老少皆宜，就在于它可以满足不同年龄段的人之心理期待和审美需求，文章背后的文章，才是读者感受最深的东西。和一般的看图读文不一样，作者轻松诙谐的话语，融入简洁明快的叙述之中，阅读完全套丛书，一点也不感觉劳累。除了对单个猫头鹰与企鹅的叙述文字略显长以外，其他三本书，对鸟儿的介绍，通常是七八句话，特别适应现代人碎片化阅读的习惯。作者善于捕捉人们的阅读心理，能从正常的阅读中，让读者体会到简洁之美和与当下时尚相结合的奇妙之处。

这本书可以从多个维度去阅读它——文学家读到了它语言的精美，科普作家看到了叙事的朴素，孩子们读到了它的有趣，艺术家看到鸟画的生动……一套书，能从简洁的文本里看到多元价值，就是很好的成功。

作者马特是英国插画家、艺术家、作家和狂热的鸟类学者，曾在纽约、东京、伦敦和巴黎举办过多次画展，读者可以从《世界上的鸟儿》这套丛书里，切实感到作者融会贯通的才华。其画，适应了读图时代人们的欣赏习惯；其文，适应了当下读者的苛刻阅读，作者丰富的表达手法，给读者的不仅仅是一场视觉盛宴的旅行，也是灵魂深处的思考。翻译者能根据中国读者的思维习惯把文章翻译得明白晓畅，也不得不说是一种难得的功夫。阅读完该书，我连夜写出这篇评论，希望更多读者能亲身体验这本书的妙处！

铁瓦寨

为上散文家白忠德的老家余儿沟村，需要从佛坪县城走过很长的一段油漆路。倘若昔日翻山越岭而来，即使骑马，也会磨烂了屁股；到忠德家里还有一段没修好的颠簸山路，沿途崎岖难走。大河坝镇的司机很有经验，左拐右拐，我的心都悬了起来；沿途鸟鸣山更幽，枯树、野草，说着荒凉；黄叶、常青树讲述着生命的自然。闻得狗叫，但见白墙黑瓦，房檐下一串长长的玉米，像铺排浓烈的诗行，传递着秋天的信息，煞是好看；门前的魔芋，堆了一大圈，切了一半扔在一边的辣椒，讲述着山里人的日常生活。没有院墙的山村这一处农居啊，眼睁睁就是白忠德教授的老家了。

阳光挂在天上，犹如天外一般；外表温顺的大黄狗，不甘于背着大黑锅睡觉，对着我们一行四人狂吠。忠德教授跑过去，给他喂食、合影。同行的，除了来自黄土高坡的平陆作协主席李敬泽先生，还有运城作协主席吴昊英先生。二位先生曾经沧海，甫一下车就唏嘘不已。一屋，一院、一狗，不能尽述美意；群鸡、众鸟之声不绝于耳。院子被自然之树所围，但见阳光洒进圆箩的每一个篾眼，黑瓦白墙，说着古老。屋子很黑，依然是白忠德少年时候的模样。因许久没有住人，椅子上落满泥土，床帏上甚至都有蜘蛛网了，挂在墙上的塑料袋，已被炊烟熏黑，一溜儿大概是奖状和版画吧，已被黑色尘埃涂抹得辨不清何年何月的物件。忠德的母亲迎出来，好像朴实的一座山岭在走动，这就是养育作家的老母亲了；忠德的父亲在吃饭，手端一只碗，头戴一顶帽，脚蹬一双鞋，双眼羞涩泛笑，有乡贤遗风。忠德忙于介绍老屋新友，忙着回忆少时在老家的写作和上学，并在那张脏兮兮的椅子上坐下留影；我也被这情景感染，想起煤油灯里故乡的房屋，想起没有鞋袜穿的童年，也坐在那椅子上郑重地留影纪念。

屋外的景色，总是勾引外人的眼光，一束采摘下来的山茱萸枝条，不足以制止这份贪婪之心。忠德带着几位作家往山海里穿行，山菊花的芳香扑鼻而来，几个大男人装模作样，争先恐后和山菊花合影，黄花映照城里生活人的脸，构成一帧帧对比强烈的画面，定格这蛮横的秋；半高的山茱萸树，最能体会人的心情。拽着山茱萸树枝，吃着山茱萸果实，好像一下子融入了大自然里。几个男人打趣道：山茱萸果胜过枸杞，属于壮阳之物，男人不可或缺。因其形状，当地人称之为枣皮，我从树上摘下鲜活的它们，送入口中，酸酸甜甜，生活的味道满口生津；吃葡萄不吐葡萄皮，索性，山茱萸的内核也吃下去罢了，好像吃掉了山中的太阳。

忠德呼唤大家围拢到一张四方桌子前，老父亲正襟危坐，右手执烟，顿时像换了一个人；长子坐在右首，向老父亲献上一支烟；因肩膀和右脚摔伤而行走有些缓慢的老母亲，则递给几位客人烟卷，大家连连摆手。大儿子此刻正抽着一支烟，儿子接过来，夹在右边耳朵上。坐定平息，老人开讲。当讲到明朝末年，忠臣呼延家受朝廷迫害，从南京城一下子流落到大河坝镇的呼延玄赞、呼延花兄妹俩，在忠厚家丁呼延安的带领下，被当地人收留。因为受到当地人拥戴，杀富济贫，终于揭竿起义，占山为王。呼延玄赞生就一副菩萨心肠，打仗善待百姓，又因连年征战，念及会牵连百姓，而与妻子扩张版图的心愿背道而驰。设计动用岳父岳母劝妻返回寨中。当老人讲起呼延玄赞如何结交好人与坏人的前前后后时，当讲到呼延玄赞最终被朋友所杀时，遂感叹人生应该擦亮双眼，慎重交友！老人在讲故事时，天马行空，绘声绘色，语言到位，好像把我们拉回明朝；感情饱满，犹如资深教授自信满满地站在讲台上。老人之风，颇有民间智士之气；老人之手舞足蹈，足以展示他对一代仁人志士的尊敬与骄傲！

当老人讲到铁瓦寨，老人的眼睛瞬时亮了起来。铁瓦寨，铁瓦寨啊！因寨子屋面铁瓦而得名。为了躲避官家强盗放火烧寨，建寨的工匠发挥各自的聪明才智，熔铁而烧制出砖瓦，瓦瓦皆为刚硬之物。民间智慧总是超群，钢铁铸成的山寨，足以让农民起义军心情笃定。老人讲到兴致处，呼延玄赞的神情如在眼前一般，良将的忠言逆耳之声如在耳边，奸臣的淫邪言行让人毛骨悚然。听老人讲故事，看老人之神情，简直就是眼睛的盛宴。老人的演讲，突然就把几位作家的心拉近了。摆在桌子上的野猕猴桃，好像从远古而来，听着老人的讲古，真有一种想与豪侠义士碰杯的冲动。我拿起一个猕猴桃递给李主席，又拿起一个猕猴桃递给吴主席，此刻，需要猕猴桃作为依托，让我们重塑当年铁瓦寨的豪情……我正奇怪于一个乡野农夫对历史故事讲演得如此完美，忠德向我介绍起自己的老父亲，他已经把铁瓦寨的故事写成了长达50多万字的历史小说，并牵引我们到刚才留影的书桌前面。那一摞认真书写的手稿，记载着老人所度过的众多昼夜。在书桌之上，尘封的历史被一页一页书稿渐次打开。我庆幸刚才在老人讲述历史时，让镇上的工作人员帮我录制了整段视频；我拿出老人的手稿，让每位作家与老人一一合影。真正的作家，就要像这位老人一样，要融入自然、真心倾吐；贴近人物，赋予其血肉和灵魂。老人像一位写作的圣手，我猛然想起《铁皮鼓》。在这个世界上，优秀作品的产生，集中了民间的智慧和力量。口口相传的铁皮寨的故事，已经受到千万人的加工和提炼，老人是个有心人，到他这里，故事更加纯熟，语言更加完美。听忠德教授说，他已帮老父亲整理完书稿，并将尽快付梓，期待能早日看到老人的佳作。因要急着返回，忠德催促老人删繁就简，匆匆讲完了那一段悲壮的岁月往事。我和李主席、吴主席，则意犹未尽。吴主席向大家讲起他父亲当年骑着大马，从南京来到浮萍带兵，走了几天几夜，却发现还在原处转悠。这秦岭深处的山川啊，该留下多少幽怨的故事，该裹挟多少历史的沧桑？吴主席这是再一次来佛坪，但他依然好像初到动物园的孩子，和我们一样带着欣喜。

在忠德的催促下，我们只好起身，不情愿地离开老人。路上，我对忠德说，相对于其父亲，忠德和我们这些所谓作家，就像还未出道的写作者。这位老人，给我留下了很深的印象。回到北京，看到当地作家宋小明先生写的《铁瓦寨》，十分亲切！因时间匆忙，我和李主席、吴主席，没能到铁瓦寨遗址观看那断壁残垣，没能一睹铁瓦寨的真实情状，但老人所讲的铁瓦寨，却深深地刻印在我的脑海之中了。在佛坪，既有熊猫的自然之大美，也有呼延玄赞所留给后人的众多传奇故事。谁说佛坪是秦岭深处的荒野之地，这充满自然之美和人文精神的浮萍啊，历史的闪光终会时时涌现出来，为现代人奉献最地道的电能……

第二天一早，我早早起床，去椒溪河水里行走了很长、很长的一段路程；行到中途，还重重地摔倒在河床之中。在这四季喧哗的大河里，与古人呼延玄赞对话，想着忠臣之后的精神气质，即使流落荒野，也怀抱忠贞之心、仁爱之意。呼延玄赞始终想着一方百姓，成就了自己一世英名。历史，不会忘记那些侠肝义胆的君子，就像耻辱总会送给让世人嗤之以鼻的小人一样。我对佛坪充满了眷恋之情，从椒溪河中顺手捡走五块鹅卵石，我想，这鹅卵石留着呼延玄赞的脚印，写满历史故事，储满山川之灵气，一定会在我北京的书桌上，给我无限的写作灵感！

文学有时是一个人寂寞的行走

　　李立群是我原生态文学院的学生，这个文学院是我无法割舍的文学情怀而延展的一个公益性教学组织。我倾心于自然主义文学的研究，和同学们一起读书、思考、写作，共同享受文学带给我们的快乐！说是教学，不如说是共同分享。原生态文学院的同学自然、真诚，互相之间平等交流，各抒己见，确实让每人都有文学上的收获。

　　我出生在苍山县，县名源于苍山暴动。在养育我成长的故乡，这个县曾叫这个县名。曾几何时，这个县因和苍山暴动的一位烈士赵波同志相联系而得名。苍山县现在叫兰陵县，这个县的改名，让我好久不能适应，感觉该县好像不再属于我了，认为更应该属于兰陵镇的村民。我生长在苍山北部山区，自幼吃地瓜干煎饼，而兰陵镇农民是吃全麦子煎饼的，这自然是幼年的记忆。就是我的亲弟弟，现在也已经离开了家乡，迁移到县城居住。向往生活的奢华，本是大多数人的天性。记得少时，山民对那些吃全麦子煎饼操着江苏北部农民腔的苍山南部农民不屑，称之为"南蛮子"；具有生活地理优势且能享受兰陵美酒滋润的苍山南部农民则称我们为"山老鼠"。人总想把自己所占的地理优势当作自己的能力。我不知道这种地域歧视是否在更大范围内左右着人们的行为，只知道童年的烙印清晰记载着一县南北生活的差异。每到麦收时节，山里人要到南部平原上拣麦子；冬天，"南蛮子"则到山区卖豆饼。贫穷的生活让山区人变异，偷盗也不会被横加指责，逃荒要饭也不失为勤劳的象征。记得同村就有因夜里到邻村偷采金银花被人家砍掉鼻子的乡亲，另一位同乡则因去帮助平原人拔蒜薹把自家心爱的狗丢失了，一连号啕了好几天。我是山区人，李立群是平原人。对生活的感受不同，对文学的理解就不一样。

　　原生态文学院的确是让我滋生文学情怀的文学院。我不是好为人师者，但对文学的理解，需要同道搅扰起共鸣的气氛。需要文学描写真实的生活和曾经历过的一切。李立群同学是最活跃的写作分子之一。在原生态文学院里，还有田国栋、赵继东、田侠、唐华东等几位兰陵同学。他（她）们报名参加文学院的学习，一是出于对同乡的支持，再是看看我对文学的理解。彼时，李立群同学尚是一所小学校长，繁忙的公务并没有减退她对文学的爱好之情，相反，她写作的频率却很频繁且持久。让我感动的是，她和她先生来京专门参加文学读书会，同学们相聚一堂，不亦乐乎！自立群加盟学习以来，客观地讲，我并没有给她文学上多少指导，倒是吃了她邮寄来的不少煎饼。那些全麦子的煎饼，散发着南部平原的清香和家乡记忆，这要是放在少年时代，相对于地瓜干煎饼，简直就是一场盛宴。人间之美丑，是相比较而存在的；正如文学之高低，也是相比较而得以显示的。李立群邮寄来的煎饼，让我想起童年的向往。散发着清香的煎饼，取代了文学的味道。

　　李立群的写作自然和我不同，地域的南北差异和出生时间的不同，让她对苍山县的理解和我有着天壤之别。所以立群的文学是阳光的、向上的、纯净的；为人师表的日常生活，让她的作品更多了些说理的意味。虽然同为散文大家王鼎钧老先生的同乡，但对鼎公作品的理解也会断然不同吧！近几年，兰陵优秀青年作家不断脱颖而出，像刘星元等新锐展现出不可忽视的创作实力。立群对文学的热情，无疑也是家乡这种文学热的折射和反映。

　　立群写生活，写过往，写亲人，写游历，写家乡，写学生，也写自己的读书感受。纵观其作，处处可以看到她对生活持有的善良，对工作的那份认真，对人生的那份嗟叹，对文学的那份痴迷。立群之作，在细节中涌现真诚，在说理中坦露善良，在向往中展现女性的哲思。或说理，或寄情，或悲伤，或沉吟，无不展示着立群对文学的理解和探索。立群创作的热情可能迟缓于思考的脚步，在不少作品中呈现语言上量的上升和质的相对纯粹，这与其生活环境和阅历不可分割。幸福而有规律的生活，没有让立群品尝到更加悖论的生活深处的况味，先生所赠予的爱情，又让她体会到一个贤淑、知性女子的幸福，这使得立群的文字多了生活的快意表达而疏离了挖井的深邃表白。作为一位女性作家，立群有自身定位的表达，在表现人类通感意识上还需要有更深层次的表达。

文学有时是一个人寂寞的行走。文学有时是写给自己看的，或者换句话说，文学的公用有时不是仅供呈现给大众阅读的，更不是为了发表的。她也是抚慰自我心灵的精神载体。在长期的写作中，我醉意于自说自话的日记写作，只有写给自己欣赏的文字，有时才更有文学的品质。一个人行走，才更能看清脚下的路；也正因一个人拥有的寂寞，才更知道喧哗、熙攘之后超脱世俗的滋味。文学，从来不是一个大师就可以锁就的模式，而集中了你的所有阅读体验、人生经历、思想顿悟和细节感触。一个人的阅读史，有时清晰体现在他的写作历程之中。当生活的印记慢慢隐去，一个人的写作走向成熟还是没落，真是不好妄加判断。每个人都有自己对文学的不同理解，不要指望从一位著名作家那里学到写作的全部。也许，一位科学家或经济学家更能给你写作的教化。如果一个人仿照阅读文学评论的模式来读《资本论》，他对文学的理解也许更能升华到文学本真的意义。保持一个人行走的寂寞和文学写作上的独立思考，尤为不易。真正好的写作，从来不是博取一时的功名或发表，文学更需要深邃、多元的思考。那种扎入大地和历史深处的方式，要用寂寞的行走去不断探寻穿越时空的文学力量。

立群要出一本散文集，几次要求我说几句话。我没有阅读她的全书作品，只能凭自己对她作品的粗浅认知和我对文学的个人理解，粗浅做以上表达，也算多少对立群的要求做个回应。从立群写作的宽泛性来看，一切皆有可能。未来立群写作向何处去，我也不敢断言，就像我也不知道自己的写作之路通向何处一样。唯有一点可以肯定的是，坚持寂寞行走的写作，才可能更有益于文学境界的提升。不知道我的理解是否正确，反正这个世界上，千人就有超过千种以上对文学的理解不同一样，因为即使同一个人在人生的不同阶段对文学的理解也不一样。就如地瓜煎饼和全麦子煎饼的不同，穿越岁月时空，它们在我眼前就不再是单纯的煎饼了，而闪耀着记忆的光泽和历史的况味，这大概就是表象遮蔽需要作家表达的意象吧！

文学与说话

文学是语言的艺术，流畅不流畅，灵动不灵动，对文学作品的阻隔、文采，影响很大。语言是文学的基本材料，锤炼语言是每个作家一生的追求。小说有小说的语言特点，如贴近人物性格、符合地域特点，个性鲜明，配合小说的结构、情节和故事演化而富有张力；散文的语言特点，作家常讲形散而神不散，散是其特点；诗歌的凝练、聚神、含蓄等风格，又让人感受到诗歌语言形式的变化。语言，成为文学作品的外衣，真正表达到位、带有作家个性和鲜明特质的语言，才算是好的语言。有的作家语言好，但作品未必好；也有作家语言好，作品也好的，这样的作家凤毛麟角。喜欢跨文体写作的作家，不拘泥于一招一式，散文化小说，小说化散文，叙事长诗，你中有我，我中有你，构成题材和体裁的交融。高明的作家，不以文体划线，而以语言灼人。所以，有些作家的作品，既可以看作是小说，也可以看作是散文；散文也可以写成诗，诗歌也可以有散文的影子。再牛气一点的作家，喜欢把文章跨界，科幻作品最初也是跨界的结果。文学，不仅在人学里面打转，也涉及动物、外星球，甚至虚拟的世界，这就让文学所表达的疆域大大扩大了，而作家之笔的纵横驰骋，让语言有了文学圈子之外的新颖之气。这种跨界的写作，直接催生了语言的跨越。如果一个作家心再狠一点，把人类的语言天赋尽收其文，跨文体、跨国度，然后跨界，这样的作家，读其作，就有新颖感、通融感，可惜罕见。小作家，名不过单位的小圈子和亲友团；大作家，则会影响文学界。跨文体小说家看不上单一体裁作家的幼稚，跨界作家会讥讽单一领域写作的作家的无知，而世界性作家对作家的单薄价值观又会不屑一顾。所以，文学语言的变化，因作家的修养不同而不同。语言的高下，表现内容的多少，专业知识的多寡，世界性眼光的高低——要靠作家天长日久的训练。所以，单薄的作品常被高手讥笑。大数据时代，高位吊起读者欣赏文学作品的胃口，文学语言的疆域不断扩大。人们不再满足语言的相对文学化的单纯，以玩文字而玩文字的作家，昔日能猖狂文坛，现今却鲜有阔大市场了。受众面在变，阅读界限也变化了，读者的欣赏层次变了，支撑文学的语言也就变了。网络流行语，年年都有而又年年不同，读者心目中的文学作品也在飞速变化。辨别力越来越掌握在大众手中了。这种文学语言的变化，是社会进步的必然。

作家是描摹语言的高手，也是从日常说话借鉴养料的专家。所以，作家所书写的语言，不光从别人的书中借鉴过来，可能还来自三轮车夫、农民工、教授，或一个酒鬼的话语，鲜活的生活话语放到文章里，会让读者耳目一新。北大才女方希，文学作品十分耐读，贵州人的泼辣、北大中文系学生的底蕴，加上北京市民的地道语言，让其文学作品雅中有俗，俗中含真，嬉笑怒骂，皆成文章；毒辣端庄，好不快哉！方希的文章，跨越了文体，跨越了地域，相应题材之杂，也看出她读书的多元。这样有一定知识积淀的作家，太少了！作家的语言功夫，光靠读书不行，不向老百姓学新鲜的语言，不向现代企业搜刮时尚语言，凭雕虫小技糊弄读者，读者很难再买账了。读者也随着时代变化而变了了。

有一位作家，善于走到人群里去寻觅鲜活的语言，他作品的语言，灵动多姿！我十分喜欢；著名作家讲课，爱拿自己过去的写作经验说事，说来说去，语言进步还是落后，没有让其他作家领悟多少。更多作家习惯于在生活中听别人说话，而在作品里锤炼百姓语言的功夫不到家。文学作品里的语言，是过滤或加工了的生活中的说话。高手，给人蒸馏水的观象和甜美；拙劣者，直接把生活中的黄泥汤呈现给读者了。作家自以为是的年代，早已过去，老老实实学说话，记录生活中的语言，然后精打细敲细密地写出来。这样的文学作品，会有一定的拥趸。

文学不死，因为语言一直鲜活着；说话在变，文学必须改变。在未来的文学之路上，一个作家，生活中不会说话不要紧，他所需要的是不断锤炼语言——书面的和生活中的语言，他会将两者糅合起来，从而为读者提供丰美可口的精神食粮！

文　身

　　一个人容易陷入习惯化意识中，也可能随便把一个事物标签化。譬如文身者，就会给不同的人留下不同的印象。那年，初到广州，看到一个小伙子手臂上文着一条龙，就十分害怕。后来，在广、深乃至香港，见到文身的人就害怕，似乎成了思维定式。等到熟悉的亲友也文身，才知道文身并不是坏人的符号。现在的年轻人爱文身，大方的男孩子会文遍全身，女孩子则矜持一些，后背处或手腕上点缀一朵花，也十分好看。有位青年理发师，少时心血来潮，快乐文身，母亲三天没吃饭，伤心流泪叹息，认为孩子这一辈子算完了。我看到他的手臂，雕刻的柱子一般，文得虽然花哨，但很有形象感。每次理发碰到他，总会夸奖他几句。这位青年人出语如莺啼，瘦高个，白净脸，配上手臂上的文身，透出文雅之姿。要在十几年前，见到类似的文身者，我浑身会起鸡皮疙瘩。人其实是活在自己的世界里，自己编出理论吓唬自己。害怕的心理大多是由思维定式造成的。对文身不害怕的另一个原因是，我曾在某一少数民族村寨见到村子里的老人大多有文身，文身代表着他们对自己民族的信仰，他们把本民族的图腾文在身上，多少就有了些神圣感。曾在深圳见到一位前胸上文着一条龙的腼腆小伙子。原来他文身就是为了给懦弱的自己找回自信。我一时发现，自己对这个世界的判断真是太武断了。人总喜欢把自己的主观愿望加在别人身上，表面上看到的一切，会引起我的标签式判断。在标签化概念里，对这个世界自然就有了异样的认识。

　　如果说历史是任人打扮的小姑娘，那是因为各自看待问题的视角不同。前几年，不少晚报以"河南人怎么了"为通栏标题，分析对河南人的地域歧视。地域文化固然存在，但把地域标签化，则显得一个人十分肤浅。犹如森林里不光有孔雀，也有蜥蜴。仅仅凭外观说孔雀好、蜥蜴坏，就有些头脑简单了。人们对这个世界上万事万物的认识，很多是从老祖宗的经验中直接获得，很少凭个人的经验和对世界的真实看法而思考的。如乌鸦一叫，一定意味着坏事来临；猫头鹰进宅，一定是凶相的前提。所以，人对这个世界的看法，就多了些主观和神秘的色彩。很少人把乌鸦和燕子相提并论，这的确是认识上的误区。

青年人容易相信爱情，对美丽的喜好，一往情深。男青年喜欢"白富美"，女粉丝歌颂"高大帅"，殊不知，这都是只看到了人的皮囊，美女骗人容易得手，大多与此有关。保持思维的独立性，在美丽事物面前冷静一下，就不会只让荷尔蒙作怪。事情的本质是，美女者，未必个个是优秀品质的携带者。人到中年，之所以能冷眼看世界，是对这个世界美丽外表下的真实，重新有了清醒的认识。所以，越到老，越会中和，越不会相信皮囊类的东西，越会分析出标榜化语言的虚伪。学会回望和思考，才不会盲从，随便听人吆喝。

我对文身的认识，存在一个思想演变的过程。人的思想总是由简单到复杂再回到简单。丝毫不能把一个事物看扁了。时常在生活中改变自己的思维定式，才不会被这个世界上的假象所蒙蔽，受坑骗的机会就会少些。当然，这只是阶段性的经验。

无理而活

桃花源是不少人向往的地方。桃花源里的人认识不认识字？我想好多人是不认识的。二十世纪我在铁路工程队工作，不少老人一辈子没有文化，领工资要靠盖个人名章，并不影响他们的勤劳和善良。父亲就这样领了一辈子工资。回望自己走过的路，所有的成功和坚强，大多是没有文化的父亲传授给我的道理。昨日去王府井书店，本想买一本我仰望已久的作家的书。看了目录和其中的一篇，放弃了当初的想法。有些文化人翻来覆去地绕，绕不出一个通透的道理，反而不如那些没有文化的人，看问题能直抵问题的本质。平时读书，总是抱着怀疑的眼光看世界，这个世界就有了另一番味道。

人是这个世界上灵气超常的动物而已，也就是俗话说的"万物之灵长"之类。人的一生，不可能超越动物本能而生存。所以，承认人的动物性，是做人的基础。既然是动物，就有动物的一切劣根性，就遵循生死存亡的发展规律。一些作家喜欢讲道理，总要求别人遵循道理，而自己超然物外，缺少自我反思精神，比如卢梭很伟大。把昨天的名利彻底抛掉，才能做到熵减，人才能有更多的创新力量。有时，我特别羡慕不识字的人，凭借心灵的感知和本能的反应去做事，反而更容易成功；即使不成功，也没有那些痛苦。

散文家王鼎钧先生，少时住在村子西头，看晚霞的机会多于感受旭日东升，因此对晚霞的情感容易在读书中形成通感效应。一个作家的童年记忆可能会影响他的一生。所以用不着去追星，写你自己所想，做你自己爱做的，大抵是不错的人生。不要像一些文化人，东也顾虑，西也照料。等你想做事的时候，时光流逝，机会永远错过了。鼎公一辈子没上过像样的大学，但社会给了他最充分的养料。破除私塾的公学成就了他的少年时代，跋山涉水的行军扩展着他的青年视野，漂泊台湾的经历敲打着他的思乡之情，在美国流浪的对比沉淀着他的思想，儒学的研究延伸着他的思维，一生不辍的笔耕练就他的勤奋。鼎公的勤劳有口皆碑，鼎公近百岁的生命呼喊又何尝不是对文学的礼赞。我手头常有鼎公的小书佐餐，我为终日有这样一位作家作伴而庆幸。鼎公的作品直抵人性的本质，自然而洒脱，朴实而伟大。读他的作品，的确像愉快地旅行。好的作家传递给人思想的方法和故事的唯美，虽然也有语言技巧，但仅凭语言是不够的。王鼎钧成为有志于写作者的拥趸，自有其道理。

我则更喜欢没有文化的那种生存者。不用整日看手机回微信，也不用把更多的心思花费在名人的行踪上，就过一个动物性的纯粹自己。当人回归到动物本能轨道上的生活，才有更自然、纯真、唯美的生活。无理而活该是多么好的境界。不用拿道理去说服别人，更不用祈求用文化人的道理说服自己，简单地生活，放开地生活，天真地生活，才会去除虚伪的包装，呈现更加本真的自己。无理而活的人才是一个更加真实的人。想法多多，是一个人不再单纯生活的开始。精神上的桃花源恰恰需要单纯的思想。我想，桃花源里的人一定是不认识字的，没有那么多羁绊，才有时间闻鸡犬之声，看桃花开落、流水潺潺。

熊猫是最古老的禅者

　　暮秋，正是一年好时节，在佛坪看山，千山万壑，层林尽染，看一眼就让你心醉。佛坪的天空，飘着洁白的几缕云，远山近水，相互辉映，感觉小城不小；下了佛坪高铁站，一个不锈钢熊猫脸谱，会吸引你的眼球，这是熊猫的故乡啊！佛坪，不因人少而出名，却因熊猫多而闻名世界。不足四万人口的小县，却有近二百只熊猫。之所以不敢说熊猫的具体数字，听三代侍养熊猫的传人何鑫小伙子说，熊猫也喜欢花开时节怀春啊！到佛坪，如不去看熊猫，将是一件十分遗憾的事。

　　汽车在驶出秀丽的佛坪县城后，一路北上，两边的山峦，帧帧车窗剪贴，真可谓美不胜收。金黄的柿子挂满枝条，和着那树叶参差不齐的黄；山茱萸（当地人叫枣皮）的红眼睛，一闪一亮，凑近了拍照，好像凝唇一般；款摆的水杉树，高耸入云、大大方方，像极了一个高洁之人的神情。在山里行走，犹如在画里穿行，前后左右都是景。老树、翠竹、柿子树，掩映着农舍，鸡犬之声不绝于耳，穿过一片山茱萸林，又见更高处的山茱萸在山头迎接你；斜着的悬崖，树木密布，像爬山、努力上行的旅客，艰难的成长之力中，看出大自然的造化和那些树生命力的顽强。

　　沿途见到不少削去头颅的青青翠竹，它们甘愿抛头颅、洒热血侍奉熊猫，可见自然的高洁之士，也受自然万物的憧憬；格物致知的朱熹，不过是后世的圣人，地球古老生命的见证者——熊猫，才是这个世界上真正的禅者！

　　终于到了熊猫谷。一下车，众多游客感叹这里美景开发得好，但我却顿时感觉到一片失望。人类的自私，无处不在。本来自由的熊猫，却被套上了有形的枷锁以满足人们的观望需求。人类保护了熊猫生命的延续，却在保护的旗帜之下让更多生命失去了原有的一切。想想，一个自由的禅者，让它吃饲养员采摘的翠竹，该是多么慵懒？如果说熊猫本来就是为坐定修禅而来，四处游荡，可以让它感受更多的山川之灵气，而被指定了在这条大峡谷生存的熊猫，每天看着这些好奇的人类，无异于画地为牢。坐享其成，对一个自由的灵魂而言，该是多么的无趣？

熊猫不是熊，却有熊的体态。它笨拙的样子，款款而行的绅士感觉，丝毫没有熊的恐怖。黑熊掰棒子，摘一个丢一个，永远都是无心者的形象，而熊猫的灵性，黑熊怎么能与之相比？

熊猫不是猫，却有猫的温顺。它的大眼睛，它竖起的耳朵，它毛茸茸的体毛，都给人以亲切的感觉、自然的享受。好像它一生下来就是大自然的主人，它是大地幻化的产物啊，自有天空洁白的颜色、大地黑色的背景。国人常强调天地人的统一，而大熊猫自身就是自然的宣言者，它们的形象，简直太可爱了！熊猫肖像走遍世界每一处角落，处处受到不同国籍的人欢迎；它们的神情，太天然了，成为星空之下、大地之上最好的修行者。

熊猫就是熊猫，是邪恶形象改善后的憨态可掬者，是温顺外表下与自然完美融化者。熊猫谷的山泉水，清澈见底，让你一眼就感觉，只有这水，才配得上滋养熊猫的天生丽质；只有这水，才配得上熊猫自然的高洁的品格。

行走几百步，穿过熊猫纪念馆，前面就是熊猫科普馆了。在溪水河一侧，一个巨大的围场，商家在荒野之中建起了高大的玻璃房，便于游客观赏熊猫生活起居的形状；我靠近这只母熊猫时，它正在吃竹子，青绿的竹叶，已经将其掩盖得密密实实；女性生命的羞涩感，在这位叫小馨的母熊猫身上大概也会有所体现吧！我始终没有看见她仰起面颊。以至于我看到公熊猫璐璐时，不由自主打开了手机视频，静静录制了十分多钟的视频。

这是一次享受禅者精神的大餐之旅。十分钟，足以涵盖熊猫璐璐的一生。这只大熊猫的进餐，丝毫没有拿腔作调的矜持，倒是有几分天然可爱之气。熊猫的右手拿着竹子，全然张开大口，我甚至看到了它口中的小虎牙，熊猫一点也不怕众人的拍照，在众人的评点中，它只是旁若无人地吃下片片竹叶。它时而从竹叶中臃肿起来，时而从那堆竹子中陷落下去。不停的，是其咀嚼的大嘴，一张一合。只见它，右手把竹子送进左边嘴角，狠咬几口；

再送到右边的嘴角狠咬几口，咀嚼不止。我看到它大口中锋利的牙齿，想起我这个沂蒙人扯咬煎饼的剧烈动作，就不由得笑起来。古老的禅者——大熊猫啊，你也是以这种朴素的方式进餐啊！录制这整整十几分钟的熊猫进餐视频，我一点点去感受大熊猫的那份天然自得、熊猫的伶牙俐齿。它用沉默对待身外的嘈杂，迎着阳光，袒胸露腹，它将坦然面对着芸芸众生。它将吃相演绎成天下无二的君子之风……

熊猫是最古老的禅者，这个在世界上活了800多年的"活化石"，个体的生命，存活在世间不过才20多年左右。它现今在中国拥有的数量还不过两千只。至今发现寿命最长的是一只活了38年的母性熊猫，它的后代已经有五十多位，显赫的家族让熊猫保护工作者叹为观止，它被称为"英雄母亲"。大多数熊猫以其短暂的生命，给这个世界带来吉祥与和美。而作为万物之灵长的人类，活在世上的一生，却没有熊猫的平顺与温和。一生洁净如初的君子，真是少之又少，而圣人之数，更是可怜之极！

坐在地上吃竹子的熊猫，十分可爱，它的整个头部和脸面，黑白分明。双手、鼻子、眼睛和耳朵，是那种无杂色的黑，而其余的肤色，则是单纯的白。黑的纯粹，白的分明，一看就是与自然浑然天成。熊猫的手指有六个指头。在第六指上，有个巧妙反转，构成了一个"伪大拇指"，便于操握竹子，竹子在它手中俯首帖耳，多亏了这个手指啊！只见竹叶在熊猫手中，左右翻飞，辅助其嘴，熊猫的灵巧非黑熊所能比，一叶一叶总关情，吃的是竹叶，吞下的好像是万千文章。难怪它被称为"竹林隐士"了！在万千葱绿之中，这位白黑相间的隐士啊，虚幻缥缈于其中，要多诗意，就有多诗意；作为爬树高手的熊猫，上树的本领传递着祖先求生的基因。以黑白为主色调的熊猫身上，你能读到世间本无复杂的道理所在。真正的禅者，尊崇的就是将复杂问题简单化。熊猫的外在之美，就给人这种纯粹的细节享受吧！粗中有细，本来就该是禅者的语言吧！

吃饱了的熊猫璐璐，此刻显出一副雍容大度的神态，像极了弥勒佛的形象，它缓缓起身，从那堆竹叶中直起身来，双手落地成脚，只见它款摆而行，左腿一旋，右胯一动，整个身子浑然如水，涌流前行。阳光洒在身上，木桥就在前面了，吃完了总要在领地上逛悠逛悠才是。用不着"吱哇"（当地人指叫唤的意思），走步也显高尚。散步一圈之后，璐璐迈向水池边，敦实的四肢支撑着庞大的身躯，走起来四平八稳；那前肢对应的一条黑色缎带，围绕熊猫身子整整一周，使熊猫看上去白上加白，黑上更黑。

熊猫喝水的动作很可爱，背对游客，坦然而饮，如禅者转身去诵经。我急忙奔跑到璐璐的正面去，赶紧拍下它喝水的静美之姿。只见那璐璐，不慌不忙，犹如大将临行，壮士别母，不紧不慢，不急不躁，一口一口，默然而有神，均匀而富有节奏。是这名山大川，养育了熊猫的清矍啊，也是这四季山水，赋予了熊猫的这份安闲。迎面看去，熊猫弯腰喝水的动作，十分像一个禅者在打坐，又像极了一幅太极图画。我对这自然的神物，顷刻顶礼膜拜。

熊猫在这一领地上的自由徜徉，作为来自远古的天然使者，它是代代修炼而成的禅意先生。在佛坪，众多人考据县城名字的历史由来，殊不知，先人的古意，早已经把自然之美和神性之风融入县名之中了。熊猫本身就是佛啊，佛就喜欢这迤逦的山水，喜欢这坪坝的美景啊。佛坪！佛坪！多么美好的名字，多么优雅的象征！熊猫不言不语，但万山已知；众水喧哗而去，而巨石默然无声。佛坪，熊猫之城；熊猫，佛坪禅意之美的象征！

山静水清，石美叶黄，果红鸟鸣……自然的和声，大美的佛坪……

意　义

　　昨夜失眠，看了在国外生活的一位艺术家兄弟发的朋友圈，感慨良多。这位实现了财务自由的兄弟，并没有像豪富人家一样，每事必亲力亲为。动手修建房屋不说，还修建假山石路，每天忙得不亦乐乎。返璞归真地生活，直把自己当作老农。以劳动为快乐，可谓"憨人"一个。我则认为这位艺术家的生活真是达到了自由的境界。而这自由，是通过艺术家点滴的劳动获得的。他把中国天人合一的文化传统充分运用到极致，追求房子向海边不断延伸。艺术家喜欢天体生活，在裸体中完成一顿早餐，在大露台上享受旭日的美好。这位艺术家依托自然，通过艺术之思和辛勤的劳作，改善了自己的生活环境，生活得有声有色。或许别人认为他太过自我，但他靠自己的能力和勤劳生活在这个世界上，生活在始终追求完美的世界里，有什么不好？听闻这位艺术家兄弟，现在住进了飞碟式设计的房屋，离大海不过一百米远的距离。艺术家通过现实中的努力过着让人称羡的浪漫生活，这或许就是艺术家追求生活品位的最佳方式。

　　意义，在每个人的眼中自然是不同的。同样一件事，甲认为意义重大，乙认为不值一提；甲认为有利于整体利益，乙认为对全体毫无意义。食素者对食荤者很反感，动物保护者会在雪地上为鸟儿们撒下一捧粮食……我曾在马路上看到一位老者，沿途捡起抛撒的垃圾，也会在无人监督的情况下静等绿灯放行；当我也在马路上捡拾别人丢掉的垃圾扔到垃圾桶里时，过马路时遇到无车也想静等一会儿时，朋友们就说我迂腐、难上档次。这个世界是一个功利的世界。所有的意义被无意义包围着、冲击着，让那些意义最终成为无意义。

　　端午，在北京郊区，与一个雕刻艺术家相遇。艺术家早年做过记者，辞去记者工作后，投身到雕刻工作中。平时写写诗，也喜欢给朋友们朗诵一番，我听到他的诗，是渗透骨髓的，能听到他朗诵时血液在鸣响。他每天要坚持工作十几个小时以上一点点雕刻，这份"怪异"，不被周围的人所理解，不被世俗的收藏家所欣赏，这使他的艺术品收入很少。

入不敷出的生活，让他生活很拮据，生活像苦行僧一般。朋友偶尔留一点钱，他很快会用那钱买来雕刻用的木料。艺术家近乎自虐的日常，让我看到了他灵魂中对雕刻的执着。有参观者追问，雕刻艺术家过着如此简单、素朴的生活，追求所谓艺术品的高尚，这样的坚持到底有什么意义？或者说，他这样能坚持多久？雕刻家一脸茫然，没有回答。雕刻家三年前得过一次小中风，妻子也离开了他（生活的贫困不能不说是主因），周围民众也难以走进他的内心世界。但我在被众人认为无意义的艺术家身上，却看到了宏大意义的所在。

我来到北京后，几乎天天坚持写作，亲友们劝说我：这样写下去有什么意义？特别是身染小疾后，更是遭到周围朋友的反对。对一个写作者而言，终止写作，犹如给写作者断供空气。我曾办过一个原生态公益文学院，通过组织同道对文学创作进行探讨，既是公益，则采取不收费的方式，这样坚持了好几年。搭钱、搭精力、搭时间，去做一件别人认为毫无意义的事，还被好多人认为"头脑有病"，甚而有位著名作家曾当面责问我：作家是可以教育出来的吗？其意是说，我在做无用功。他们哪里知道，看到那么多同道，增强了对文学的信心和理解，师生之间互相辩论，教学相长，让我摆脱了无意义人生的纠缠，这要比拥有金钱更可贵啊！曾毫无自私之心地为作家们办了几次书籍出版的事宜，但被旁观者理解为"一定有利可图"，有人也认为我这样做不如潜心创作划算。我内心知道，很多天才的作家，因无钱出书，只能像夜明珠一样，我想搭建这样一个平台，一次微薄的支持，或许就能换来一位作家更好地成长。我不是道德的高尚者，但是意义的坚守者；不是名利的拥有者，但想真心实意地去无私帮助需要帮助的作家。我愿意把别人看作无用，甚至无意义的事，坚持下去。

对某个"坏人"，我也自始至终保持尊重。尽管我知道，他曾无数次说我坏话，我只是装作不知道。我只期待在未来的某一天，他能发现美好的意义。因为对意义的坚持，会让人感觉到真正的意义在哪里。长久的意义会摧垮短暂的意义；众人认知的意义会淹没小圈子的意义；只考虑局部地域的意义，相对于全球而言，那只是一个十分愚蠢的笑话。

所以，意义对我而言，自然有着不容忽视的力量。我坚守着那些不被人看作意义的意义，而在这个世界上真实地活着。

与虚有关

虚 荣

少年不知钱滋味，为慕虚荣乱花钱。那一年，分了福利房，房子不过几万元，却买了一个七千元的大电视。想想真是奢侈，虽没有借钱，但这性价比的确是不划算。你想想，一个那么小的客厅，放一个大电视多么扎眼，看上去一点舒服的感觉都没有。也许是在工程队待惯了，渴望有城里人的生活，大电视放在那里，除了家人看，我是没看过几次的。想起买电视这个细节，不是虚荣又是什么？

有了买电视的前科经验，再在北京买房后，就买了一个小电视。后来视野转变，电视在家里基本上就是"聋子的耳朵——摆设"，但和上一次的虚荣还是做了一次平衡。其实，这次买电视，对生活一点利处没有，也算是另一种形式的虚妄。这已经不是虚荣所能描述的了。

所谓虚荣，是出于一种炫耀、夸张、享受甚而说不出的心理而做出的日常举动。多是在懵懂而未看清世事的时期，发生的一种行为。虚荣者，在生活中或许有一点小经济、小头脑、小技巧，但虚荣是做给别人看的，虚荣并不会害别人，但容易使自己不切实际。

虚 伪

虚伪者，不光虚，还落在一个"伪"字上。因为没有而硬充有，因为这面不行，反而说那面行。这就很可恶。比如，青年时代，一个人喜欢像歌唱家一样唱歌，可嗓子不行，自己不愿意承认。公鸭嗓子在操场上可以唱走最后一个听众，唱得没有一个看客。这种没有实力的自我表现，可以称为虚伪。

一个人缺什么，却越想伪装什么，这就是虚伪。譬如对英语的学习，高中一点没学，在电大学了个夹生饭，后来因为职称的需要学学停停，学到最后，还是噼里啪啦的"洋腔滨"，没有钻到内核里去。就像练书法，羡慕书法家的书法，一直想练，可一辈子没有拿过超过一天的毛笔。

初到京城时，喜欢抢着买单，几年下来，花费不菲。一个工薪阶层，这样不知道深浅，也是虚伪的表现吧！等我也混成一个老年人的模样，再也不去抢着买单，这或许是对初来北京时心理的一种平衡和对经济的一种承认吧！

少年时发文章，总要向人炫耀，其实那文章就是一个豆腐块；中年时四处照相发个小刊物，已经不满足二三文友间传播；等有了朋友圈，喜欢晒打油诗，这一路的虚伪啊，怎么一个"乱"字了得？当有一天，我把一切埋在心里，过去的记忆再也不能用图片呈现，我才发现，有时虚伪并不是一件坏东西。只是虚伪不要像硬弩一样生硬，适当的虚伪也和虚荣一样带来人生的别趣。

过去在酒场上豪言壮语，喜欢大鱼大肉，狂饮不止。等得了脑梗之后，才忽然觉得低调无语最适合保护血管和大脑。大鱼大肉没有菜根香，美酒加咖啡没有一杯白水来得纯粹。

老是老了。虚荣和虚伪像秋天栗子的外壳，总会脱去的。不舒服的外表甩掉，才会让自己舒服。

虚　心

不喜欢戳穿别人的把戏，虽然年轻时就喜欢给别人脸面，但这脸面别人不以为你是给他脸面，权且，就用虚心来自我平衡。当着大作家面虚心，就像做普工时当着最会砌砖的瓦工师傅面一样虚心。虽然我最后没有学会砌砖，但我当时对瓦工师傅的心真是诚心诚意的。只不过，虚心有时也会造成机会的丧失。比如会的东西说不会时，就会让二半吊子占了上风；太虚心了，有时就主动丧失掉一次机会，所以，虚心有时也不是好东西。

虚心使人进步，这话也要分时间地点。初来工程队那一年，有几个德高望重的同事，每次选举总会在总人数上少一票，那是他们各自为自己少投了一票。这些虚心的人啊，即使到了关键时刻，也十分虚心，自然引得大家钦敬。

工程队总是向前发展的，发展到后来的项目部。有头有脸的人参加选举，就是全票当选了。越接近当下的人，越学会了高度的自信，虚心换成了自信，却也让人感觉到好像生活中丢失了什么。只是有一次，一位在位者，选举只得了一票，场面上有了尴尬。他在主席台上讲话依然陈述着自己的"丰功伟绩"，台下的人没有几位敢正眼看他。

虚　实

虚荣使人张狂，但也使人成功；虚伪蒙骗别人，但也蒙骗自己；虚心固然会丧失一次次机会，但会给你带来人生的安全感觉。但虚实就不一样了，这是一种身体生理的平衡，好像日常走路，一步悬空固然有生命之虞，步步皆实，身体怕也吃不消。

以前走路，自认为身体好，走个三四千步已经感觉疲乏，一般回来要睡一觉；中午在单位出去散步，一般少走少累；身体出现情况以后，检查出是高血压作祟，数天很少吃盐，走起路来，人就轻飘飘地无力。想我多年沉浸在这种高压之下而不自知，依然持续不断地吃盐，真是罪过；但倘若一点盐不吃，人却十二分地虚弱。手握不住笔，脚是轻飘飘的，身子是没有力气的。虚中渴望实的感觉十分强烈。人只有牢靠地站在大地上，才有从头到尾的安全感。

现在我一天一般一万步以上，觉不着自己有多累。在走每一步的时候，好像脚踏大地的那一刻，在一步一步驱赶着身体的虚，让整个身体充盈起来。我喜欢在大地上行走的感觉。一个人，一步一步，像读大地之书，像看天空之影。

人在虚中感受实，也在实中领悟虚。喜欢虚未必是坏事，一味实可能会把自己累死。回顾大半生，少年时走在虚荣的路上，青年时曾经虚伪过，人生几多体验虚心的味道，而唯有这步入老年的虚实感让人体味人生的苍凉和落幕的平实。或许，虚实感才是人生最大的体验。我有时会为自己脚踏实地而自得一会儿，用作休息时的心理调适，这份感觉很好！

植物园里的遐思

　　植物园里参观曹雪芹旧居，会有很多感想。沿着土路往上走，山中的气息扑面而来。《红楼梦》中的许多构思，能从这山山水水找到相应的注脚。款款而行中，历史点点滴滴涌上口舌。这是一个故事频发的地点，小鸟在冬天也不缺少，何况在初春回暖时节？！公园里的水草，层层叠叠，你会怀疑到了夏天的海边。这初春的景色啊，万物正在萌发之中，沿岸柳丝儿飘飘，遥看青色近却无。沿卧佛寺往上走，空气的含氧量明显增加。山树之花苞，把储藏了一冬的能量，孕出满山的气势；想当年，在这旗兵营内，曹雪芹和他的伙伴们，行走在山中溪流旁，喜欢吟诗作画的曹雪芹，该怎样用隐晦的手法，写出属于一个时代的辛酸故事。曹雪芹无疑是从山水之中汲取灵感的高手，从石木之中找出意蕴的仙家。看胡德平先生采写的有关曹雪芹的故事，整个香山和植物园诸物，好像有了不同以往的造化。山因曹公而奇，曹公因传世之作而活。依稀觉得在植物园内，曹公腰缠笔墨，信步而行在游人前面，其步履轻盈自信，虽穷而壮美。香山多松柏，冬景多秀丽；柳树多好水，吸足了水分则满沟烟气。所谓烟柳，乃水汽蒸腾之貌也。自然和人文，历史与现代，思想和物质，在植物园中交融、冲撞、叠生、散发，给人以多维感受。

　　没有香山的奇秀，难以诱发曹公的思绪；缺少家道中落的惨痛，曹公也难以思考时空过往的辛酸。一石一故事，一木一首诗。倘若夏天来临，初夏的知了和临秋的知了，在这香山也断然不同。香山产黛石，可为京城女子画眉之用，点缀面容之美的，总是自然之物。受此启发，曹公为多愁善感的美女主人公起名黛玉。《红楼梦》的故事在西山一代，民间传播甚广，与故事真实中的超脱、历史中的现实描写不无关系。如果说曹公之大作来源于实实在在的生活和十分朴素的自然，《红楼梦》后来在民间的广泛流传，则进一步强化了民众对当地风土人情的自我认知。

文学本来是生活的产物，反过来却影响着生活，从而使文学变成更有趣味的东西。从《石头记》到《红楼梦》，意象的升华离不开作者对自然的参照。什么三生石、绛珠草、大观园、自然和社会，给作家提供思考的无限空间。曹公对香山自然景物的深研细究，让其作品充满了与自然浑然一体的境界。灵与肉密不可分，好就是了，了就是好。一曲《好了歌》，囊括了世间的辩证法，记录了人生受诸多不确定性干扰的无限可能性。着意追求的一切，倘没有对自然的依顺，终究会因为主观认识上的错误而导致最终的失败。

植物园里奇花异树很多。香山作为当年的皇家园林，自有皇帝的遗风留存。行走在林间，想象万木葱茏的样子，再看初春去岁的荒草遍地，慨叹一岁一枯荣的世界，时时处处都是轮回。接触自然越多，人自圣的心理就会减少。上午还是艳阳高照，下午就是阴云密布了。春寒料峭，如不走路，顿时会觉得手脚寒冷。高速智能化的手机也会瞬间变冷。科技飞速变化，改变着人的生活习惯，但大自然的角力，有时仍然带有摧枯拉朽之势，游客逐渐稀少起来。自然，仍是左右生存者选择方向的条件。一场疫情，改变了世界，人类也在反省自己。

在植物园书店，翻看介绍植物园历史的书，知道这片土地上曾经拥有过不少动物。而今，我只能看到飞翔在空中的鸟儿，连寻找松鼠都变得十分艰难了。植物园里的植物也很少是当地"土著"了。当我走出植物园，公路上已挤满密密麻麻的汽车了，我只好耐心地等待……